プリンス　オブ　ウエルスの最期

主力艦隊シンガポールへ

日本勝利の記録

英国海軍大佐　R.グレンフェル著
海軍軍医少尉　田　中　啓　眞　訳

錦　正　社

1．シンガポールの海岸の光景

2．シンガポール市街の鳥瞰図

3．建設中のシンガポール軍港

5．在マレー（英国）空軍総司令官C・W・プルフォード空軍中将

4．在マレー（英国軍）総司令官A・E・パーシバル陸軍中将

6．シンガポール軍港における英国東洋艦隊司令長官サー　トム　フィリップス海軍大将（右）と東洋艦隊参謀長アーサー　パリッサー海軍少将

7．シンガポール軍港の埠頭を進む戦艦プリンス　オブ　ウエルス

8．シンガポール軍港から最後の出撃に向かう巡洋戦艦レパルス

9．乗艦沈没後、友軍駆逐艦に水中から救出された巡洋戦艦レパルス艦長テナント海軍大佐（左）

10. 沈没直前の戦艦プリンス　オブ　ウエルスを横付けした駆逐艦から撮影

11. サー　ジェフリー　レイトン海軍大将

12. サー　ロバート　ブルックポーハム英国空軍大将（左）とサー　アーチボルド　ウェーベル英国陸軍大将

13. 炎上するシンガポールを海上からみる

14. サー　ジェームズ　ソンマービル英国海軍中将

昭和28年7月刊のカバー（60%に縮小）

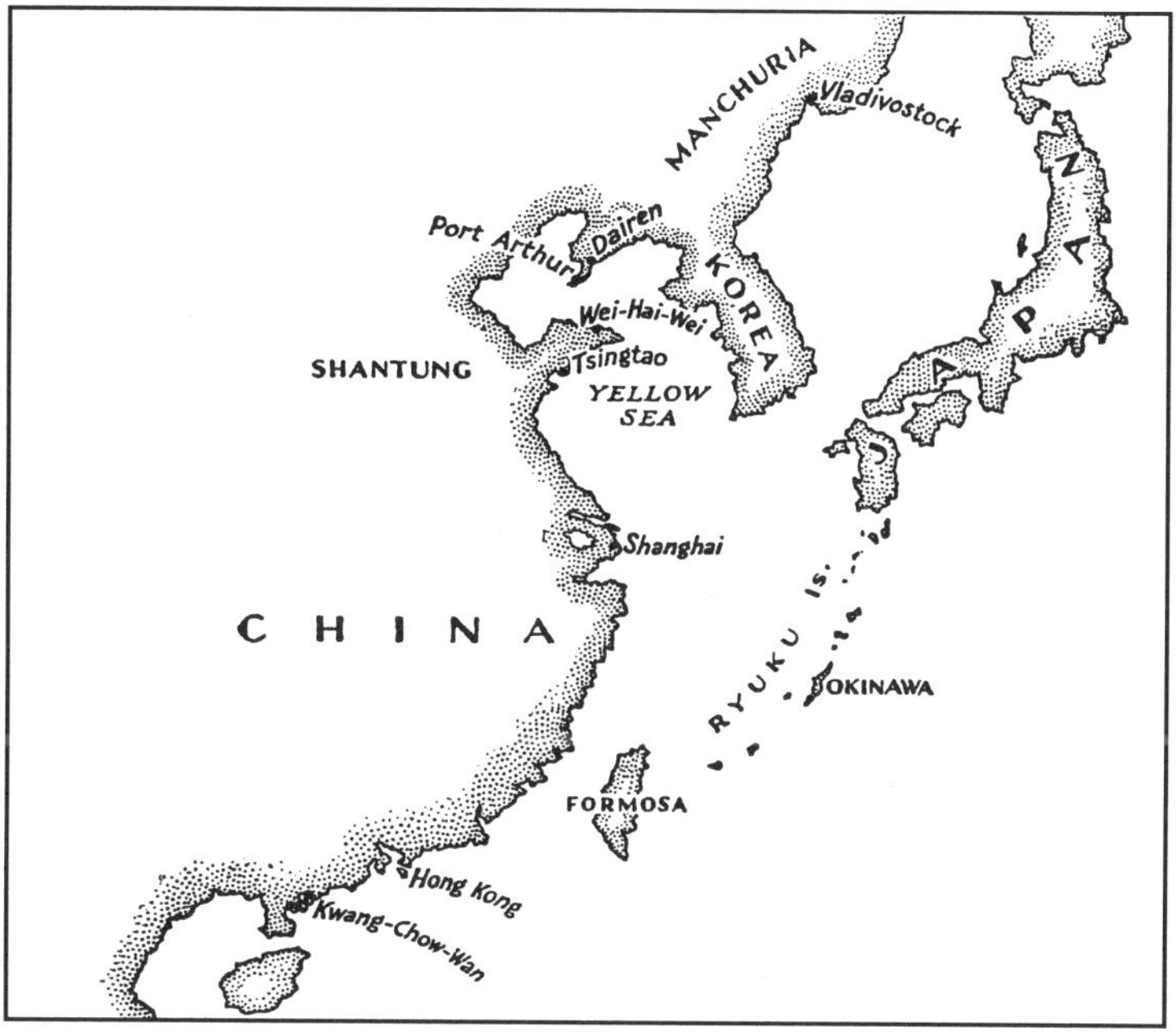
MANCHURIA
Vladivostock
Port Arthur
Dairen
KOREA
Wei-Hai-Wei
Tsingtao
SHANTUNG
YELLOW SEA
JAPAN
Shanghai
CHINA
RYUKU IS.
OKINAWA
FORMOSA
Hong Kong
Kwang-Chow-Wan

MAP 1

CHINA
BURMA
SIAM
INDO-CHINA
Rangoon
Bangkok
Saigon
GULF
OF
SIAM
INDIAN
OCEAN
SIAM
Penang I.
MALAYA
ANAMBA IS.
STRAIT
OF
MALACCA
Singapore
SUMATRA

MAP 2

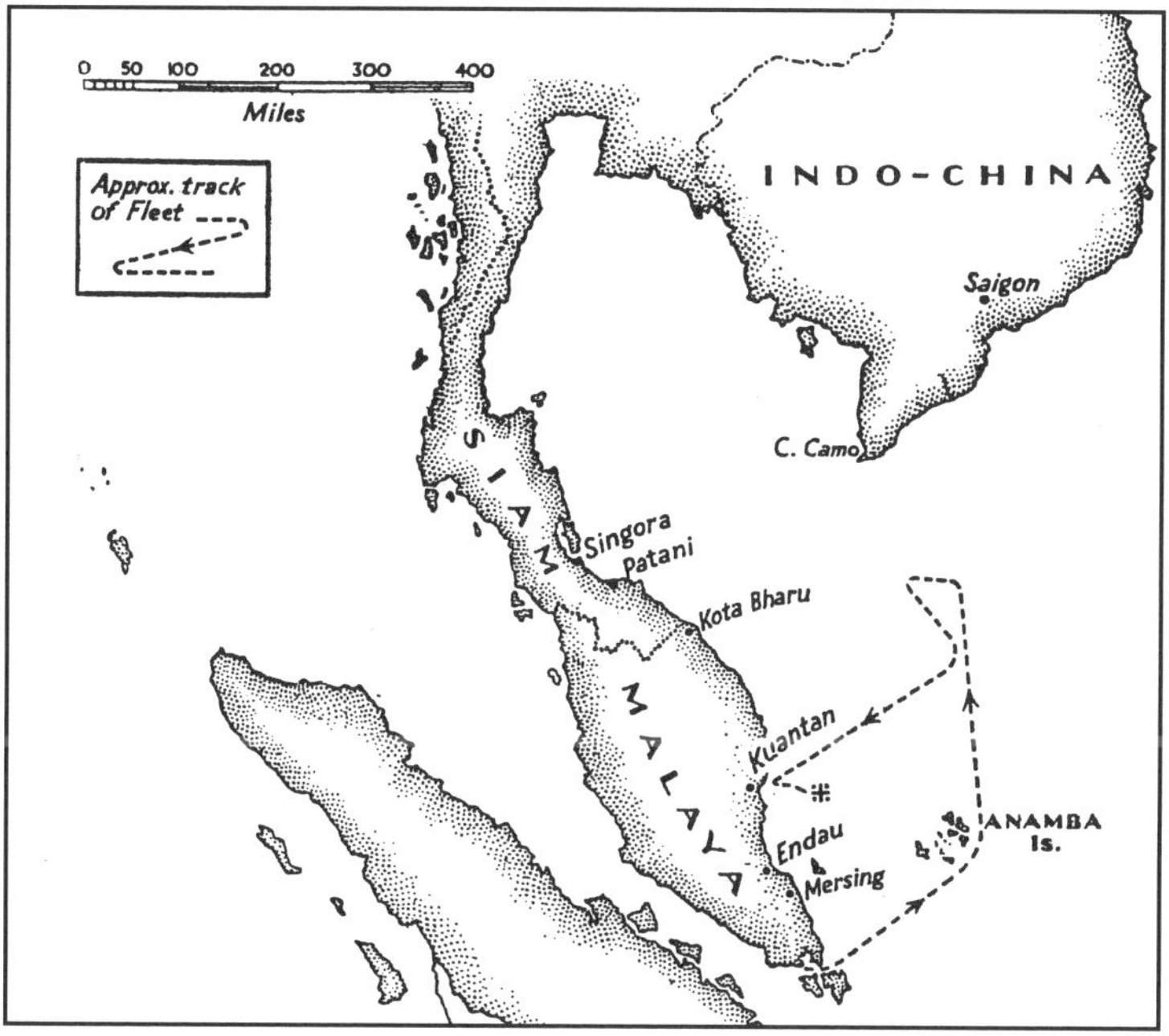
0 50 100 200 300 400
Miles
Approx. track of Fleet
INDO-CHINA
Saigon
C. Camo
SIAM
Singora
Patani
Kota Bharu
MALAYA
Kuantan
Endau
Mersing
ANAMBA Is.

MAP 3

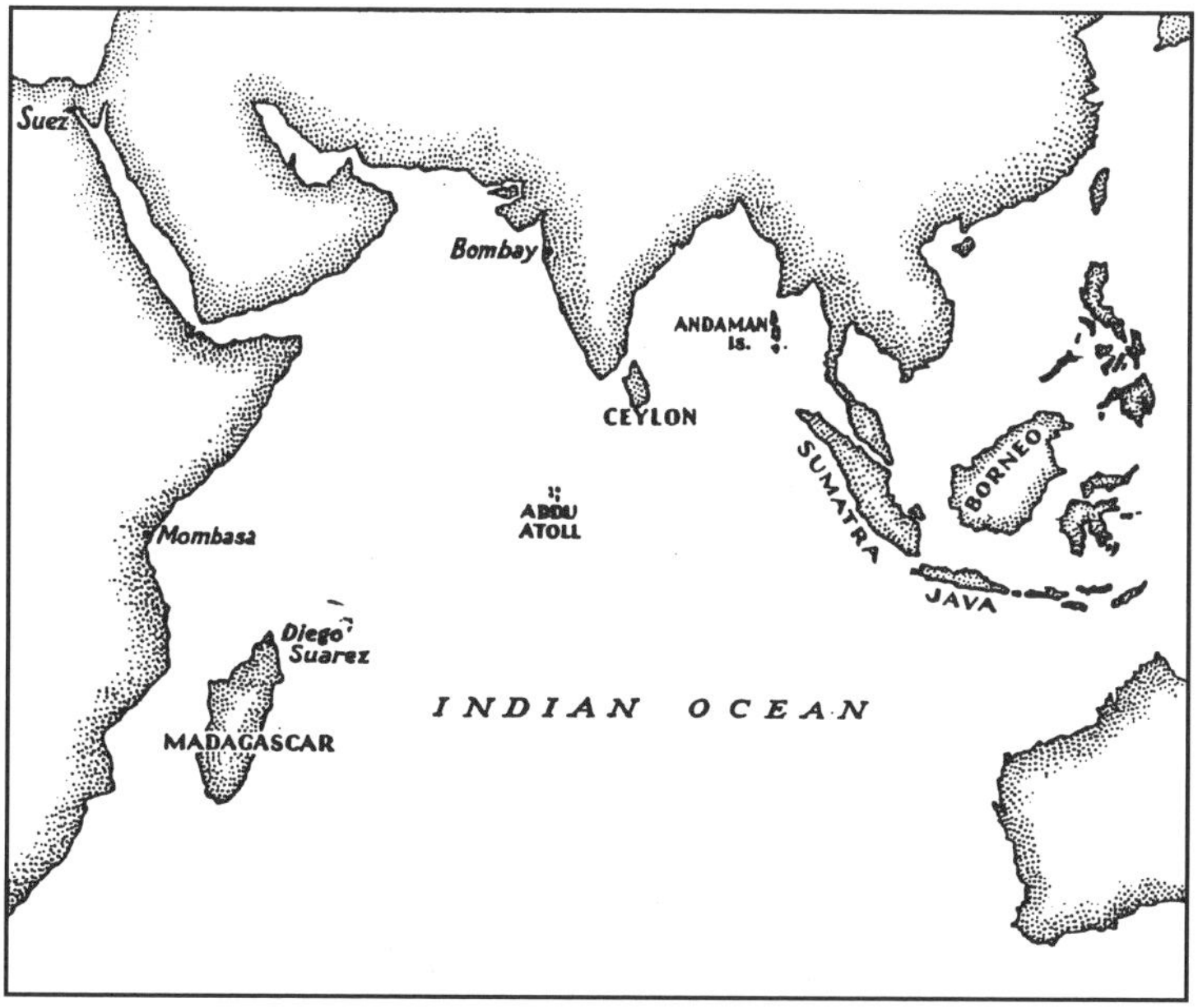
Suez
Bombay
ANDAMAN Is.
CEYLON
ADDU ATOLL
Mombasa
Diego Suarez
MADAGASCAR
SUMATRA
BORNEO
JAVA
INDIAN OCEAN

MAP 4

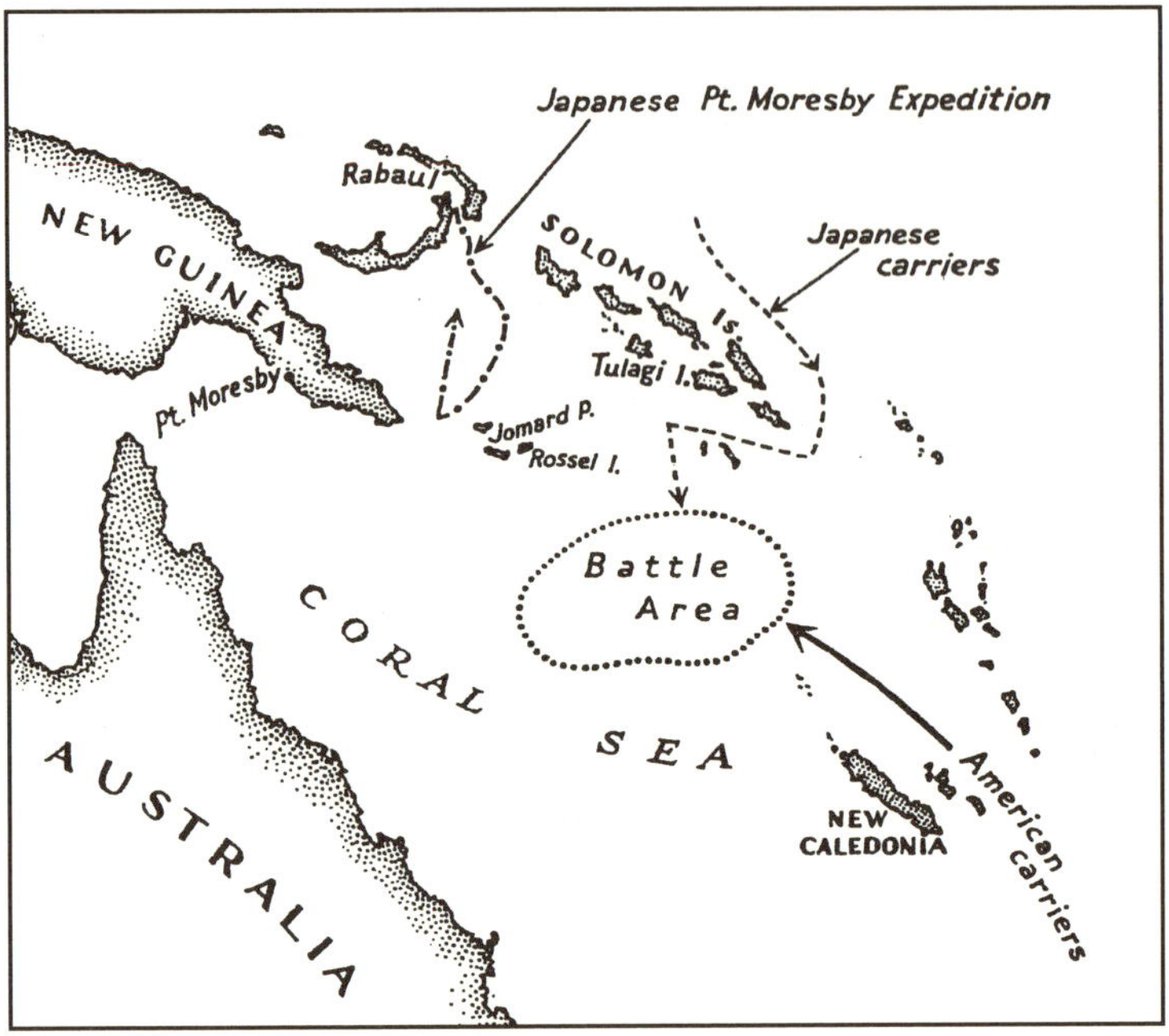
Japanese Pt. Moresby Expedition
Rabaul
NEW GUINEA
SOLOMON Is.
Japanese carriers
Tulagi I.
Pt. Moresby
Jomard P.
Rossel I.
Battle Area
CORAL
SEA
AUSTRALIA
NEW CALEDONIA
American carriers

MAP 5

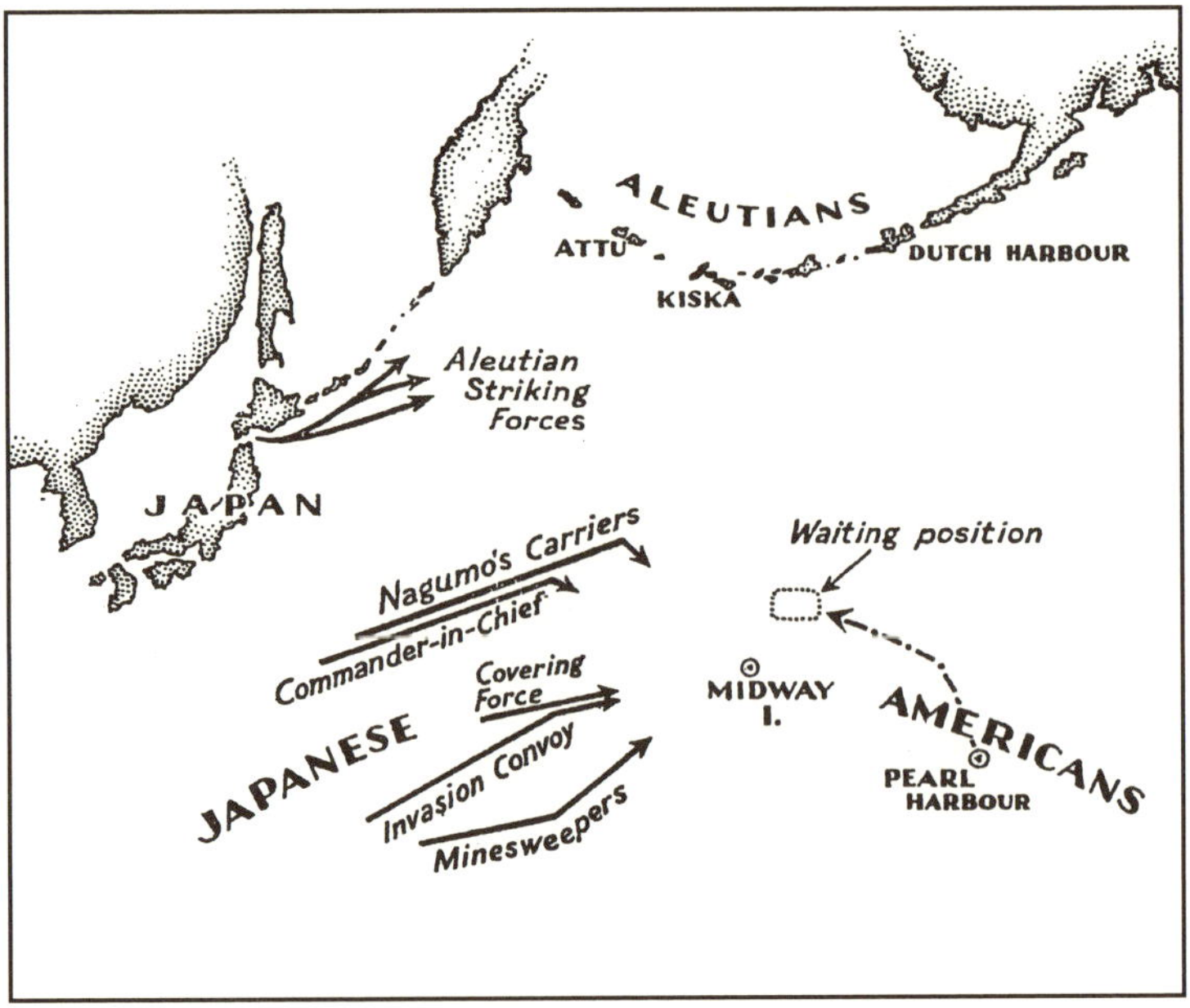
ALEUTIANS
ATTU
KISKA
DUTCH HARBOUR
Aleutian Striking Forces
JAPAN
Nagumo's Carriers
Commander-in-Chief
Waiting position
Covering Force
MIDWAY I.
AMERICANS
JAPANESE
Invasion Convoy
Minesweepers
PEARL HARBOUR

MAP 6

謹んで英霊に捧ぐ

復刊にあたり

埋もれていた貴重な文献に出会い、それを復刊する喜びを噛みしめつつご挨拶申し上げます。多言を弄するより、連合国側にも冷静に状況を分析している人が居られたことを証明する、本書をまずお読みください、というのが率直な気持です。

この本を著わされたラッセル・グレンフェル氏とそれを翻訳し、出版をされました田中啓真氏の両氏に満腔の敬意を表します。

本書の特色と今日的意義については、解説（二〇三頁）で永江太郎先生（元防衛研究所戦史部主任研究官）が縷々述べておられますので、よくお読み下さい。

著者についてはそちらへ譲り、ここでは翻訳者、元海軍軍医少尉の田中啓眞氏についてご令息の田中斉英様より伺ったことを御紹介します。

終戦後、戦争のことは殆ど語らずに逝ってしまいましたが、慶應義塾大学医学部の卒業で戦争中は陸軍中尉で蘭領のボルネオで病院長を務め、本土へ戻った後、海軍を希望し、その階級は少尉に下がって終戦。戦後は中央区日本橋本石町で診療所を開いて居りましたが、昭和四十六年に亡くなりました。ボルネオでは、オランダ人の看護婦を雇い、七、八ヶ国語を話せたそうで、語学辞典の編纂を夢みて居ました。

とのことでした。その田中斉英様は、本書の復刊を快くご承諾下さいました。あらためて厚く御礼を申し上げます。

「日本は戦略のない無謀な戦争をした」とよく耳にします。戦争に関する話を聞く機会の著しく少ない若い方々に、本書が一冊でも多く読まれ、戦争の実相を識って戴けますよう念じつつ復刊をした次第であります。

この甚だ困難な復刊にご協力、ご支援を賜わりました永江太郎先生、相澤淳先生（防衛研究所戦史部室長）、等松春夫先生（玉川大学教授）、学習院大生の長谷川玲様に深甚の謝意を表します。

終りになりましたが、創立百周年を迎えた素行會がその記念事業の一つとして貴重書の刊行を掲げ、その書目の一つに本書を選んで戴き感謝申し上げます。故林田孝常務委員・河戸博詞評議員には特段のご支援を頂き、ありがとうございました。

平成二十年六月

錦正社　中藤政文

［凡例］

一、昭和二十八年啓明社版にあった献辞「謹んで英霊に捧ぐ」は今回も冒頭に入れた。

一、仮名遣いは現代仮名遣いで統一し、漢字も固有名詞以外は新字体とした。

一、国名についてはその初出の漢字表記のところで、現在のカタカナを振仮名として振った。

一、カタカナ表記については、今日的表現とやゝ異なるものもあるが、原本通りとした。

一、書名の角書及び第八章「プリンス　オブ　ウエルスの最後」は、本書では最期と書きあらためた。

一、口絵は昭和二十八年啓明社版では、原書の本文挿入写真中の四葉のみであったが、今回は全十四葉すべてを口絵とした。その配列は掲載順。

一、原書の付図六葉は、昭和二十八年啓明社版では省略されたが、読者の理解を援ける為に、口絵に続いて六葉すべてを掲載した。

一、支那に関する記述で、第一次上海事変と第二次上海事変の人名に関し、勘違いと思しき箇所があったがママとした。

一、なお、原書の一部の表記を改めた箇所があるが、特に註記は付していない。

プリンス　オブ
ウエルスの最期

主力艦隊シンガポールへ

——日本勝利の記録——

序言

「リメンバー　パール　ハバー」を合言葉に、米国民は立上がった……。米国は遂に、日本の卑劣な不意打を受けて、心ならずも戦争に巻き込まれざるを得なかったと言われ、総て戦争の責任は、敗戦国日本のみに一方的に被されている……。だが、変転する世界史の楽屋裏で、受けて立つ戦争を巧妙に準備し、日本をして、一か八かの大博奕、太平洋戦争を開始せざるを得ぬ破目に追い込んだのは、果たしてどこの国であったろうか？

また、過去二世紀に亘り、最強・最大の海軍力を持ち、世界に君臨して来た大英帝国が、緒戦に於て、何故にかくも脆《もろ》くマレー半島で、惨敗を喫し、交戦二ヶ月も出ずして、日本の軍門にくだらざるを得なかったのか？　一九四一年十二月十日午前十一時、仏印に基地を有する日本海軍第二十二航空戦隊の雷爆撃機により捕捉され、轟沈させられたプリンス　オブ　ウエルス、レパルス両戦艦の悲劇を齎《もたら》した、真の責任は一体誰にあったのだろうか？

以上の諸問題が、英国の海軍大佐であるこの本の著者によって、公平な立場から取り上げられ、解明されている。特に著者により、俎上に乗せられ、容赦なく批判の対象にされているのは、第二次世界大戦の立役者、ルーズベルト大統領とチャーチル首相である。未だ健在であるチャーチル首相は、この本を読んで、きっとあの絶えず、口から離さぬ葉巻の端を、口惜しさの余り、思わず噛み切ってしまったことであろう。

昭和二十八年七月六日

訳者

目次

一　日露戦役終末期迄の西欧化した日本の興隆

一九三九年、当時、英国が極東に保有していた領土は、総てその昔、優勢な海軍力によって獲得された、と言っても過言ではないだろう。その方法は、金による領土の買収、又は、租借、条約による獲得、或いは武力による征服等とそれぞれ異なるが、いずれも世界無比な英国海軍勢力の優勢を、背後にして為されたものである。この英国《イギリス》海軍の優勢無しには、極東地域に対する陸軍兵員の輸送も覚束なく、よし輸送され、揚陸され得たとしても、優勢な制海権を離れての陸軍部隊の有効適切な軍事行動は、不可能であった。それで、世界最強の海軍力保有という思想は、極東ばかりでなく、地球上各地に於ける英国の植民政策遂行上の第一条件であった。十九世紀の末期、濠洲《オーストラリア》、ニュージーランド、海峡植民地、香港、ボルネオの一部に於ける主権が、ビクトリア女王の手に齎《もたら》された。そして、又、一英国臣民が、サラワクの土王として、そこを領治していた。この十九世紀中間の期間、及び、それ以後、英国は世界最強の海軍国として、自他共に認められていた。英国海軍は、仏蘭西《フランス》革命期、及び、ナポレオン戦争期間――特にトラファルガーに於けるネルソン提督の歴史的戦果――等によって、列強から到底挑戦し得ぬ、無敵海軍として畏怖され、世界に、その優越した地位を築いたのであった。英国の為政者は、スエズ以東に於ける領土の安泰を、何ら心配する必要を感じなかった。つまり誰も喧嘩の売手無しといったこの優位は、他のヨーロッパ諸列強の攻撃を、断固として粉砕し得る実力により裏書きされていたのである。当時、欧州以外で近代的な海軍を保有している国は、ただ、亜米利加《アメリカ》合衆国のみであったが、未だその海軍は欧州諸列強に比べ弱小で論外のものであった。その頃香港のような処では、国王陛下の軍艦の艦長達が、上陸第一歩の到着儀礼を、その地の有力商館に伺候して為さねばならなかったようなことを見ても、当時の英国商人達が如何にその生命財産の安全を当然のこととして享有していたのかが推測出来る。しかし、その頃既に状況の変化の種は播かれていたのである。一八五〇年代、この英国海軍の最盛期に於て、極東の情勢に深刻な影響を齎す二つの出来事が起った。その一つは、クリミア戦争であった。この戦争の目的は、露西亜《ロシア》艦船の黒海からの門戸ダーダネルス海峡をめぐる支配権確立にあった。露西亜の地中海に対するこの唯一の出口の確保は、冬期結氷し使用に堪えない、バルチック海の諸港しか持たぬ露西亜にとっては、一大関心事であった。しかし、この露西亜の懸命なる努力も、クリミア戦争の結果、なかば画餅に帰し、畢竟、その視線を東方の遙かに転じさせられたのであった。彼方、亜細亜《アジア》大陸の端には、熱帯の島々に通じる太平洋が、蒼い波を湛えていたのである……。

その頃、中国は歴代の各朝廷の崩壊期に見られる断末の相を現わし、満洲朝廷（清朝）が政治を行っていた。そして、中国はクリミア戦争の終末二年後に、鴨緑江河口の大部分を露西亜に譲渡することを余儀なくされた。〈天津条約〉中央及び東アジアに於ける、露西亜の膨脹政策が開始されたのであった。それより稍《やや》後、大シベリア鉄道を起工し、年々太平洋に向かって東方に、その工事は着々と進行された。その一支線は一八七一年、中国から得た日本海に於ける港湾ウラジオストックに終点する予定であった。しかし、ウラジオ港は、冬季凍結するので、不凍港である大連及び旅順に、満洲の南部を縦断する鉄道を敷く計画がなされた。つまり現在の南満洲鉄道である。以上の二つの港は中国領土であったのだが、露西亜はそれに対し譲渡、又は、租借を渇望していた。しかし、露西亜はその後、その計画を完遂する上に、極東に於て予期しない障害が横たわっていることに気がつき始めたのであった。ここで極東沿岸地域に、深刻な影響力を持つ一八五〇年代の第二の出来事を考慮するとしよう。クリミアで戦争が行われている時、丁度、日本では、開国が緒に就いたばかりであった。日本は、十七世紀に著しく意外なことを行った。と言うのは、日本は世界との交渉を望まずに、ぴったりと国を鎖《と》ざした。その結果、世界から隔絶し、又、自ら総ての国との交通を断って、自給自足の生活に入った。如何なる外国人も、日本列島内に招かれざる客として受け入れられなかった。又、日本人が国外へ行くことも禁止された。何人も日本に出入を許されぬ政策を、日本の当時の為政者は、強行する為に渡洋船舶の建造を禁止した。こういう状態で日本は二世紀半もの永い間、世界と隔絶し、自らだけの生活を、日本にとって害の無いと認められた和蘭《オランダ》一国以外とは交易せずに過ごして来た。二十世紀の現代に於ては、貿易と平和は、相関性を有するものである、という有力者の支持する信念が強く広められている。

英国首相ネビール　チェンバレンは一九三九年次のように言った。即ち、関係諸国間に充分な恒久的な交易関係が存在せぬ限り、永久平和はあり得ない。それと同様の観念は、それより五年後の一九四四年十月十一日に、ルーズベルト大統領によって反唱された。即ち、諸国民間の交易機関設置が、世界平和の為の必須条件である、と。

そしてルーズベルトの後継者は、その理論を実行に移すことに躊躇しなかった。一九四七年七月四日に、トルーマン大統領は、次の如く声明した。「二年前亜米利加合衆国及び五十ヶ国が、国連憲章として、衆知の宣言に、署名すべく会同した。我々が、何故、そのようなことをしたかと言えば、各諸国が、孤立して生存を営むならば、平和と繁栄とは望み得ない、ということを、大いなる犠牲を払って知り得たからである。」以上の三人は、各々優れた世界的権威を有する人達である。而して、又、三人共期せずして同じような意見を述べている。しかし、この心理的な理念に対し、日本がかつて行った実際的な例は、それと相反せる事実を記録して見せた。日本人は二百五十年の間、世界から孤立して来た。それにも拘らず、その二百五十年の永い年月、外界とは平和を保つことが出来た。当時日本は他の如何なる主要貿易国家に比して、国外戦争の難を永い期間免れていたことを、歴史は物語っていた。一首相及び二人の大統領が引用したにも拘らず、日本は孤立していたから、完全に平和であり、孤立以前の時代は外国との戦争に巻き込まれ、又、その孤立が終ると同時に、対外戦争に、連続的に巻き込まれざるを得なかった、ということは、事実が認めるところである。一八五三年、ペリー提督麾下《きか》の亜米利加艦隊の到来が、日本の孤立に対し終止符を打った。開国が始まった。日本人は、自身の生活様式を簡単に放棄するつもりはなかった。そして数年間に亘る開港問題に対する賛否の論争に、国を挙げて過ごしている間、益々多数の諸外国からの圧力が加重され、経済排他主義を放棄せざるを得なくなってしまった。英国、仏蘭西《フランス》、露西亜の三国は、交互に亜米利加と同じ行動をとった。外国からの昂まる開国の要求に直面し、日本の為政者は遂に兜を脱がされてしまった。クリミア戦争の終了後二年、即ち、一八五八年、必要な通商条約は署名され、爾後日本は、世界貿易組織の中に包含させられることになった。この通商条約法案を熱心に成立させるよう議会に集まったロンドンの政治家達のうち、誰が後年英国の生産価格の半値で売られる日本製自転車の、英国内市場に於ける氾濫を、予見したものがあったろうか。強圧の下とは言え、開港と決定した以上、日本は隣邦中国の如く、国内に強引に侵入して来た夷狄を撃退する為に、その頃中国人が行ったような無駄な憤激と、流血に、時間を空費するようなことは無かった。そのかわり、新しい機械文明の世界の様相を、見極めようと必死の努力をした。この日本が、鎖国状態にあった二世紀半の間に、西欧諸国家は、事実上、著しい物質文化の進歩を遂げていた。そして、その間、日本は冬眠していたのである。

一八五三年ペリー提督が、浦賀に黒船を率いて現われた時、日本のサムライ達は、未だ弓矢を張り、鎧兜に身を固めていた。この日本の、欧米先進国諸国に追いつこうとする努力と意気は、昇天の勢いであった。機械、造船、鉄道、工業、政治、経済等の分野では、先進西欧諸国に学ぶ為に先駆的な人々が、派遣された。それと共に、西欧諸国の軍事教師達が、指導官として近代軍事科学をもって日本軍を訓練組織する為、日本政府に雇傭された。実際に日本の為政者は、それぞれ世界の最高水準にある国々、即ち、英国には海軍を、仏蘭西には陸軍を習うことにした。しかし、陸軍に関する限り、普仏戦争に於ける仏蘭西の敗退後、仏蘭西人教師は送還され、独逸《ドイツ》人に換えられた。こうして、各方面の分野に、驚くべき進歩が齎された。中世的封建主義国家より、十九世紀の高度に組織された工業国家への転換は、稀に見る偉業であった。日本が行ったこの驚異的な変貌は、素晴らしい速度で効果を挙げ、それから四十年も経ずして、欧州の大強国に対し戦争に打ち勝ち得たという事実が見られたのであった。幾世紀にも亘る世界からの隔絶という堅い殻から、産声を上げて飛び出し、世界の空気を初めて呼吸したミドリ児日本の目に、切実に映じたものは、先ず第一に自国の保全及び世界に占める自国の戦略的な位置の問題であった。

朝鮮は当時、日本にとって、恐れるに足りぬ、ひ弱な国家であった。しかし、この朝鮮半島を、他の強国が制圧するならば、問題は自ずから異なって来て、日本から見ると非常に危険なものとなった。それ故、朝鮮を如何なる外国の勢力からも、逃れさせておかなければならぬということは、日本の恒久政策となった。丁度、英国にとって伝統的な意義を有する低地国（即ち、和蘭、ベルギー、ルクセンブルグ等）に対すると同様な意義を有するものである。しかるに、この朝鮮の独立に最初の脅威の触手を伸ばして来たのは中国であった。中国は当時（一八八〇年）外蒙を他国より、蚕食され始めていたのだが……。日本は、それにも拘らず、中国に対して、協調的な態度をとっていたが、中国の日本に対する非妥協性は、一八九四年に極限に達した。日本艦隊に対する中国艦隊の仁川口に於ける砲撃は、遂に日清戦争の口火となった。そして陸に海に日本はその敵を完膚なき迄に打ち破り、清国艦隊は殆ど全滅させられた。日本軍は、清国軍隊を、朝鮮の国外に駆逐したばかりでなく、遼東半島上の南満洲の良港大連及び要塞化された軍港旅順、又、同時に山東省の沿岸の威海衛を攻撃し占拠した。以上の地点は、三つ共、講和条約によって日本の得るところとなった。又、それにより、南満洲の小さな附属領土及び台湾等は、日本の手に帰した。日本の清国に対する戦勝は、露西亜の好むところではなかった。その頃、シベリア横断鉄道の建設は、順調に進捗し、南満洲鉄道の敷設工事も、大連、旅順を目指して、どんどん進行していた。そして、不凍港大連、旅順に到達することが、この幹線敷設の本当の理由であった。つまり、帝政露西亜の太平洋に通ずる出口が、唯一の目的であったのである。そのような情勢下に、新興日本の旅順、大連の占領が行われたのであるから、露西亜の感情は大いに刺激され、露西亜にとって如何なる手段を使っても、日本を遼東半島から駆逐しなければならぬという重大問題が生じた。しかし、露西亜はその手の打ち方に慎重を期さなければならなかった。もし、ここで露西亜が、単独に日本に対し、遼東半島からの撤退を迫ったならば、太平洋に権益を有する諸列強に痛くない腹を探られ、特に露西亜に対し非友好的な大英帝国と、直接対立する結果を招くことになる。そこで、露西亜は、最も効果的な解決方法として、他の諸列強を糾合し、日本に対し必要、且つ、強力な圧迫を加えるべく、計画したのである。それが、露仏独の三国干渉という形となって現われたのであった。

日清講和条約の批准が済むか済まないうちに、この三国はある一国の清国首都に対する脅威を除き、極東平和の為に、清国の領土の保全を、維持する旨の共同声明を中外に発し、日本に対し旅順、大連の放棄を迫った。この圧力に対し日本は威海衛と台湾を、僅かに自己の掌中にしたまま断腸の思いで退く以外に途はなかった。何が故に、この露西亜の書いた筋書に、独仏両国が踊ったのであろうか。仏蘭西は当時、露西亜に対し同盟国の立場にあり、従ってその同調は止むを得ないとも言えよう。しかし、独逸は？　当時、欧州列強に比し、極東への進出に出遅れを示していた独逸は好機至らば獅子の分け前を得んものと、東洋に於て虎視眈眈とその機を狙っていたのであった。それ故に、この露西亜の提案に双手を挙げて参加したことは、不思議ではなかったのだ。そして、その独逸の野望は、それから三年後、即ち、一八九八年、二人の独逸人宣教師の殺害を口実に、山東半島の沿岸の要港青島とその背後地を、清国より奪取し、そこに、即時要塞と海軍基地を建設したのである。

他方、これと時を同じくし、まるで暗黙の了解があったかのように、露西亜の艦隊は旅順、大連に侵入し、遼東半島を占領した。仏蘭西は、又、南支雷州半島の広州湾の使用権を獲得したのであった。これに狼狽したのは英国である。遅れてはならじとばかり、香港の隣接地九龍の租借を、清国から得ると同時に、日本に迫り威海衛を日本の手からもぎ取ってしまった。このような事態に対し、日本人の気持ちが如何ばかりであったか、想像するに難くないであろう。清国の領土の保全及び極東の平和という、響きの良い言葉を吐いた三強国に、日本は日清戦争で得た合法的な獲物を、一旦放棄させられ、その上、詐取された。この三強国によって唱えられた清国の領土主権の保全及び極東の安寧秩序ということが何を意味したかは、最早三才の童子にも理解出来ることであった。日本は恐喝と詐欺に遭ったのであった。それは、日本が開国してから僅か四十年も経ぬ時のことであった。当時、自由愛好、道徳律の昂揚、農奴解放運動、人道主義運動等の風潮が、世界に横溢していた。その一八九八年の日本の経験は、日本に国際政治に於て、侵略という定義が決して使い古された過去の遺物ではなく、それが強い力を背景にして行われる時には、恐るべき威力を持つ武器となる、という結論を抱かさせるに至ったとしても、誰がそれを非難し得ようか。全く目には目を、歯には歯をである。以上の如き露西亜の遼東半島に於ける基地建設等の露骨な膨脹政策は、日本に最悪の危惧を抱かせた。日本にとっては、身近の大陸に優位を占める、強大国の存在が、一番恐れなければならぬ問題であった。

日本は軍備を増強し、特に海軍力を拡大した。日清戦争の時には、日本には護洋巡洋艦以外に大型艦種はなかったが、一九〇一年に至る迄に、英国製の最新式戦艦を、六隻保有するに至った。当時、旅順には、露西亜による旅順獲得直後、バルチック海から回航された露西亜の艦隊があった。英国は日本以上に強力な露西亜の海軍力が、極東に出現することを好まなかった。丁度、英国の内海である地中海に、露西亜艦隊の出現を見ることを、望まなかったようにである。英国艦隊が、清国常駐として派遣させられた。露西亜の艦隊が極東に於ける英国の権益に脅威を与えること、即ち、それは、又、日本の脅威でもあった。二十世紀が新しく始まろうとするこの頃、果たして、一旦緩急の場合、日本が、どれだけの戦力を発揮出来るか、未だ何人にも想像することは出来なかった。白色人種の東洋人に対する、軍事的優越性は疑念をはさむべき余地のない絶対的概念であった。日本人は好戦的であると一般的に見られていたが、その真の力量は未知数であったし、当時の西欧列強の人々は、来るべき日露戦争に対し、その賭を、勿論、露西亜の勝利に張ることに、何らの疑念も抱かなかった。

英国は、疑いもなく露西亜を、三国の中でより危険な存在と見なしていた。そして、英国政府は、日本に外交的指示を与えることを決定し、一九〇二年、日英同盟を締結した。それによると、日露両国の戦争に、他の第三国の介入を許さず、もし、あえてそれを犯す国があれば、英国は直ちに参戦し、日本を軍事的に援助する、という保証がなされていた。露西亜は、一九〇〇年の義和団事件終了後、満洲から直ちに撤退すると確約を与えていながら、毫も動こうとする気配を示さなかった。一九〇三年に至って、日露両国間の国交関係は、緊張の極に達した。露西亜は、満洲を強力にその足下に踏まえ、朝鮮に対し、無気味な動きを示して来た。そして、朝鮮政府に政治的圧力をひしひしと加えて来た。ここに於て、日本は自国の死活の急を感じ取ったのであった。日本の腹は決まった。日本は数年来、不安の中に着々と歩みを示す露西亜の東遷を見守っていた。そして遂に最後の時は来たのだ。日本にとって朝鮮に対する外国の支配は、国家存亡の問題である。即ち、それにより、日本列島は軍事的には、常に匕首を喉元に擬せられ、経済的には、中国大陸との交易の動脈の切断を意味するのであった。

当時の露西亜の首都ペテルスブルグに於て、日本の出先外交機関は、頻繁にきびしい警告や申入れを、矢継ぎ早に発した。露西亜の為政者達は、つい昨日迄、封建的停滞の惰眠を貪っていたこの矮小な東洋民族の憤りや警告にさしたる注意を払わなかった。しかし、そのような一般的傾向にも拘らず、皇帝側近の有力者の一部には、露西亜帝国の膨脹線上に、頭をもたげて来た障害物日本の実力を、甘く見るべきではない、という意見を持つ者もいた。それらの識者の一人として、クロパトキン将軍の名をここに挙げることが出来る。クロパトキンは、当時、自国の相対的戦力に疑問を抱き、露西亜の朝鮮に於ける企図を放棄し、開発途上にある北方のウラジオ地区に、軍の主力を集結すべきであると、驚異に値する提案をなしたのであった。

しかし、そこに莫大な額の資本を投じて来た露西亜帝国にとっては、自己の進路を変えるのは思いもよらぬことであった。その上、常識的には、日本に対する軍事的勝利は、火を見るより明らかであり、それにより受けるべき利益も計算に加えられてあった。そして、クロパトキン陸軍大臣の、この日本に対する協調的な提案も、闇に葬り去られたのであった。度重なる日本の抗議、警告に馬耳東風といった露西亜政府は、頑迷な態度で遠慮なく、自己の道を推し進めた。戦端開始止むなし。日本は遂に臍を固めた。一九〇四年二月のある朝であった……。開戦の場合の、日本の戦術方式は、先ず制海権の確保にあった。これを握らずに、日本はどうして大陸に兵力を輸送出来るだろう。しかし、その反対に万一制海権が、敵手に落ちた場合、日本は随時、敵軍の侵入に身を任すことになった。制海権の有無こそ、日本の死活を制する問題であった。しかし、日本の海軍は甚だ脅威すべき問題に直面しなければならなかった。

海軍力の優劣は、常時、主力艦の保有数量によって計られる。当時、日本の主力艦は六隻で、その上何らの予備艦をも有していなかった。それに反し、露西亜の旅順艦隊は、それを七隻保有し、その上、又、同程度の艦隊をバルチック海に遊弋《ゆうよく》させていた。日本は、その艦隊勢力に於て、正に二対一の劣勢であった。それにも拘らず、東京に於てこの冒険をあえて決意した人々は、正に英雄の名に値する、と言えるだろう。日本海軍軍令部では、奇襲作戦計画を決定した。戦術常識を欠いたとも言えるこの不均衡な戦い、そこで劣者が持つことの出来る、唯一の有力な武器は、奇襲作戦なのである。そして、その場合、窮地に立たされた劣者は、国際法規の微妙な点迄は、考慮を払わないものなのだ。露西亜との国交は、二月五日、遂に断絶した。日本帝国大使は、露西亜政府に、帰国の旅券を要求した。

宣戦布告前の二月八日の夜、日本駆逐艦隊は、旅順港外に停泊していた露西亜艦隊に魚雷攻撃を行い、その戦艦のうち三隻に甚大な損害を与えた。こうして、取りあえず暫定的とは言え、日本にとり優勢な、六対四の均衡を勝ち取るに至った。勿論、この日本海軍の宣戦布告前の攻撃は、欧州の国々で、口うるさい批判の対象になった。しかし、英国では別であった。ロンドンの『タイムズ』紙は、「日本海軍は海軍戦史上に光輝ある地位を占める、果敢なる行動をもって戦端を開いた……。」と、絶賛を呈する程であった。又、他の主な英国の新聞の社説は、日本が行ったような敵の意表を突く機敏な攻撃を、露西亜海軍が行うことは、到底不可能であると好意的態度を示した。宣戦布告前の敵対武力行動の開始は、違法である。しかし、近代戦史上に残る大部分の戦いは、事実、その布告前に開始されている。露西亜艦隊の対敵警戒管制は、常識で理解し得ぬ程間が抜けていた。それが日本駆逐艦隊により利せられたのであった。

両国の国交状態が、一触即発の危機にあることは、当時、世界周知の事実であった。それにも拘らず、露西亜艦隊は、燈火管制もなさず、防雷網も降ろさず、砲塔には兵員を配置もせず、港外に停泊していたのであった。このことは、露西亜の敗因の一つに数えることが出来る、と同時に、又、日本にとっては、天与の賜物《たまもの》であった。この悲劇は世人を一驚させ、同時に露西亜の無力・無能ぶりを世界に知らしめた。そして、旅順艦隊は、この出鼻で被った損害から再び立ち上がることは出来なかった。日本は今や、部分的に制海権を得たが、強力なバルチック艦隊が増援に来る以前に、残存旅順艦隊を絶滅させなければならなかった。乃木将軍麾下の部隊によって、旅順の背後を突く、犠牲の多い攻撃が開始された。残存艦隊を港外に誘い出して、決定的な打撃を与える日本海軍の作戦意図が成功せず、港内に於て、それを撃沈させねばならぬということが、明らかにされたからである。しかし、旅順港は強度に要塞化され、その上、乾坤一擲の意気を持った露西亜陸軍が防禦している港の背部を取り囲む丘陵によって、守られていた。貴重な時間は矢の如く過ぎ、乃木軍の攻撃は、正に死屍累々として壮烈を極めたが、遅々として進捗しなかった。時既に十月、バルチック艦隊は極東に向けクロンシュタット軍港を、出発していたのであった。しかし、それから二ヶ月後の十二月、バルチック艦隊がその征途の半ば、印度洋の仏領マダガスカル島に、ようやくたどり着いた時、遂に乃木軍は旅順港周辺の、最強の要塞二〇三高地の頂上に、日章旗を高く掲げることが出来たのであった。そして、艦載砲が苦心して、山頂に運ばれた。その艦載砲の榴弾により、残存の露西亜艦隊は、港の奥深く、投錨したまま撃沈されたのであった。その作戦は、正に時間との競争であった。一方、その間、日本艦隊は港口を厳重に監視、封鎖していた。

開戦以来、十ヶ月に渉る艦隊行動を含む作戦で、来るべき次の大海戦を迎える為に、艦隊の修理と補給が必要であった。日本艦隊にとって運の良かったことは、バルチック艦隊は、旅順艦隊に比し、劣勢（老朽艦が多数その編成に加わっていた）であり、極東に向けたその艦隊行動は遅々としたものだった。そして、目的地ウラジオストックへの到着は、早くとも、五月末という見込みであった。五月二十七日は、正に運命の日であった。この朝、遂に長途八ヶ月に亘り、東方に向かって遠征して来た、バルチック艦隊の艨艟《もうどう》は、対島沖に待機していた東郷提督麾下の連合艦隊に捕捉され、その日のうちに、殆ど全部を撃沈乃至拿捕されてしまった。日本海軍は、戦前、自己の二倍の勢力を有した敵海軍に、決定的な打撃を与え、見事な戦果をおさめたのであった。

世界史始まって以来、最初の東洋民族の、白色人種に対する、海戦に於ての徹底的な勝利であったのだ。その報道は、東洋の国々に閃光の如く拡まり、印度駐屯軍所属の英国士官連は、市場で、この事件が、市民の口々に高く噂されるのを、耳にしなければならなかった。

二　極東に於ける列強の対立

日本海海戦数ヶ月後の九月、米国のポーツマスで締結された講和条約により、日本は、再び、旅順、大連を、その手中におさめ、露西亜の勢力を、朝鮮及び北部満洲を除く大部分から、退けることが出来た。日露戦争の結果は、日本に対し、世界に於ける新しい地位を与えた。日本は今や、押しも押されもせぬ、世界の強国として、世界列強と肩を伍することになった。そして、日本は、戦前よりも、強力な海軍力を有するに至った。戦争中に、多少の艦艇を失ったとはいえ、旅巡港内で沈没した露西亜の戦艦は浮揚させられて、日本艦隊に編入され、バルチック艦隊の戦艦のうち一隻は対馬沖で拿捕された。

英国の極東権益保護の点から見ると、日本は今や全く獅子身中の虫として、姿を現わして来た。短い期間であるとは言え、日本及び英国は同盟によって結合させられ、日本人の英国に対する感情は、戦前・戦後を通じ、英国が日本に与えた精神的支持の結果、極めて親善的であった。しかし、その反面、極東に於ける日英両国間の関係に、相対立する政治的素因が出て来たのであった。他に対しては同盟、親善をよそおい、相互の間では、利害に火花を散らす状態が、日英両同盟国間に生じ、事態は推移していった。欧州に於て、新興独逸海軍は、英国海軍の優位に対し、戦いを挑む程に強力となり、世界情勢は、いつ、どこで、何が起こるかも知れぬ程、再び緊迫して来た。英国の注意は、いや増しにもキール軍港や、ウィルヘルムスハーフェン軍港の独逸海軍の動きに向けられた。時の英国海軍大臣ジョン　フィッシャーは、対独戦争の必至なことを予見し、英国近海に英国海軍の主力を集結させることに決定した。その結果、二、三の巡洋艦だけが、支那駐在に残されることとなった。このような西欧に於ける情勢悪化により、日本は相対的に極東に於て、大海軍力保有国となった。そして極東及び世界で新しく得たこの不動の地位に立った日本は、さて次にどんな行動をとっただろうか……。

心理学者に言わせると、野心と恐怖は、紙一重、恐怖が出て行くと、隣の野心がやって来る。満洲に、触手を伸ばした露西亜帝国の企図に、みごと、うっちゃりの手を食らわせた日本が露西亜の後に座り込み、そこの開発にすぐ取り掛かっただろうか。日本にとって第一に必要であったのは、その国力の回復である。対露戦争は、国力を多大に消耗させ、多額の国費を浪費させたのである。その上、英国が超弩級戦艦の建造を開始したことが口火となって、戦後、一、二年間に巨砲巨艦主義が、世界の海軍の流行となった。その結果、在来の艦艇を、総て実際的に老朽艦の地位に下げてしまった。日本も、自己の地位を保持する為、新しい建艦競争に参加しなければならなかった。しかし、これは多くの国費の出費を意味した。

当時、他にも有力な艦隊を持った国々があった。大海軍国英国を除いて、独逸・米国・仏蘭西の三国は、日本に対し、優位を占めていた。墺《オーストリア》帝国、及び、伊太利《イタリア》は、日本と、同位の勢力を有していた。日本が、他の列強の利害に反する、自国の国策を遂行する為には、誠に慎重な態度をとることが必要であった。しかし、欧州に於ける情勢の悪化が、一九一〇年に、日本の朝鮮併合を平穏裏に実現させた。英国は、独逸艦隊の増大する脅威により、暗黙の中に、その行動を認めた。それから二年後、一九一二年、日英同盟条約は更に十年の期間、更新・延長された。他方、米国の日本に対する感情は、常に友好的であった。米国は、日本と露西亜との紛争に対し、明らかに日本の側に立った。米国大統領は一九〇五年のポーツマス条約の陰の演出者であり、日露両交戦国の平和会議を調整する主導権をとった。日露戦争開始直前、『タイムズ』日本通信員は――日本の為政者が最近の談話で、日本が、軍事制覇の為ではなく、アジアの為、又、アングロサクソンの理想を、確保すべく戦っていることは、疑いない事実である。日本は、米支通商条約の基本的な骨子、門戸開放及び満洲に於ける中国領土主権の承認以外には、何物も目的としない。故に、日本と米国の立場は、全く同じである――と、東京の諸新聞の報道を、欣然と報じた。この日本の要路の大官の門戸開放に対する言及は、特に注目に値する。この原則は、日英同盟条約の中にも存在し、そして、それは中国に利害を有する総ての国家の機会均等、という自明な主旨の一つである。朝鮮の併合一年後には、日本の中国に対する野望が、はっきりと全世界に知れ渡って来た。どこの国でも、予め自分の行動の最終目標を、体裁の良い衣に包んで触れ廻るものなのだ。それに対し、他の国々は、その国の個々の行動を総合して、それに対する、結論を見出すのであった。世界の目には、日本のその目的がはっきりと映じた。上海、香港の消息通は、一九〇八年のあの有名な西太后の死後、日本が隠密裏に、中国の内政に関与し出したことを、知り始めたのだった。

清朝の命数は、正に尽きつつあった。二千年の間、中国は、征服者によって立てられた朝廷により、かわるがわる続いて治められていた。そして、それぞれ歴代の朝廷は、時間と共に、腐敗により、徐々に内部から朽ちて行き、最後には朽ち果てた大木のように崩壊するのが例であった。一九一一年に、武昌に上がった革命の第一火は、清朝皇帝に、最後の日の近づきを知らせる烽火となった。

この革命の陰に、日本の黒い手が踊り、それを援助し促進させたことは、疑いもない事実であった。日本は、革命が中国を二分することを望んだのは確かである。中国を二分することにより、少なくともその一方、あわよくば両方を手に入れようという腹であった。ところが、具合の悪いことには、全中国に革命は燎原の火の如く広まり、少年皇帝の廃位のみに止まらず、中国の最も傑出した政治家と言われる遠世凱の下に、共和国として、新しい姿で生まれ出て来たのだ。これを日本が望まなかったのは明らかである。滅亡しかかった帝国から、その領土のある部分を分離することが、日本の目的の一つであった。全中国が統一された民主国家に変貌することは、全く日本の目的に添わぬことであった。古い封建制度が消滅するにつれて、遠世凱のような傑出した人物が四十年前の日本のように、西欧的に近代化された国家の建設を実現するのは、至極可能なことであった。しかし、これは日本のある種の野心の実現のさまたげになるのであった。遠世凱は、日本がその共和国を承認しないという通告を受けとらされた。日本は、清朝を支持し、その権力を復活する為、軍事行動を起す用意があると声明を発した。

英国は、中国の内政問題は中国自身に任すべしと、主張して、日本の内政干渉に反対した。英国のこの行動は、日英両国の間の、最初の表面的な対立の現われを意味した。日英両同盟国間に、ひびが大きく入り始めたのである。日本は英国の反対に、一旦その鉾先をおさめたが、時を移さず、失敗の補いに取り掛かった。一九一八年の第二次中国革命は、主に、日本の書いた筋書きであった。数ヶ月前から、日本の武器、そして資金が広東方面に送り込まれ、南方の革命家達の活発な謀略活動が巡らされた。そして実際、この革命には日本の軍人が多数参加して戦った。しかし、又も革命は成らず、竜頭蛇尾に終った。

有名な南方革命派の要人孫逸仙は、事敗れ、遂に日本船で日本に亡命した。しかし、世界の情勢はこの時、日本にとって好転しつつあった。一九一四年、遂に欧州大戦の火蓋が切られたのである、欧州の列強は、互いに血で血を洗う争いに巻き込まれ、日本には米国の干渉以外に、何も気がねせずに、極東に於ける野望を拡大強化して行く道が開けた。モンロー主義の米国は、自身で直接日本の行動を牽制干渉し、日本と対立すべきではない、と考えていた。日本にとって正に、時の首相大隈伯が言ったように「千載一遇の好機」だった。第一に、日本政府は、表面上日英同盟を支持する何らかの行動に出る必要があった。実際、当時、日本陸軍部内に、対独戦参加に反対する一派があったが、日本の実権者である元老達は、戦争介入により、青島から独逸を駆逐することが出来、それにより中国に於ける、日本にとっての垂涎の地、山東省の一角に足掛かりを得ることが出来る、と計算していた。このように自己の利益が、即ち、日英同盟に対する忠誠となるとは正に一石二鳥であった。

独逸は、前もって優勢な海軍勢力に対し、戦端開始の暁には、青島を維持し得ぬことを予想していた。それ故、開戦後間も無く、中国に対し青島の返還交渉を始めた。これに対し、英国は中国政府に、この独逸の交渉について、英国並びに、日本は武力行動により青島から独逸を駆逐すべき意図を持つが、中国政府は、その結果に何ら不安を抱く必要無し、との保証申入れを行った。これに続いて為された日本が原則的に守っている中国の領土保全の尊重に変わりなく、又、何ら中国領土に対し野心を有せずとの、日本政府の声明は、以上の英国の保証に対する裏書きであった。この英国の与えた保証を信頼し、中国は独逸の申出を拒絶したのだった。そして、日本は独逸に対し宣戦の布告をした。これに対する日本の出兵計画は、明らかに、予め前から用意されていたものであった。二週間以内に、よく装備された陸・海軍が、青島包囲攻撃に出動した。そして、英国の二大隊が日本軍の山東半島上陸後、間もなく作戦に参加した。青島は強力に要塞化されていたが、救援が続かず、十一月七日、遂に降伏した。

中国が前もって返還するという確約を得ていたにも拘らず、青島は以後八年間、日本の手に残ったのだ。青島陥落二ヶ月後に、日本は対支二十一ヶ条要求を中国に突きつけた。この要求は、注目に値するもので、それには中国に対する日本の膨脹主義的野心の表現が、明瞭に示されてあった。その要求は、五部に分かれていた。その第一部では、青島より独逸放逐後に起る事態を取り上げていた。中国は、日独両国間の停戦に際し、両国間に於てなされる取り決めを、支持承認すべきこと。山東省に於ける鉄道施設の為、日本に租借地を与えること。如何なる第三国に対しても、山東半島沿岸に租借地を与えざること。第二部には、旅順及び南満洲鉄道の租借は、九十九ヶ年間とすること。南満洲及び東部内蒙古に、日本の租借地を認めるべきこと。それに、政治・財政・軍事等の日本人顧問を、その両地域に送る権利を含めていた。これは実際上、両地域を、日本の保護領化させる効果を持っていた。第三部には、揚子江渓谷部に於ける、鉄及び石炭等の開発に対する特殊利権についてであり、その経営は、日中合弁で為されるべきこと。それに対する第三国の参加は、除外されるべきこと。第四部には、全中国沿岸の港湾・島嶼を、第三国に貸与、又は、割譲すべからざること、を規定してあった。第五部は、その中で一番過酷なものであり、日本人を中国政府の政治・財政・軍事顧問に雇用すべきこと。又、重要地区の警察行政機構は、日中合同で構成されるべきこと等であった。これらの要求により、中国に対する日本の根本政策が広く暴露された。

二十一ヶ条のこの要求は、明らかに政治上、経済上、中国を殆ど完全に日本の支配下に置くべき意味を持っていた。この要求を日本は中国に突きつけると同時に、これに対する中国の機密保持を併せて要求し、もし、それが守られぬ場合は、以上の要求事項の内容は、もっと過酷なものになるだろうと警告をしたが、日本の威嚇は役に立たず、その詳細な情報は、世界に対し漏れ始めた。日本は始めのうちこそ、そのような要求の事実無しと公式に頭から否定していたが、今や、それを包み隠せなくなり、第四部までの条項を英国に通告せざるを得なくなった。一番過酷な第五部を、除外した条文でさえも明らかに強奪者の性質が、一目瞭然とうかがえるのであった。それにも拘らず、日本は「極東の平和の維持及び中国との友好関係の確立に、日本が中国に提案した明瞭な問題」という風に修辞学的に綴られてあった。極東の平和ということは、口先だけの題目と化したのだ。そして何が起りつつあるか、ということを知った英米両国は、日本に対し、強硬な抗議を発した。しかし、周囲の情勢をよく判断していた日本は、その抗議に対し、何の注意も払わなかった。

一九一五年五月、日本は、中国政府に最後通牒を発し、第一部から第五部迄の要求を中国政府に呑ませた。この際英国が試みた日本に対する外交的圧力は、日本国民間の対英感情を甚だしく悪化させる大きな動機となった。日英同盟の可否について、既に我々が知ったように、一九一四年以前に日本に於ては種々議論されるに至っていた。その半面、日本に於ける独逸の影響力は増大していた。独逸士官は、日本陸軍を訓練・教導していた。英国が訓練した海軍に比し、陸軍は、国民に対し、数の上での大きな比率を持っているので、国民により親和感を抱かせた。したがって、陸軍の国民に対す影響力は大きかったのである。英国流の考え方より、独逸流のそれが、日本人に共感を抱せたし、国家形態としても、出遅れた新興国家としての独逸と日本は共通点があり、両国間に相互の親近感を齎した。

対支二十一ヶ条要求に対する英国外務省の反対に反発し、一九一五年から一六年にかけ日本国民間に親独感情が増大し、強力な反英運動を起させた。青島攻略に日本と協力した前述の英国小部隊の行動を含めて、英国の戦果について侮辱や嘲笑が生じた。英国に対し表裏相異なる動きを続けて来た日本政府にとっては、国民の対英感情の悪化は歓迎すべきものであった。例えば大戦中、日本は印度の独立運動の煽動者の亡命安住地と化し、日本政府は、その亡命者達に対する英国政府の引渡要求を、拒絶したようなこともあった。このような日本の態度は、同盟国と言わないまでも、少なくとも友好国家のそれではなかった。この種の日本の数々の行動は、日本国民の大部分が独逸が大戦で必ず勝つであろう、と信じていたことで説明された。この日本人の独逸必勝の観念の元となる表面的理由は、独逸軍は、その時、仏蘭西領の奥深くに侵入し、露軍はタンネンブルグの大敗北の後に、敗走に敗走を重ね、そして、国内の民心は動揺の極に達し、正に革命前夜のような有様を呈していた。日本は、独逸の勝利を予期するばかりでなく、希望さえしていたのだ。

そして日本政府は、独逸とのある種の了解を試み、それに成功したと報道していた。同盟国の最後の勝利は、日本にとり明らかに不愉快な衝撃であったと、想像するに難くない。事実、独逸降伏の報は日本国民にとっては寝耳に水で、東京駐劄の連合国大使より、国旗掲揚を一般になさせるよう、日本政府に、注意を喚起させなければならぬ程であった。戦時に於ける緊急状態は、如何なる原則をも放棄させるという傾向は、前に述べた通りだが、独逸潜水艦の無制限攻撃が、その一つである。これにより、船団護送が緊急の問題となり、日本駆逐艦隊の地中海派遣の必要が生じたのだった。その為、英国政府は、青島を戦後も確保するという日本の要求を、既成の事実として認めたのであった。この日本の要求を認めることは、一九一四年、中国に対して与えた確約に反するものである。その確約があったからこそ、中国は独逸の領土返還の申出を、思い止まったのであった。これで、中国は日英両国により、その顔に泥が塗られたのだ。始めは日本に、次は英国によって……。中国の犠牲に於て、自己の必要を助ける為に、日本に譲歩したのは、連合国中で、あながち英国ばかりではなかった。

一九一七年、米国は、独逸と戦争状態に入り、その結果、日本とのあらゆる困難な問題を除去することに腐心した。その困難な問題の重なるものは、対支二十一ヶ条要求に反対した、米国の覚書から生じているものであった。石井子爵とランシング氏間に覚書が交わされた。その米国の覚書で、米国は、地域的に近接する国家間には、特殊な関係が生じ得る。したがって日本は、中国に特殊権益を保持し得るものである、という承認が記されてあった。中国は、この声明を驚愕と混乱で受け取り、急いで声明を発表した。外国間に取り決められた中国に関する了解事項によって、中国は束縛されることを拒絶する、と。この二十一ヶ条の要求に米国は事実上の承認を与え、石井・ランシング協定に於ても、日本が中国の領土保全を得々として再確認したのは、注目に値する。厳かな宣言、そして、それの不履行、つまり言行不一致の行動は不幸なことにも、国際間では珍しいことではない。その場合、国家同士が、その約束の不履行を持ち出して泥試合に及ぶのは、先ず下の下である。国家間の地域的近接は、当時国家間に特殊の関係を生じさせるという原則は、間違いではないであろう。これは実に常識の問題だ。

歴史上、これについて多くの例がある。低地国（和蘭、ベルギー、ルクセンブルグ等）に於ける英国の利害関係である。他の一つは、モンロー主義である。何故、日本が中国大陸に於ける事態に、特別な関心を持たなければならぬか、については多くの根拠がある。その一つは、中国の日本に対する地理的位置、そこに他の強国が強力な足場を築いた場合、日本は到底枕を高くして寝られぬ結果となる。この日本に対する脅威は、既に我々が認めたところである。

しかし、より根本的問題は、その工業原料にあるのだ。日本は工業原料に乏しく、日本本土に産する鉄、石炭、石油、その他の原料資源は、到底自給自足に至らない。最新近代工業国家であろうとするには、余りにも乏しい原料産出高である。しかし、生きる為には、その原料を必要とする。日本が、その必要をどこで充足させるか。それは中国であった。中国には、石油、ゴム等を除いた外の殆ど総ての必需資材を産出する。特に、一般工業と軍需工業の重要な原動力、石炭、鉄はそこに豊富なのだ。勿論、日本は他の諸国から、原料の供給を受けることが出来た。しかし、それらの諸国に依存するとすれば、原料供給国の政治的向背、又は、戦時に際して、生命線としての交通路が、敵によって脅かされ得るという結果が生じ、日本は工業的飢餓状態に陥る。日本列島及び琉球、台湾に囲まれた中国への海上交通路は、言う迄もなく、非常に安全なものである。日本の望む、重要原料資源埋蔵国としての中国は、それが、独活《うど》の大木的な不甲斐ない買収のきく、腐敗しきった国であり、頑強に自己の後進性を固執する国であることによって、その持つ魅力が、倍加されるのであった。

よく組織された強国のひしめき合う、欧州大陸に対する英国とは異なり、日本は莫大な資源を有し、そして、眠れる獅子の如き国と、取引が出来るのだ。それ故、中国の日本による確保は、日本の国家的独立及び繁栄、そして、軍事的な安全性の最良の保証となるのである。

日本は戦時・平時を問わず、必要とする重要物資を充足する為に、中国の資源を自由に、その掌中におさめておかなければならなかった。それにより、日本は大部分の自己の需要を満たすことが出来るからだ。しかし、この日本の無理もないと言える、中国に対する欲望も、特に、一九一五年の対支二十一ヶ条要求のような、脅迫手段に訴えて出される場合は、論外である。総ての国家は、その国家の死活問題に際して、背に腹はかえられぬ方法に訴えるものである。米国は奇蹟的にも、原料物資にはめぐまれていて、それを外国から仰ぐことに特別神経質になる必要はないが、しかし、パナマのような重要な戦略的問題になると、どうしても、我れ関せず焉《えん》と、超然と構えているわけにはいかなくなるのだ。

三　第一次世界大戦後より三国枢軸同盟迄の極東情勢

第一次世界大戦の結果、日本は、その国際的地位を、又、一段と高めた。全独逸艦隊は、殆ど殲滅され、墺帝国艦隊は、地上からその姿を消した。仏蘭西は全く疲弊し、露西亜は、革命に苦悶していた。一九一九年のベルサイユ講和会議に参加して、日本は、名実共に世界五大強国の一つとなった。そして、今や国際政局に重きを加える、大艦隊の所有国である。しかし、日本以外にも、戦争の結果、損害のかわりに利益を得た国が一つあった。米国である。米国はこの地球上の最強国として、英国にとって替った。しかし、日本の国威発展は、日本の国際関係に大きな変化を齎した。戦前、米国及び英国は日本の友好国として、数えられていた。しかし、英国は、最早日本の名ばかりの同盟国となり、英米二国は、日本に従来の友好的態度で接するわけにはいかなくなった。大戦中の日本のとった行動は、英米両国に大きな疑惑と警戒感とを与えた。戦争中、日本は敵国独逸に対し、内に強い同情を秘め、そして、内々色目さえ使っていたということを英米は知っていた。日本の意図が奈辺に存するか、英米両国は、理解していた。かつて露西亜が、その占拠した地域から外国貿易を閉め出そうとたくらみ、それに対して日本は、敢然として立ち上がり戦った。ところが今、そのかつての露西亜の地位に、日本が座ることになった。英米は、中国に於ける日本の門戸開放の口約に満足した。しかし、大戦の末期になり、日本のこの口約がただ口先だけで、事実とは反対のものであるということを理

解させられた。日本はその地域で商業上、日本商品と外国商品との間に不公平な差別待遇をとった。即ち、
イ、外国企業に対する、日本側銀行及び金融機関の取扱い業務の故意にする遅滞。
ロ、日本商品の迅速な取扱に対し、港湾に於て、外国貨物には作業延滞を行う。
ハ、海陸運に於て、日本商品に対する運賃の特別払戻し、又は、外国商品より低運賃にて行う。
以上のように、日本はかつての露西亜と、同じ道を進むことを明らかにした。したがって、日本の唱える門戸開放とは、日本自身に対してなされるものであり、他国に対するそれではなかった。そのような状況に、英国では日英同盟の存続の当否が、当然、問題となって来た。

米国は、公然と、日英同盟に不満の意を表わした。英国では、この問題が激しく論議されたが、それに対する決定的な意見は、なかなか成立しなかった。英国外務省は、同盟国に対し数々の裏切り行為を為しているような国家との間に、同盟条約を更新することが不利益なものであると結論するに至った。一方それに反し、英国が日本の同盟国としての地位に止まることにより、日本の行動をある程度制約し一定の枠内に閉じ込めておける、という見方もあった。しかし、これは、恥知らずな意見であると言えるだろう。何故なら、同盟国間の政策の利害の一致こそ、その同盟を産み出す母体であるわけだからだ。それにも拘らず、相手の同盟国の行動を制約し、妨害する目的をもって、同盟を結ぶということは、本来の忠実性を欠くことである。その上に、一番大きな反対理由がある。それは、同盟とは当該国間に共通の敵が存在する場合に、結ばれるものであるということなのだ。世界大戦の結果、各国の海軍力は消耗し、最早、日本を攻撃し得る強国はなかった。陸からならば、露西亜は日本を攻撃なし得たであろう。しかし、一九二二年、露西亜は内乱の状態にあったし、一方どのような場合にも、東洋の民族が希望を持つ、産声を上げたばかりの社会主義国に、極東の広大な大陸に於て戦争を挑むことが、英国政府及び国民に拍手をもって受けられるとは思えなかっ

た。とすれば、米国以外に日本に対し脅威を与える国はない。日英同盟存続期間中、日米間に紛争が起ったとしても、米国に対し、日英両国が轡《くつわ》を並べて対するとは、考えられないことである。時が来れば、同盟条約は自動的に満期となり消滅する。故に、日英同盟条約は更新されないままで続けられた。ところが、この同盟条約のある部分が、日本側により有利に緩和された形を持った米英日仏四ヶ国条約として姿を再び現わしたのであった。この多数国間に締結された条約は、むしろ、あまり価値が無かった、と言ってもよかった。しかし、その条約のある部分は、充分日本の面子を保たせ得た。軍備の拡張競争を避ける為、米国は、世界列強の海軍力制限に関する条約を作る為の会議を提案した。そして、一九二一年から二年に亘る、ワシントンの軍縮会議は、この目的の為に、前もって予備会談を持つことも無しに、口角泡を飛す白熱果敢な舞台として、開幕されたのである。主要海軍国に、各々その海軍力の保有割当比率が示された。そして、最初になされたのは、主力艦に対してであった。

米国　五　　英国　五

日本　三　　仏蘭西　一・七五

伊太利　一・七五

この数字が持ち出された時、日本と仏蘭西は、憤りを禁じ得なかった。仏蘭西は、古い伝統的な海軍の所有国である。それが、日本の半分とは……。そして、日本も、この英米より劣勢な自国の比率には、満足出来なかった。日本は、この時、確実に世界の最強国の一つに成り上がり、自己の成果につれ、その野心を昂めつつあったのだ。それで、半永久的に、対英海軍比率六割に釘付けされることは、例えようの無い侮辱であった。その上、これは、明らかに日本に於ける軍部の地位を危険に瀕させるものであった。日本軍部は、それ以前の十八年間に亘り、多くの軍事的成功を勝ち得て来た。特に日露戦争に於ける表面的な成功は、華々しいものであった。しかし、その戦争での真相は、日本国民にありのままの姿で充分に語られていなかった。

事実、海上に於て、日本は奇跡を行った。しかし、陸上に於ける戦果は、海上のそれ程ではなかった。満洲に於ての大戦闘は膠着状態に陥り、日本は、露西亜軍に最後の打撃を与える以前に、戦争資源の枯渇を来した。それで、早期講和が、日本にとって切実の問題になっていた。そこへ、米国大統領ウィルソンの仲裁が入ったのである。正に渡りに舟だった。しかし、この戦争の真相は、日本国民から、遠のけられていた。それ故、日本国民は自己の成果を事実以上に過信していた。誤った考えで、水膨れになった頭にがんと一撃を食わされた恰好であった。このような日本国民の、自己に対する過信は、日本の指導層のある人達によっても認められた。某将軍が、一九一二年に次のように語った。

「日本は日露戦争後虚栄によって毒され、過信と自惚を持つようになった。」

軍の指導者も政治家も、戦争の真実を、そして、戦争終結の本当の理由に対し口をつぐみ、そのかわり、無責任な誇張した調子で国民を鼓舞した。それで、日本政府は海軍の劣勢的比率を認め受諾することは、政治的に非常に困難なことであり、又、国民もそれを承知しなかった。それ故、ワシントンの日本代表は、条約の署名を大いに渋った態度を見せていた。一応未だ同盟国として横の連絡を密接にしていた英国代表は、日本全権を宥《なだ》めすかし、そして、西太平洋に於ける調印国の海軍基地の、新設拡張を禁止するという協定と引き換えに、日本が条約案を呑むように提案した。このことは英米両国艦隊が、西太平洋に基地を持たなければ事実上、日本に対し攻撃を加えるのは不可能であるということを意味した。この提案が、暗礁に乗り上げた会議を無事に進行させ、日本の調印の運びとなった。日本の条約調印に示した難色は、全く杞憂に過ぎないものであった。事実我々が知っている通り、日本はこの条約から他国以上の利益を得た。米国が、大きな割当を受けることに、一番強く反対すると思われていた日本が、結局、何ら反対の色を示さなかったことによっても、それがわかるのである。

長い間伝統的に、英国は、最も優勢な艦隊を持った世界一の海軍国であった。十七世紀から二十世紀初頭までに於ける、英国海軍の戦略原則は、二国を目標にすることであった。それは、英国に次ぐ、二つの国家の海軍力の和が、英国の持つそれと等しくなければならぬ、ということである。一九一一年にチャーチル氏が、海軍大臣に就任した時、同氏は英国海軍の強敵独逸を、対英国海軍比六割の線に譲歩させた。実際、一九二一年には、まだまだ優勢な艦隊としての英国の伝統は強固なものであった。それは、全く内容の伴わぬ強がりではなかった。事実、その時英国艦隊は、世界最強・最大であった。一九一四年、英国は米国の超弩級主力艦十一隻に対して、三十二隻を保有し、一九一九年には、米の一八隻に対し、英は四十隻だった。

この時米国は、大建艦計画を立てていたが、それに反し英国の建艦計画は、フード一隻であり、しかも、その戦時艦隊の大部分を、解体しようとしていた。それでワシントン会議の当時の英・米・日三国の戦艦の保有数は次の如くであった。

英国	三十	米国	二十
日本	十一		

建造中、又は、計画中のもの、英国は四、米国は十五、日本は四、以上の如く、米国に比し英国は優勢を保っていた。上記の建艦計画が、完成した時ですら、米国は英国とほぼ同数しか保有し得なかった。それに対して、英国主力艦隊は、日本の主力艦隊の二倍の勢力を確保することが出来た。もし、英国がワシントン会議の建艦比率に同調し、自国の海軍力の切り下げを行わなかったのならば、日本は到底英国の六割でさえ、戦艦を建造し得なかったであろう。

それから三十年後の今日、ワシントン海軍条約で、英国が、結局一番高い犠牲を払わされたということを、当時、知っている人は少なかった。米国は、新艦建造中止で、多大の出費の節約が出来た。米国は一瞬にして世界最強海軍国の地位に金も使わずにのし上がった。

日本も又、これにより、費用の節約を行うことが出来た。日本は、英米両国に対し、比率的に海軍勢力の均衡に得をした。実際、この取引で損害を蒙ったのは、英国であった。米国の決めた比率を受諾することによって、英国は世界に対する海軍の優勢を放棄し、又、自国の戦時交通路の自由を守る唯一の手段を、自ら手放したのであった。そして、日本に対し、従来持っていた優越性を諦めることを、自ら承認することになった。英国政府は、非常な困難な立場に置かれていた。米国大統領の強圧的に定めた建艦割当に、反対の態度をとることは、会議の失敗を意味し、会議の失敗の責を英国が負うことは、米国の影武者的存在に化した英国の好まないところである。と同時に、英国は、前々から米国から莫大な借款をしていたのであった。とりわけその借款は、一九一四年に独逸艦隊から、英本国を守ると同時に、北米大陸を安泰な地位に置くために使用された金であり、又、その為の借款であったことは、米国の首脳達が一番よく御存知であった。原則として、ワシントン海軍条約を嫌悪していた英国の一部では、これに対するある種の批判がなされた。即ち、もし、米国との建艦競争を避けたいと思うならば、米国に対し、勝手にお気に召す程、お造り下さいということだ。誰も英国では、本気になって米国との戦争を考える愚か者はいない。米国が、世界で最強・最大の艦隊を造り上げたとしても、それを、何故英国が怖がる必要があるだろうか。その上又、英国は、他の諸国に対して、一番大切な海軍問題について、なんで自ら己の手を縛る必要があっただろうか。これは、根本的な間違いである。しかし、この種の意見に対して、すこしばかり言っておきたい点がある。

仮に英国が、米国との建艦競争に、立ち打ち出来なくても、次に来るべき戦争に際し、米国は黙っていても、戦いの先頭に立つように運命づけられているのだから、英米均等海軍勢力とは、単に表向きの見せかけにしか過ぎず、したがって、米国との均等ということは、英国に重大な意味を持つ、極東に於ける米国との機会均等を諦めなければならぬことを意味した。ここでおかしな出来事は、バルフォアー氏に伯爵が授けられたことであった。同氏の国家に対する功績が、如何に大きかろうと、又、氏が如何に卓越した存在であろうと、そして、ワシントン会議で、如何に機知縦横な働きを見せようと、その氏に対する授爵の動機が、七つの海に幾世紀間、覇を唱えて来た英国海軍の、絶対的優位の放棄を意味した条約の署名に対し為されたものだとすれば、奇怪千万である。

この基地の新設・拡張禁止の協定から、シンガポール海軍基地は除外された。同地の基地建設計画は、大戦終了後、暫くして決定された。この計画の所産は、大戦の結果生じた世界情勢（特に極東に於ける）の変化によるものである。総て作戦計画は、ある特定国を仮想敵国とし、想定した上で立てられる。欧州に於ての英国海軍の相手国、独逸の崩壊は、大戦中、日本のとった不愉快な政治行動と相俟って、英国海軍省の注意を、極東に向け転じさせた。次の戦いは、日本から為されるであろうと予想されたからであった。そして、戦争の場合、英国は極東海域に、優良な艦隊基地を是非共必要とする、それに対し、香港はどうであろうか？　香港は、現今の大型艦には余りにも狭く、水深も充分ではない。一方、陸側よりの攻撃に対し非常な弱点を持っていた。港の中央部は、奥行僅か一五哩、もし、日本軍がその周辺に上陸するなら、丁度、旅順港攻撃と同様に、陸側から、いと易く占領が可能である。それ故、英国海軍省は候補地として、シンガポールに白羽の矢を立てた。そこは、水深も充分で、防禦的地形にもめぐまれ、その背後は一〇〇哩にも及ぶ、マレー半島のジャングルに覆われている。その上、印度洋と南支那海とを結ぶ地点であり、印度洋を保護し、南支那海に、転進作戦を行う基地として、立派な使命を果たし得る。シンガポールは、日本から遠距離にあり、そして、その性格は日本に対し防禦的である。

英米列強は、先にベルサイユ条約で、一応自衛的であると既成事実から承認した日本の中国に対する侵略的な行動を、日本に放棄させる機会をワシントン会議で捉えたのである。欧米諸国が、欧州の戦野で死闘を繰り返している間に、日本が中国から強奪し得たものは放棄され、対支二十一ヶ条要求で得た特殊権益は精算され、青島は中国に還付されなければならぬことを、会議で日本代表は理解させられた。一九一七年、日本が青島を軍事占領下に置いていた時、英国は日本に青島の領有の合法性を、来るべき平和会議に於て支持する旨確約を与え、そして、一九一九年の会議で、米国の賛同を得て、それを再確認したのであった。

しかし、それから二年後のワシントン会議で、英米両国は以上の如くその確約を破棄し、青島は遂に中国主権下に返されたのである。この会議に於て、日本は、外交上の特筆すべき失敗を蒙った。世界大戦で得た、日本の権益は取り上げられ、そして、日本は外交的に孤立してしまった。おまけに、日本は英米両国に対し、劣勢な海軍力保有量の比率の決定に同意させられた。ここに至り、米英両国は、日本よりも事実上、巨大な軍備を保有し、そして、日本の極東政策全般に対し、一致して激しい憎悪と、反対の態度で当たった。加うるに、英米両国民間の対日感情は、極度に悪化し、日本の必要な対外政策に対し、事ごとに妨害を加えたのであった。日本の対英米感情も悪化した。米国議会が、日本移民禁止法案を通過させ、濠洲が白濠主義を世界に向かって唱えた時、日本は切歯扼腕の思いで、こらえねばならなかった。

以来数年、日本は隠忍の内に時を稼いだ。欧米諸国は、日本の極東に於ける基本的な恒久政策の本質が、如何なるものであるか、推測するに足る数々の証拠を握っていた。そして、情勢の変遷に際し、時至らば再び前述の如き行動を繰り返そうと、執拗に機をうかがっている日本の姿を目にすることが出来た。日本の対米憎悪感は、単純に生み出されたものではない。ワシントン会議以来、大部分の米国人にとって、日本は最も恐るべき敵国である、と考えられていた。そして、アメリカの作戦計画は、目標を対日戦争に向けて立てられた。米国の市民には日本の侵略が、現実に存在する「大入道」の如く教え込まれ、海辺から遙か離れた広大な米大陸の奥地の住民でさえ、自分達の庭先の塀を、よじ上って来る日本兵の姿を夢に見て、驚いて明け方目を覚す、といった事実さえある程であった。一般軍事常識に基づいて、冷静に考えるならば、このような米国人の恐怖は、全く根拠の無いものであったが……。日本に比べ、米国の艦隊保有量は、六十六パーセントも大きく、米国の人口は遙かに多く、国土資源、工業生産力はより強大で、その上、渺茫《びょうぼう》四千哩に亘る太平洋を渡洋して、日本軍が侵寇して来るとは、実際上考えられぬことであった。

海軍に関して、第二次世界大戦前、英国のある種の一般人の甚だ感心出来ぬ、建軍問題に対する意見があった。それは予め、英仏海峡に面する大陸側の港湾を独逸から確保しておくということは、大西洋に於けるヒトラーの潜水艦隊基地を、独逸から奪うという結果になるので、独逸にとり致命的である。故に、大陸作戦に適した装備を持つ陸軍が、独逸からその港湾を守る為に、準備されねばならない等である。この種類の意見を持った人達が、理解出来なかったのは、もし、我々が、独逸の艦隊を適当に処分出来れば、独逸が使う基地は意味のないものになるということである。そして、これは、後日その正しさを、実証されたのだ。

今次大戦中、独逸は果たして英仏海峡に臨む港湾を占拠したが、それは英国に対する致命的な打撃とはならなかったのである。そして、独逸の潜水艦隊攻撃は、結局敗北に帰したのだ。この事実こそ、上述のような誤った意見が、一顧の価値なきものに等しいということを物語った。欧州大陸に於て独逸が勝利した場合、英国は、果たして生き永らえるであろうか。この問題についてチャーチル氏は、悲観的な意見を述べた。「もし仏蘭西が敗北したなら、それは総ての敗北を意味する。ナチスの欧州支配は、ナチスによる、地球上大部分の地域の支配を、不可避なものにする」と、そして同時に、一九四〇年六月、英仏共同市民権を、仏蘭西国民に与えるという提案を、仏蘭西に対し行った。この仏蘭西に対する、驚くべき史上未曾有の提案は、今や必至と見られる仏蘭西の崩壊を、なんとか食い止めようとする、チャーチル氏の最後の必死の努力と表現であったと言えよう。

ワシントン条約は、米国海軍よりも英国海軍に多くの複雑な問題を齎した。日英同盟廃棄後、英国は、その極東に於ける権益を、日本から直接脅かされるようになり、その為、極東海域に、日本と同じ勢力を持つ艦隊が必要になった。というのは、東洋艦隊に少なくとも十隻の主力艦を、配属させなければならないことを意味する。そして、この十隻という数字は、日本が条約によって定められた、制限保有量なのである。

ジェリコ提督は、一九二〇年のパリ連合国会議の直前、極東海域防禦案を設定する為、濠洲とニュージーランドを訪れた。ジエリコ卿は、一変した世界海軍勢力の均衡状態に即し、英国海軍の配置転換が、緊急の問題であると考え、濠洲に基地を有する十五戦艦よりなる植民地太平洋艦隊の編成を提案した。しかし、大戦により疲弊消耗しきった英国民にとって、このような計画は、余りにも大きな負担と思われたのだった。ジェリコ卿のこの提案は、原則的に疑いもなく正しかったのであったが……。

大戦後、来るべき重大な危機の突発点は、太平洋に移った。その為、英国海軍は太平洋海域に危機に対応する必要な艦隊を、駐在させておかなければならなかった。

一九一四年以前、北海に英国海軍主力の集結作戦計画を立てた際、既に、仮想戦場としての太平洋で訓練される艦隊の編成の必要性が、認識されていた程であるし、ジェリコ卿が報告を行った時には、未だ太平洋海域に常駐させるのに、必要なだけの主力艦が英国にはあった。しかし、それに続いて出来たワシントン条約の制限が、それを不可能なものにしてしまった。ワシントン会議後、最早英国は日本に対抗するに必要な十隻の戦艦を、極東に派遣する程、充分な勢力を持たなかった。英・米・日三国の五：五：三の比率は、大西洋を英国海軍が自国の為——そして、これは同時に、米国の為ということになるが——守らねばならぬ故、米国にとって比率以上に有利になる。しかし、英国は、同じ比率で、欧州と極東海域を、同時に守らなければならぬのだから、その割合は公平なものではなかった。

仏・露・伊・西等の大戦後の海軍勢力は、単独ではたいしたものではなく、しかし、それを連合すれば、相当なものであった。ベルサイユ会議で、極度の制限された独逸艦隊とはいえ、一応は数に入れなければならなかった。英国海軍の伝統的名声を欲する政治家達は、英国民の安全感の為、欧州海域に主力艦隊を置いておく必要があった。

艦隊恒久根拠地としてのシンガポール、厳密に言えばセレタ軍港は、それに適さぬ欠点を持っていた。それは同港が赤道真下のマレー半島の突端にあり、将兵の艦内生活を非常に困難にし、基地セレタは、シンガポールの街から二〇哩の距離である。人里離れたジャングル住いでは、将兵の常時慰安が不可能なのだ。このような気候風土の問題は、誠に重大なのだ。英国海軍に志願した兵員は、世界の隅々迄を歩き廻る。しかし、女房、子供も恋しくなるものだ。シンガポールのような気候風土の土地に、家族を呼び寄せての長期間の生活は不可能だ。そんな場所に全英国海軍の殆ど三分の二が、恒久的に駐在し得るということは、政治的にも考えられない点であった。ジェリコ卿の意見で、艦隊恒久基地として、シドニーが選定された。そこなら気候風土も良く、将兵も妻子を移住させるに、何らの障害もないし、独身者は、又、そこで好きな伴侶を得、家庭を持つことも出来る。しかも、相当規模の既存施設もあり、超弩級戦艦の修理にも、それの拡張だけで済む。何もないシンガポールに、何もかも新設するより、時間も手間もかからない。シドニーは、シンガポールから四、〇〇〇哩に過ぎない。そして、日本へもほぼ同距離、英国から日本は最短距離を通っても一万哩、もし、一九四一年のように地中海の交通が閉鎖されたら、一万五〇〇〇哩だ。以上に挙げた条件のみからでも、シドニー港の作戦恒久根拠地としての選定は、当を得たものであった。実際、ある程度、前進根拠地としてシンガポールに、浮ドックや非常修理施設等が必要であった。しかし、大修理及び休養基地として条件を備えた、シドニー案が何故無視されてしまったのだろうか？　神のみが知ることであった。

濠洲に基地を持った、その大艦隊が、やがて英国海軍省の管轄下から、脱してゆくのではないか、という不安も、それを手伝ったに違いない。と言えるのは、それより一、二年前、つまり一九一八年の五月、英帝国議会に英国海軍省が各自治領海軍の独立的な存在を、禁止するよう提案し、採決されたことを思い浮かべればよい。この提案の意味は、中央海軍の下に統合された、単一海軍ということで、そして、この場合、勿論、中央とはロンドンの海軍省を意味するものであった。当時、海軍省内のある一部の提督の間では、濠洲に本国から分離した、艦隊の恒久基地を持つことに、熱意を感じなかったものと想像される。その上、当時、海軍省の主流をなす意見は、極東に日本に対抗するだけの艦隊を駐在させることに、反対であった。それで、世界大戦終了後、相変わらず日本が同盟国であった当時と同様、駐支派遣艦隊は、二、三の巡洋艦のみによって編成されていた。政府や海軍省の参謀達は、一旦緩急の場合艦隊は直ちに本国から出動出来ると、高を括《くく》っていた。この艦隊出動に関する勇壮な計画が立てられ、シンガポールへの艦隊の出動は、海軍大学での毎度の演習課題となったが、その演習では、いつも、地球の約半分をぐるりと英国の全艦隊の艨艟が回航する間は、決して欧州で、それを不可能にするような事件も紛争も起らないと都合良く仮定してあった。

極東に対する艦隊増強の計画は、大戦後英国を風靡した反戦熱より、困難なものにされた。戦争で英国民はひどく痛めつけられ、人命は損耗し、家庭は蕩尽するという、想像以上のものであった。この世界最強の国が、戦いに参加し、それに勝ち、揚句に重い債務を、背負わされた。疲弊困憊は、戦争、又、それについての準備に対し、強い反対を齎した。戦争に努力した人々は、世の指弾の的となった。機を見るに敏な政治家達は、反戦の風潮にオウムの如く応えるのだった。

「相互安全保障」この言葉が、それを信ずると否とを問わずに、決まり文句となった。そして、それを真先に唱え出したのは、労働党の政治家達であった。この連中は、組閣したこともないくせに、「戦争とは、上流社会の陰謀である」とか「大英帝国防衛の為に、外国に依存することが出来る」と、賑やかな空念仏を喚《わめ》き続けた。労働党は、それで、一貫して一九三九年、第二次世界大戦直前迄、国防費の増額支出に反対し続けた。労働党の連中は、独逸との戦争を喧しく口にしながら、その軍備には大反対、これが議員諸君には、不思議に感じられなかったのか。それこそ不思議なことである。そして、その労働党の頑固な反戦闘士諸君は、シンガポール軍港の名を耳にすると、悪寒・戦慄を覚えるのであった。そして、シンガポールに、二億ポンドの巨額を投ずるより、社会福祉に、それを使うべきだと言って、罵声を放つのであった。

一九二〇年、短期間続いた労働党内閣により、シンガポール基地建設工事は、中止させられた。そして、後継内閣、即ち、保守党がその工事を再開した時、野党である労働党が猛烈な攻撃の火蓋を切ったので、遂に工事は遅延させられてしまった。本来、五年で完成するはずであったが、その後十年目に、やっと大浮ドックの建設が開始された。一九三〇年、ロンドン海軍会議が開かれた時、丁度、労働党内閣が再度樹立された。ワシントン条約が設定されてから、十年経過した。そして、条約有効期間中に、戦艦の新旧入替に、着手するよう意見の一致を見た。英国海軍省は、これを熱心に希望していた。十年間に及ぶ海軍軍備の空白状態は、政治的に深刻な結果を齎した。重兵器の製作工場の設立には、莫大な資金がいるし、それを経営・維持する為にも多額の運転資金がいる。そこで働く工員は、熟練工で、皆高度に専門化されているから、一貫した操業計画が企業を維持してゆく上に必要であり、工員に対する一定賃金を支払う為には、絶えず工場の運転・操業が、続けられなければならなかった。仕事のない工場では、熟練工を他にどんどん奪われ、作業が出来なくなり、その為、機械を他に転用しなければならなくなった。

このような、海軍軍備に重要な役割を果たす、軍需工業部門の危機状態が、一九三〇年、丁度、ロンドン軍縮会議の開催された当時、英国にあったので、海軍省はそれの振興を図り、新艦建造の再開を計画した。しかし、労働党内閣の閣僚連中は、あくまで軍備に対し、仇敵であった。そして、軍需工業家達を、益々不況に落とし込もうとして、それに軍縮会議を利用した。

軍縮会議で、更に主力艦の新造禁止を、六年間延長するよう決議した。その上、巡洋艦、駆逐艦等の軽艦艇の保有数量に対しても制限する条約が結ばれ、制限数量外の艦艇は、総てスクラップとして廃艦されることとなった。この決定の為、後日、第二次世界大戦初期に際し、船団護送用の軽艦艇の不足を来し、数百万トンに及ぶ輸送船を海の藻屑となし、失わなくてもすんだ船員の命も失わせる結果となった。米日両国海軍も、勿論その制限によって、拘束されていたのであったが、結局、結果として海上交通路の保護を一番必要とした英国海軍が、最大の被害を蒙ることとなった。この建艦制限期間延長により、一番酷い被害を蒙ったのは主力艦陣である。その勢力比は、英米各十五、日本九の割合になった。英国に於ける、国内のこの政治的な、世界軍縮に対する要望は、日本に何らの反応も起さなかった。日本は静かに、時の来るのを、虎視眈眈待ち構えていた。

一九二九年から始まった世界経済恐慌は、日本に好機を齎した。一九三一年、恐慌は世界の隅々迄も襲った。世界は、不況のどん底にあえいでいた。この時、それ以来、日本の東洋に於ての、全面的行動の狼火となった、と言われる挿話が作られたのであった。丁度、考え無しに行われた英国の海軍将兵に対する減俸が原因となって、その年の九月半ばに、インバーゴールディンの英国艦隊が、公然と反乱を起したのであった。そして、それから四日目の払暁、南満洲の柳条湖で、鉄道線路の爆破事件が突発したのであった。その結果、日本軍は、時を移さず満洲領に侵入を開始、首都奉天をまたたく間に占領してしまった。日本は自国の監視と支配下に、満洲国を創り、その元首に皇帝を据えた。遂に、日本の中国に於ける膨脹が、再開されたのである。世界は一大混乱に陥った。英国の平和論者は皆声高く日本膺懲《ようちょう》を叫んだ。国際連盟は、牽制的な紛争不拡大方針を決議して、日華両国に勧告を発した。リットン卿の率いる調査団が、満洲に派遣された。そして、調査団は、日本の行動に対して、悪質なりとの焼印を押した。しかし、どの国も実際は事無かれ主義で、殊更に事を構えず、日本はそれを良いことに勝手放題気ままにふるまった。日本のこの一撃を国際連盟は食らったものの、その加盟国が連盟規約を踏躙《ふみにじ》った日本に実力的な制裁を加えることも出来ないまま、一九三二年度の軍縮会議の計画を推し進めていった。国際連盟の無視に大成功をおさめた日本は、その翌年、更に、次の行動を開始した。満洲での一暴れは、確かに日本陸軍の成功であった。

日本の陸・海軍は、互いに焼きもちの焼き合いで、睨めっこの状態であった。で、次は海軍の出番であった。一九三二年二月、上海駐在第一遣外艦隊司令官は、上海の中国人の激化した排日運動に対処して、陸戦隊を上陸させ、軍の威信をいや増そうと考えた。上陸した陸戦隊は、広東から十九路軍と交戦して、思いもかけぬ手荒い反撃を受けた。そこで、事件は大きくなり、日本から増援部隊が送られ、家を焼き、人命を失う戦いが虹口地帯の中国人街で、六週間も続けられた。またぞろ、国際連盟の小田原評定、そして、無為無策……。

日本の行動が、英国の権益に脅威を与えたことは明らかだが、この非常事態に、英国は艦隊を極東に出動させるかねてよりの大計画を、実行するには至らなかった。インバーゴールディンの反乱事件で、英国海軍が混乱していたことは、あえて措くとしても、兎も角主力艦隊の完全な前進基地さえ、まだ極東に持っていなかった。シンガポールは、前述のようなわけで使用不可能、その防備は不充分、修理施設の建設は中途半端で放りぱなし、日本に圧力を加えることを緊急の問題として検討してみると、シンガポールだけがこの問題の難点だったわけではない。例え、シンガポールが前進基地として完成していたにしろ、その地は上海から一、五〇〇哩、満洲からは二、〇〇〇哩、遙か隔たっていた。その両地域は、日本からならただ黄海を一跨ぎだ。その上、澎湖島と沖縄の海軍基地が、それを援護する立場にある、例え、シンガポールに基地を持つ日本艦隊より、優勢な英国艦隊が日本に対して警察行動をとったにしても、問題は解決されない。まして、実際英国の派遣する艦隊が、劣勢なるにおいておや、問題は論外だ。第一、デンマークに英国軍が侵入したと仮定して、それを粉砕する命令を受けた、ジブラルタルに前進基地を持つ、日本艦隊があったとしたら……。英国艦隊はこれと同じ立場にいたのだ。もし、この時、英米両国が連合して、フィリッピンを、前進基地にして作戦に当たったなら、日本軍の中国に対する侵略は、阻止出来たであろう。だが、その時、米国は、丁度、大統領選挙の年に当たっていた……。

上海の事変が、より以上英国の権益の悪化を及ばさなかったのは、ひとえに英国支那方面艦隊司令長官サー　ハワード　ケリー提督の努力によるものである。同提督は、日本軍上陸の報をバタビアで受け、急遽上海に向けて出動した。そして、上海に帰錨するや、黄浦江に停泊中の諸外国の艦隊の先任士官から、訪問儀礼を受けた。しかし、ただ、日本の提督だけが、この海軍の国際慣習に参加しなかった。そこでケリー提督は、自身が適切と考えた意見を、英国政府の公式的見解として、出先日本艦隊司令長官に伝達する為に、会見を求めた。

日本の司令長官は、それで同提督をその旗艦に訪問することになった。その会見の席上、提督は日本側に対し、爆撃の為日本航空母艦から飛び立つ艦載機が、英国艦隊旗艦の上空をかすめるように接近して飛行する挑発行動を続けるならば、今後それを直ちに撃墜するよう命じるであろうと、警告を発した。この警告は、同提督から英国海軍省に報告された。このケリー提督の思い切った適切な行動に、英国政府は肝をつぶしたのだった。

しかし、日本機の英国艦隊に対する挑発的な行動は以来、中止されてしまった。英国の事に処する腹を断固と示したケリー提督は、なお、日華両国の戦闘行動の中止と、日本軍の上海からの撤退とに関し、仲介者の労をとる決心をした。独り相撲をとることになるかも知れない。しかし、火事は消さなければならなかった。提督の決意は固かった。これに対して、英国内外では、総て「事無かれ」の空気の色が濃かった。上海駐在米国アジア艦隊司令長官は、事件介入を極端に避けていた。で、ケリー提督は、単独に日華両出先官憲と連絡をとった。

ケリー提督は、丁度、新しく着任した日本艦隊司令長官野村提督やその同僚の陸軍の松井大将、重光大使と親交を結ぶ一方、上海工部局の英人議長の助けを借りて、当時上海にいた中国側の要人宋子文や顧維均と会談した。こうして、一ヶ月の間、激戦の交されている上海で、日華両国当事者に個別的に会見し、事件解決への道を切り開いた。このたゆまぬ努力の結果、事件は終了し、日本軍撤退の希望の光が見え始めた。しかし、両国にとって、面子を保つことが大切だった。撤退も、威信が保たれて為されねばならぬ。その為には一応の軍事的な成功が必要である。それで、日本は続々と陸軍を出動させ始めた。それに対し十九路軍はよく戦い抜いたので、日本の威圧は、遂に目的を達せられなかった。日本側の要請でケリー提督は、両国の合同会議を、調停者として招集した。そして、妥協的な解決が得られ、戦闘は中止されたのであった。ケリー提督のこの成功は、ノーベル平和賞に匹敵するものだった。しかし、当時世界のどの国も、一国にせよ集団的にも、日本の満洲占領、又は、上海攻撃等に対して、予防、阻止の手段を、真剣に講じようとする熱意も、気構えも存在しなかったので、ケリー提督の成功は、全く世に入れるところとならなかった。その後、一年足らずの内に、独逸では、ヒトラーが政権を得、その政策が拡大され、明瞭化されて来るにつれ、一九一四年以前に似た風雲が、再び、欧州に影を拡げ始めた。英・米・仏の注意の目は、独逸の軍備拡張に向けられた。その一方、日本は、益々極東に於て、自由気ままにふるまうようになった。英国は、もう日本の同盟国ではない。従って、日本は、もう誰にも遠慮や気兼ねが要らなくなった。

日本にとって、組みし易しと思えたのは、国際連盟である。その加盟理事国は、各々、自国の無為無力の消極政策により、日本に対して理事会で何ら決定的な制裁案も、可決しようと努力しなかった。そして、国際連盟は、一九三五年、未だ見果てぬ夢に目の覚めやらぬ連盟信奉国の支持で、エチオピア問題に対し、伊太利に柄にもなく、最後の決をとろうとしたが、これが又、惨憺たる大失敗、恥の上塗りで終ってしまった。その結果、伊太利は連盟加盟の大小五十四ヶ国を、完全に無視することに成功し、逆に連盟に圧力をかけるよう独逸と接近し、一九三六年、ここに、独伊枢軸同盟が生まれたのであった。その年、独逸は見ぬふりの英国を尻目に、最新式艦隊の建造に取り掛かった。

四 開戦迄の極東情勢

早速に拡大強化される軍備と国力の膨脹は、ナチ政権下の独逸を、完全な独立主権国家としての地位にいち早く復帰させ、世界列強間に大きな反響を与えた。そして、一九三七年には、成功裡に徴兵制度を復活し、ラインラントに進駐し、戦艦、潜水艦、軍用機の製造を開始した。国際連盟にとって、悲惨な結果となったエチオピア事変で、ナチ独逸と、ファシズム伊太利は、固く手を握り合うことになった。独逸国民の意気は、正に天を衝《つ》くばかりであった。このような情勢の変化は、万一極東で事が起った時、英国が主力艦隊をシンガポールに出動させる見込を、覚束《おぼつか》ないものにしてしまった。まして、一九三一、二年の当時でさえ、英国はその艦隊派遣を躊躇した位なのだから……。

日本人は、以上の如く考えて、英国の出方を見くびった。そして、この際、外国の干渉恐るるに足らず、今がその膨脹政策を遂行する好機だと結論したのだった。その年、一九三七年七月七日、日本は満洲を足場に、大掛かりな中国に対する侵略を開始した。口火は盧溝橋の銃声によって、遂に切られたのである。日本の目算ははずれなかった。英米両国共、この日本の行動に対して拱手傍観だった。日本は、その行動が東洋平和の維持以外の目的を何も有せず、と声明した。平和の維持という体裁の良い文句は、侵略行動を粉飾する単に看板となり果てたのだ。英国が、主力艦隊を太平洋水域に、回航し得るかどうか、という問題に絶大な関心を抱いていたのは、日本国民だけではなかった。

濠洲とニュージーランドは、一朝有事の際、英国主力艦隊が必ず増援にかけつけることを、本国から確約され、二十年来その確約の上に、国防原則を打ち立てて来た。

当時、両自治領の防衛力といったら、全く取るに足りぬものであった。本国への全面的依存以外には、取るべき途なし、という立場の両自治領は、一九三七年の噴火山上の地球の様相に、神経過敏にならざるを得なかった。そして、この世界の軍事的な勢力及び政治情勢の変転悪化につれ、英本国が如何にして、両国国民を保護し得るかについて、不安の念にかられていた。新聞や雑誌は、本国が、その主力艦隊勢力を割いて迄日本の侵略行動に対処し得ないと、危惧の念を表明し始めた。しかし、濠洲政府は、この問題に関し、楽観的な態度をとっていた。一九三七年八月、濠洲政府は、議会で英本国主力艦隊はシンガポールに必ず回航されるであろう、と言明した。そして、翌年の一九三八年十二月、濠洲政府国防大臣は、次のような演説を議会で行った。

「一、二ヶ月前、チェッコスロバキア問題で、欧州の危機が、爆発点に達すると噂されていた時、英本国は、一朝有事の際、極東に於ける英帝国の権益保護に、充分な艦隊の派遣は望み得ず、と言われていたが、欧州の危機そのものは、決して悪化すべき兆候を示していない。それにより、我が政府は、本国艦隊の太平洋海域に回航の可能性については充分な理由が持てるものである。」

一九三九年の半ば頃になっても、これと同じような楽観を持ち続けている、濠洲政府の閣僚達の自信を、『タイムズ』紙キャンベラ特派員がその論説中で伝えている。

「濠洲政府は、再三ならず、チェンバレン首相及び海軍省から与えられた確約に対し、満足を表明するものである」

以上のような確約は、英独開戦前夜迄、英本国政府により繰り返し与えられたものであった。第二次世界大戦開戦迄の二ヶ年間、英本国の著名な政治家達に、至極楽天的な議論がなされていた。例えば、一九三七年十一月。海軍大

臣サー　サミウル　ホアーが、下院で次の如く演説していた。

「潜水艦は、最早放棄されるべき過去の遺物と化した。今日、英帝国はそれにより何らの脅威を感ずる必要もない」

その後の海軍予算分科会で、チャーチル氏は、英国海軍の威力に、充分な満足の意を表明したし、翌年、王室外交問題研究所の、定例晩餐会で外務大臣は、英帝国海軍は無敵であると演説した。この外務大臣の演説を、日本が全く御説御尤と考えたかどうか、大いに疑わしい。それどころか、日本は中国に公然と侵入を開始し、英国海軍取るに足らず、と傍若無人にふるまっていた。そして、日本は自国の権益拡張のみで満足せず、英米の権益にまでその手を伸ばし、日本の占領圏内にいる英米居留民に、侮辱的な行動迄とるに至ったのだった。

例えば、永年英国が租界を持っていた天津では、英国居留民男女が衣服を剥がされ、裸にされて、中国民衆にさらされるような前代未聞の事件さえ起った。英国政府の適切な保護を望むことも出来ぬ、これらの不幸な英国居留民達が、以上のハリファクス卿の晩餐会席上での楽天的な演説を聴くとすれば、驚くに違いない。

一九三九年九月、大戦開始当初、日本は中立状態を保っていた。日本は、防共協定を締結していたが、この協定は、日本の行動の自由を何にも束縛する効力を有していなかった。それに加え、同年八月結ばれた、モロトフ、リッペントロップの独・ソ不可侵条約は、防共協定に対する蹂躙であり、ソ連に対して嫌悪し、不信の念を持ち、そして絶えず恐怖感を抱いていた日本に、多大の憤激を巻き起した。第一次世界大戦での経験によって、すっかり味をしめた日本は、この開戦により、好機を捉えようと虎視眈眈であった。日本の第一条件は、勝利者の側に、加担することなのである。日本の中国大陸に於ける強力な作戦は推進されているが、未だ決定的な成果を挙げていない。そして、日本は自己の大戦への介入の時を只管稼いでいた。

一九四〇年、欧州戦局の一大劇的変貌、欧州大陸をその足下に踏みにじることに成功した独逸の嚇々《かくかく》たる勝利は、日本の最後の決を取らせたのだった。時は正に来た。勝利者は独逸である。そして、枢軸側に立ってその参戦決定が為されるや、日本は只管迅速にこの選ばれた道を突き進んだのであった。

仏蘭西、和蘭は、既に独逸の足下に屈服し、英国、又、その轍を踏むべしと情勢判断を下した日本は、今こそ石油、錫、ゴム等の原産地マレー、ビルマ、蘭領印度、仏印度等、南方の天地に、飛躍を開始する時であると信じた。待望の中国制覇は、未だ成功の陽光を見ず、蔣介石政権下の中国は、ゲリラ戦術に長じた中国民衆の広範な抵抗により、よくその抗戦に成功をおさめていた為、日本に有利に中日戦争の早期終結を、齎す見込を与えなかった。日本が、中国で全面的ではないにしろ、失敗を喫すれば、その威信及び経済的理由により、それをよそで補うことが絶対に必要であった。

日本が、英米とあえて事を構える為には、南方に進出すれば良かった。そして、その南方を、日本が席巻出来れば、日本にとっての死活物資である石油を、確保することが出来る。

日本は、石油の供給を、主に米国に仰いでいたのだ。それでもし蘭印の油田を支配するなら、太平洋の彼方なる米合衆国に、戦いを挑むことが出来るようになるのだった。仏蘭西共和国崩壊後の三ヶ月間に、日本は三つの重要な政治的な動きを行った。先ず、日本政府は、公に独伊と軍事同盟を結んだ。そして、仏蘭西のビシー政権に対し、日本軍の北部仏印進駐を承認させた。次は英国に対し、英米の中国に対する抗日援助物資の輸送路、即ち、ビルマ ルートの閉鎖を要求し、チャーチル氏にそれを承認させた。第三には、日本の南進政策のスローガンとして、大東亜共栄圏という構想を内外に発表した。大東亜共栄圏とは、具体的にどことどこを含むかその地理的名称は明示されていなかったが、それはマレー、ビルマ、タイ、蘭領印度、仏印及び南海の島嶼を、包含すると見られていた。このスローガンの持つ意味は、誰の目にも明瞭であった。これに対し、英国を始め他の諸国は、警戒をいや増さないわけにはいかなかった。米国は、太平洋の対岸で、傍若無人のふるまいの日本に、圧力を加える準備工作を始めていた。

中国に対する日本軍の軍事行動は、在華米国権益に対する意識的な挑発行動を伴い、その権益に損害を与えていた。米国居留民に対する迫害暴行は、英国居留民になされたと同様、しばしば起された。戦闘行動中、米国居留民の財産は、故意に爆撃、銃撃を受け破壊された。そして、それに対し、何の賠償も行われなかった。一九三七年の十二月、米国砲艦パネーは、日本空軍によって爆撃を受け、沈没させられた。そして、攻撃を受けた米国艦艇は、パネーだけではなかった。このような日本の暴行侮辱の度重なりは、米国官民の憤激を巻き起し、報復手段を遂に考慮しないわけにはいかなくなった。そして、経済制裁が先ずその手段として取り上げられた。しかし、一九一一年に結ばれた日米通商条約の存在が、この制裁を実施するに当たって障害となった。一九三九年七月、米国国務省は、憤然と同条約破棄を日本に通告したのであった。しかし、同条約破棄後六ヶ月は、自動的にその効力が継続される旨規定されていたので、米国政府や議会は急速に悪化していく極東の事態に対し、焦燥と脅威を感じながら、六ヶ月間を待たなければならなかった。実際米国は、自国及びその友好国の在華権益を破壊し、危険に陥れている日本に対して、その軍事行動に要する物資、原料を多量に供給していた。自国の敵に、自国を攻撃させる原料物資を与えることは、全く不合理極まりないことであった。米国内の対日世論は益々悪化し、六ヶ月間の通商条約自動継続期間が経過すると同時に、米国上院は、日本向け軍需物資輸出禁止法案を提出した。しかし、対日物資輸出の突然の全面的停止は、余りにも日本に対し挑発的であるとされ、漸進的圧迫の方法に決定し、即時実行に移され、種目別リストが作られ、一九四〇年七月五日、同月二十六日、九月三十日というように個別的なリストによって決まった品目が、輸出禁止になった。そして、輸出禁止品目もその後、一九四〇年十二月、翌年一月というように増加されたが、戦時に最も重要な物資である石油は、暫時の間、供給されていたのだった。この米国の対日経済封鎖は、日本の南方に対する膨脹政策実施に、拍車をかけることとなった。一九四一年三月、日本は仏蘭西のビシー政権から、南部仏印の米穀に対する支配権を得ると同時に、サイゴン飛行場に対する、日本軍の占領を承認させた。この飛行場占領は、シンガポールを日本空軍の爆撃圏内に置くことを意味した。同年四月より六月迄に、多数の日本部隊が南部仏印に進駐した。

七月二十五日、仏蘭西は、仏領印度支那を日米の共同保護下に置くことに同意した、と伝えられ、日本政府は日米紛争の悪化が、最早頂点に達したと明らかに声明を発した。この報に、ルーズベルト大統領は、対日強圧策のとるべき時が来たと察知して、その翌日、在米日本資産の凍結と同時に、石油を禁止リストに加えるように命じたのであった。英蘭両国も、直ちにビルマ及び蘭印の日本に対する石油輸出禁止を発表した。これで、一八五三年ペリー提督の手で回され始めた日本の歴史の歯車が、一回り逆に回って元の位置に戻ったことになった。元来、米国が日本に圧迫を加えて、その鎖国政策に終止符を打たせ開国に導いたのは、日本を米国の市場にする為であった。そして、日本は米国の強制した国際貿易の原則通り、米国から石油を頂戴していたわけだった。

一九四一年、米国は国際間の物資の自由な交流が、米国に都合が悪くなって来たので、日本を犠牲にして、交流を中絶させてしまった。しかし、その時、既に日本は、この自然な国際交流のお陰で、チョンマゲに弓矢で身を固めた昔日の姿ではなかった。必要ならいつでも自給自足の途を戦いとろうと決意していた。ペリー提督が黒船に積んで持って来た米国商品の見本の中に、後年の日本の対米宣戦布告の種が、既に含まれていた。

ルーズベルト大統領の対日石油輸出禁止は、日本の開戦を決定的に不可避な方向に追いやることとなった。米国及び蘭印からの石油供給の途絶は、日本の全工業の活動を、徐々に窒息させ、麻痺状態に陥ることになった。そして、日本は供給の断絶という最悪の状態に直面した。既に莫大な量の石油を貯蔵しているとはいえ、昂まる消費に対し、数ヶ月間しか維持し得なかった。こういった戦略物資の供給停止に対する危険は、日本により、明らかに一九三九年、通商条約破棄以来予想され、勘定に入れられていたことは疑いなかった。それだからこそ日本は、ボルネオ、蘭印の油田に目をつけ、執拗な交渉を蘭印側と続け、一方、仏印に有力な陸軍部隊を集結させて、正に南方出撃の体制をとった。時正に、一九四一年七月であった。しかし、日本の南方油田の武力による奪取は、必然的に英米との戦争を意味したので、日本は最後の手段をとることを躊躇した。

日本が対米交渉の結果得た対日石油輸出再開に、米国側の示した条件は、日華事変の終結と仏印からの撤兵であった。この条件を日本が呑むことは、日本の面子を内外共に失うことを意味し、その上、日本を一等国としての独立の地位から転落させ、米国の好意に依存し、石油の裾分けを受けるような永久に経済的従属国としての恥辱に甘んじなければならない立場にさせた。人一倍自尊心の強い、尚武の気風に富む日本民族が、米国の経済的な支配に膝を屈し、叩頭の礼を尽すより、米国の経済的覇権から、その経済的独立を勝ちとるべく、あえて戦争の危険を犯すということは、理解出来ぬことではなかった。このことを米国大統領や国務省は始めからよく知っていた。当時の駐日米大使からも、「もし、米国が対日石油輸出禁止を続けるなら、日本は、自国の必要とする石油を、南方に於て獲得するであろう」と警告を発せられていた。しかし、ルーズベルト大統領は、米国の対日要求だけでは、日本を屈服させ得る余地はなく、一九四一年七月以来、心の中で早晩一戦は避けられぬものと決意をしていたようであった。

米国による石油輸出禁止が宣言されるや、事態は急転直下一路悪化をたどった。米国がもしそれを取り消せば、それは、米国外交の完全な敗北を意味することになり、又、そんなことは不可能なことであった。

「対日輸出禁止の取消は、米合衆国の名誉を傷つけ、中国及び米国民の士気に悪影響を及ぼす」と国務長官スティムソンは声明した。又、一方、日本としても名誉を傷つけられ、独立国としての体面も、少なからず米国の対日経済封鎖の出方次第にかかっていた。当時、米国の条件に譲歩しようとした温和な自由主義的政治家が、日本にいたと言われるが、その人達が軍閥に抑圧されていたことは確かであった。しかし、それらの自由主義的分子が、果たして真に誠心誠意自己に対して忠実であったか否かについては、議論の余地がある。よし、彼らが自己に忠実であったとしてもその行為は、売国奴と名づけられるべき敗戦主義者であったように思える。

例え危険が伴うとも、自国の為に豊富な石油資源を入手する絶好の機会にめぐまれていながら、米国の意思に唯々《いい》諾々《だくだく》と従うことは、常ならぬ屈辱行為である。日本軍閥の指導者達が、対英米温和主義者との闘争に勝ちを占め、それを圧服したのだとすれば、これを日本人として見た場合、全く正しいことであった。それより二年前ラトビア共和国の首相が「貴国の圧迫に膝を屈し命を全うするより、帰国の剣の下に死なん」と、日本と同じような状況の下に於て、断腸の声明を行った。

英国では外患の危機に際し、自己の所信をいつも断固貫徹し通すのは軍人である。一九一四年、英国では平和主義者とか自由主義分子で、戦争に反対したものはみな、その政治的生命を傷つけられ、一九四〇年に至っては、それらの分子は皆投獄されてしまった。米国で、対日譲歩を口にしたのは、唯、陸・海軍の参謀長達だけであった。そして彼らは、対日開戦を回避するか、でなければ少なくとも、その時期を延期するべきであるとして、対日暫定協定を進言した。これは、日本が自己の平和的意図を尊重し、そして、仏印から全面的な撤退を実行するという条件で、毎月、一定量の石油の供給を続けるという協定である。米国軍部の指導者達は、その軍備を完了する迄の時を稼ぎたかったのだが、ここで、一九〇四年、露西亜陸軍大臣クロパトキン将軍の日露開戦を回避しようとした最後的な努力が想い起される。そして、その時と同様に米国の軍首脳部の努力は成功を見なかった。

米国務省は、前述した、対日強硬要求を修正せず、全部そのまま日本に繰り返し通達した。この対日強硬要求は、事前にチャーチル氏と、相談して作成されたものであったが、同氏は「蔣介石には、冷飯で我慢させよう」といった協調的な提案が、熟慮の結果為された。しかし、それは、日本の中国に於ける、現在の状態に反対するということよりも、中国の安寧を全く無視する結果を招くことになった。事実中国民衆は、日本からだけではなく、自国の腐敗した国民政府からも毎度冷飯を食わされていたのだから……。そしてその対日協定案が葬り去られて、今度は英国が冷飯を食わされる番となった。米国側で対日強硬政策が勝利をおさめ、それを記した文書が一九四一年十一月二十六日、ワシントン駐在日本大使に手交された。時の米国海軍作戦部長は、それでもって、平和的解決の可能性が全く放棄されたとみなして、翌日太平洋米国海軍に、臨戦態勢に移るよう警告を発した。それは、同時に英国政府にとっても、対日開戦必至の警告であった。それ以前、チャーチル氏は十一月十日に、米国の対日開戦の場合、英国は即刻参戦するであろう、と公式声明を発していた。

さて、ここで、次に太平洋戦争が開始された場合、英国が如何に軍備をし、如何なる役割を演ずるかについて、研究してみることにしよう。

五　シンガポール基地の構築

第一次世界大戦が終結してから、第二次世界大戦が開始される迄の期間、シンガポール基地に関する問題は、巨額の国費を消費しなければならない問題として、度々、国会で議論の対象となり、又、新聞紙上を賑わす好材料となった。大体、新聞屋というものは、国防問題などを、扇情的に取り扱う傾向を持っている。特に、国家の戦略・戦術問題については、それを必要以上に粉飾して、書き立てるものだ。新兵器についてのジャーナリスト的使命は、何か新兵器が出現すると、従来の兵器とか作戦様式は、総て、それにより陳腐な過去の異物と化し、一切が革命的に変貌しなければならないと、書き立てることなのだ。古くは、旅順、青島、今次大戦では、マジノ線等の、大防衛施設も、難攻不落として、それらが攻取される前には、書きはやされていたものだ。勿論、要塞は難攻不落を目的に構築しなければならないのだが……。政治家達も、その為に、巨額な予算を可決した責任と、それの持つ防衛力に対する心頼みで、難攻不落性を有難がらなければならないのだ。政治家連中は、国民の税金が、全く合理的に使用されていると、国民に報告したいのだから……。しかし、政治家は、ある場合、ある要塞について、難攻不落と具体的に言い切らないで、それが、あたかも難攻不落であるかのような幻想を、納税者に抱かせる言葉の魔術を使うのである。シンガポール要塞が、その例である。シンガポールは、英帝国防衛の為の難攻不落の保塁であるということが、いつの間にやら、国民の間に既成事実の如く、信じ込まれるようになっていた。勿論、国民は、同基地の軍備の詳細を知る由もない……。が、十五吋砲が、装備されている位のことは、噂で知った。しかし、その砲が、全部海に向けてすえられ、陸側から受ける攻撃に、何の役にも立たないということ迄は、知り得なかっただろう。事実このことは、後になって、シンガポールが陸側から占領され、初めて同基地構築の当事者達が、陸側からの万一の攻撃を等閑視していたのだ、と、世間から轟々と非難の声を浴びせかけられたが、総ては後の祭りであった。一九一八年、休戦直後、英国で、シンガポール基地建設が問題になった時、大英帝国国防委員会では、同基地に対する攻撃が、専《もっぱ》ら敵海軍によってのみなされるという想定をしたことは事実であった。だが、当時と今日の情勢とは大いに異なる。前大戦期間中に、空軍は長足の進歩を遂げたとは言うものの、まだ、それは、初期発展の段階にとどまるものであった。特に、海軍に於ける航空隊の役割は、未だ実験状態であり、航空機の航続距離、上昇性能、爆弾搭載量等は、今日に比べ、まるで話にならぬ程、幼稚であった。それ故、太平洋に於て、一朝有事の際の防禦作戦計画の基本を為すものは、英本国から、その主力艦隊を、七十日以内にシンガポールに回航させるという思想であった。そして、若し、日本が、その七十日以内に、シンガポールを占領しようと思うならば、日本海軍が、シンガポール及びその周辺地帯に直接攻撃を加え、上陸しなければ不可能であると考えられていた。なるほど、この点から見れば、シンガポール基地は、それに必要なだけの軍隊と防禦施設を備えてはいただろう。そして、同基地は、ジョホール州の南岸の入江の中に位置しているのだから、軍港内に停泊している軍艦の安全を守る為には、その小池のような入江や対岸に敵を近づけないで、敵の砲撃の射程外に置くことは、明らかに必要であった。

しかし、このシンガポール島だけを防禦すれば総て事足り、しかも、本国からの救援艦隊が七十日以内に着けば、敵の手には渡らぬと仮定された、その基地に到着出来るとすることは余りに、甘い考えであった。その事実は、日本軍によって示されたのである。日本軍は、遙か北西部より南下して来て、七十日以内に、全マレー半島の完全な制覇に成功した。

しかも、もし、元々、英国の作戦計画通りに、マレー半島の部分に、防衛兵力を全然置かないでいたら、この日本軍の進撃速度は、もっと速められていたに違いない。このことは予測出来たことである。第一次世界大戦直後、日本はシンガポールより一層防禦に適し、又、陸側からの攻撃に対し、より強固に要塞化されていた青島を、しかも、より緩慢な方法で包囲攻撃し、六十六日目に、陥落させたのが一例だ。さて、それならば、何故、七十日間が、シンガポールを、敵の攻撃から維持し得る期間として定められたのか。この理由は、それより短い時間では、主力艦隊の同地に対する回航が不可能であり、政府はそれを認めることによってその極東に対する艦隊派遣計画を根底から、覆すことになるからであった。それ故、シンガポール防禦計画の基礎概念は、そもそも出発点から非現実的なものであったとみなされる。

しかし、このシンガポール防禦計画が、採り上げられた時期には、未だ、それに対する現実的な必要も起らない状態にあった。一九二一年頃の欧州は、各国とも戦後の疲弊で、どこも新しい戦争どころの話ではなかったし、英国内では、その国防計画が不充分であるとする声も聴かれなかった。しかし、ここで一寸《ちょっと》不思議に思えるのは、シンガポールが単に英帝国の南方領土の純軍事基地として建設されることにより、マレー半島が豊富に持つ天然資源に対し、それが経済的にも充分に防衛的価値のあるところと考えた国民がいなかったことである。実際マレー半島は、豊富な錫の埋蔵量では世界屈指であるし、ゴムの生産量は、又、世界第一である。そして、この半島が、一度《ひとた》び敵の手に渡れば、世界経済状況を一朝にして覆すような、往事、帆船時代の西印度諸島にも比すべき、経済戦略的な重要さを有する地域なのだ。十八世紀の英国が、砂糖の主要産地であることにより西印度諸島を武装して守ったことに反して、二十世紀の英国は、マレーの錫やゴムをその手で保護するとは、考えていなかったようである。それで、シンガポール海軍基地の計画は、役所仕事的なお座なりに立てられたように見えるのだ。その上、不幸なことには政治家連中が、この時に当たって、世論の圧力により国防軍備に鉄の重い足枷《あしかせ》を、はめたのであった。

一九二三年、戦後の国家防衛計画の方針は、爾後十年間は戦争がないだろうという見通しの上に、時の内閣によって決定され、陸・海軍が準備万端、最新式軍備で身を固める期限を、一九三二年とすることに定められた。これは、充分、理屈にあった決定であった。しかし、間もなく、この軍備十年計画に対して、厄介な制限案が議会に提出され、そして、一九二四年、チャーチル氏が大蔵大臣に就任して間もなく、この計画が先に繰り延べ出来るように、議会で修正されたのであった。それで、計画に無着手で一年経過する毎に、その完了の日が一年延ばされるということになった。この甚だ政治的に巧妙な考えに、陸・海軍省は絶えず敵意を示す大蔵省に対して、何の策も施しようがなかった。大蔵省は、陸・海軍省からの予算増額要求に対し、爾後十年間、大戦の可能性無しと突っぱねれば、軍部は一言もなく引っ込むより仕方なかった。こんな状態で年が経つにつれ、シンガポールの防禦に対する計画を制約する数々の条件が出て来て、事態を一層困難なものにした。航空機の航続距離が増すにつれ、益々、遠方よりシンガポール基地に対する爆撃が可能となった。とすれば、シンガポール島より、遙か先方に防禦線を前進させるか、あるいは、何か他の方法で敵を遠隔の地に、釘付けにしなければならなかった。それに加え、国際情勢も、又、時と共に徐々に悪化し始めて来た。

独逸は、今や敗戦から立ち上がりを見せ出し、伊太利の独裁者（ムッソリーニ）の出現は、欧州外交に圧力と緊張を齎し、日本は成功裡に国際連盟の権威に、挑戦し始めた。一九三三年、日本は、遂に国際連盟より脱退し、それと同時に独逸では、ナチス政権が樹立され、軍令部長や参謀総長は、ロンドンでこれらの事態の推移を、憂慮深く見守っていた。

英国海軍は、一九三〇年の海軍軍縮条約で決定された小型艦艇の保有量制限により、大打撃を受けたし、その上、大艦の交替建造を延期され、泣き面に蜂のような状態であった。チャーチル氏の軍備十年計画に対する順延策は、陸・海・空三軍を、困難な立場に置いたのだった。しかし、それにも拘らず、悪化していく世界情勢に、臨機応変の処置をとるためには、前もって軍備を徒らに順延させるような制限を解かなければならなかった。一九三三年、軍令部長及び参謀総長は、ようやく政府に対して、その制限を廃棄させることに成功し、一九四三年迄に完成させるという公式な日限を画した国防大綱を樹立したのであった。しかし、実際に戦争のやって来たのは、日限より四年も早かったのだが……。

マレー半島防衛強化に関する進言は為されたのだが、これに対する反応は大してなく取り上げられ、決定されたのは従来から一つしかなかった、シンガポール島上の飛行場を、増設することであった。それも、東海岸に二、三構築しようという意見が、出ただけで実施には至らなかった。その後、一九三六年、マレー半島の西海岸のペナン島を要塞化する決定がなされた。しかし、この時に至っても、シンガポールへの主力艦隊回航が依然として、同地防衛作戦の根本原則になっていた。

それ故、著者は、一朝有事の際、この案が果たして実行に移されるかどうかについて、当時の軍令部長が、どの程度、確信を抱いていたか、疑問に思うのである。事実、独逸再軍備の進展、独伊枢軸の発生、日本のワシントン及びロンドン軍縮条約の廃棄等で渦巻く時勢に、一九二〇年に決定したシンガポール回航計画が、既に黴臭《かび》い、時代遅れのものと化したということ位は、少しでも海軍に関する知識を持っていた人の目には、明白な事実として映るだろう。

一九三七年当時、開戦の暁に、シンガポールに僅かばかりの艦艇なりと、事実、派遣する能力がありや、と、政府に対し投書すらされ始めた。それと同様の不安は、マレー防衛の軍当局者の心を悩ましたのだった。マレー半島防衛総司令官W・G・S・ドビー陸軍少将と参謀長A・E・パーシバル大佐は、現在、変化したこの世界情勢下で、予定の作戦通り、七十日で主力艦隊のシンガポールへの回航は、到底不可能であると認識し、その場合、日本軍は、艦隊回航の時間を充分考慮に入れて作戦し、シンガポールを攻撃する。そして、英国が予想しているより遙かに短時間で、攻略に成功する作戦計画を立てるであろうと判断し、日本軍にとって可能な、あらゆる条件について研究し始めた。

先ず、日本軍はシンガポールに対する長距離爆撃基地としてタイ国の南端もしくはマレー北部に、飛行場を獲得するであろうという結論を得た。日本軍のマレー半島北西部の上陸に対しては、空軍の施設を増強することによって対抗し、陸軍部隊をペナン地区に一大隊、ジョホールに一大隊、シンガポールに二大隊、合計四大隊の増加が必要であると結論を得た。それで、ドビー総司令官は、翌一九三八年、シンガポールに対する最大の危険は、同地北方七〇哩の、ジョホール東岸の最良の上陸地点マーシングから為されるであろう、と指摘し、それに対抗する作戦として、ジョホール州に、約二〇哩から三〇哩に及ぶ防衛線を延長設定する意見書を、ロンドンに送付した。それは、シンガポール基地の一側面を防備するだけでは、充分に、その安全が望めないとする、当地の責任者として初めての認識の表示であったが、しかし、そのドビー将軍の見解は、僅かにジョホール州に限られていた。というのは、当時、仏印の仏蘭西軍は、あくまで、当然、英国の同盟軍として、日本軍に対し行動するように考えられていたので、日本軍のマレー半島北部に於ける上陸作戦は不可能で、航空母艦を基幹とした。マレー半島南部の先端に対する上陸作戦を、考慮すれば足りたのだ。

一九三九年七月、そのドビー将軍は転任になり、その後へL・V・ボンド少将が着任した。その後、マーシング街道に至る迄の、ジョホール側の防備作業は順調に進捗し、又、シンガポール島の海岸線全部に渉る防備施設も大いに改善され、印度からの歩兵二個旅団も、増強される予定になった。とは言え、開戦に際して本国から主力艦隊の到着する迄、シンガポールを持ちこたえさせるのに充分な守備隊の編成方法等は、従前通りのものであった。しかし、新司令官の就任後、間もなく、これに対する大転換が行われた。と言うのは、ロンドンから、爾後の主力艦隊のシンガポールに到達所要日数は、百八十日以内となる旨の訓電があったからだ。これは重大問題であった。よし、現状の防衛態勢のままで、シンガポールを日本軍の攻撃から七十日間持ちこたえ得るにしろ、その倍の時間、頑張り通すことは到底不可能であった。それで、既往の防衛計画は、ここで全面的に再検討され、就中《なかんずく》、防備軍の一倍の増強は、必至の問題になった。英本国政府が想像していたよりも情勢は事実、遙かに悪化していた。一九三八年一月、英米合同海軍参謀会議が開かれ、その際、英国海軍作戦に対しては、英米両国海軍はシンガポールを対抗作戦主要基地とする旨、声明した。

しかし、英本国が、どの程度の勢力を有する艦隊を派遣するのか、何もその声明では語られなかったが、その翌年の五月、事態は更に緊迫を告げ、既に枢軸国家との間の準戦争状態の関係に突入した英国政府が、急遽、合同作戦計画を立てる為、ワシントンに派遣した一英国海軍将校の次のような憂鬱な告白――「地中海に於いて、伊太利海軍に対抗するため、シンガポールに戦艦を派遣することは、全く不可能である」――等から推しても、大型艦の派遣は出来ないと想像されていた。そして、この重大な問題に関する情勢は、前章で述べたような濠洲政府の言明等から推して、マレー防衛総司令官や各自治領政府に対して、充分に洩らされていなかったのだ、という結論になる。艦隊到着予定日数が、公式に百八十日に延期された直後、第二次世界大戦の火蓋が切って落とされた。そして、これは、ボンド司令官の、マレーに於ける課題を一層複雑深刻なものにした。英国部隊の、仏蘭西本土に対する派兵は、この戦いが第一次世界大戦と同様の規模に発展する序曲であると想像出来た。それ故、マレー半島に大増援部隊の派遣を望むことに適当な時ではないと思われたが、その間に、西部戦線上の無気味な安定状態が、長びくにつれて、英本国からの一部艦隊派遣ぐらいは、出来そうに思える機会が来た。

それで、現地軍当局は、一九四〇年四月、本国陸軍省にシンガポール海軍基地防衛の為の兵力増強を請求した。艦隊到着予定日数の延期は、必然的にマレー半島上、好き勝手の地点に日本軍の上陸を可能にした。したがって、防衛軍はどこに日本軍が上陸しようと、迎撃態勢をとるのに充分強力でなければならないと考えられたからだ。そして又、遠距離に所在する敵軍基地よりの爆撃の脅威を防ぐ為には、国境の彼方遠い地点に於て、日本軍を牽制しなければならない。以上の防衛作戦を遂行させる為には陸軍部隊の大拡張が必要であった。

シンガポール島及びジョホール州の警備部隊から兵力を割くことは不可能で、国境地帯の防備強化には新しい兵力を持って来なければならぬとし、東海岸の予想され得る上陸地点も、西海岸も同時に防備が必要だったし、又、作戦に適さぬと思われる中央山脈以東のジャングル地帯にさえ、ある程度の哨戒部隊を置かなければならなかった。それで、ボンド将軍は次のような増強計画を立てた。即ち、陸軍三個師団及び三機関銃独立大隊、二戦車連隊、そして不可能とは思いながらも更に一個師団を追加し、タイ国領土内に進駐するとすれば、又、二個乃至三個師団を必要とした。しかし、以上のような増強計画は現実的には不可能であった。

西部戦線での相対的安定状態は、いつ破れるかも知れず、その場合、仏蘭西に於ける必要兵力量が、遙かの地マレーに対するより当然優先することは、常識の問題であった。そこでボンド将軍は、自己の提案が不可能な場合は、マレー半島防衛の責任を空軍に委譲するという代案を考慮した。これは、誰でも想像出来るように、タイ国の隣国仏印は、盟邦仏蘭西の権力下にあり、それ故、日本軍がマレー半島を攻撃する場合は、どうしても海上よりどこかの地点に、直接上陸する以外に途はなく、それ故、強力な空軍があれば、日本軍の上陸軍輸送船団を海上随意、適所で攻撃し、その上陸作戦を粉砕することが、可能であるとの理由によるものであった。

ボンド将軍は、以上のような代案を覚書の形式に綴り、本国に送付した。それがロンドンで受け取られたのは、一九四〇年四月であり、そして、いよいよそれに対する具体的な検討を、軍上層部によって為されようとした寸前に、欧州の戦局面に、あの歴史的大変化が起ったのであった。仏蘭西の崩壊、英国軍のダンケルクよりの撤退、伊太利の参戦等は、当分の間、遠く離れたマレー半島の防備増強問題などを、全く考える余地のないものにしてしまった。仏蘭西の崩潰後、激化した独逸空軍の英国夜間爆撃、いつ現実化するかも知れぬ英国本土の戦場化等に対応する為に、航空機の生産は、その激しい需要にとても間に合わず、本国の空を守ることでさえ窮屈の有様であった。しかし、その後暫くして参謀本部長は、ボンド将軍の提案を空軍が一定の勢力を保有するようになった暁には、速やかに実施されるべし、という条件で可決になった。これは主として空軍により、マレーを防衛するという考えが、彼ら上層部の気に入ったからであろう。そして、参謀本部ではボンド案の実施可能期日は、大体一九四一年乃至はその翌年と考え、その間、空軍勢力の不足を、陸軍約三個師団の増派によって補い、将来、空軍勢力拡充の暁には、地上兵力を減少させ、他に転用するという計画を立てた。しかし、空軍を主力とするこのマレー防衛計画には、根本的な矛盾があった。というのは、当時、マレー駐屯空軍の現有勢力としてはその第一線機は、僅かに八十八機しかなく、しかも、その約半数は旧式なもので、役に立たぬ有様であり、それを最低三百三十六機迄に拡充するというのであった。しかし、どうして、その目標数量を最低三百三十六に置いたのか、その理由は未だに認め難いのだ。というのは、日本空軍はマレー攻撃の際、七百十三機を使用するだろう、と大体見積もられていたのだ。そして、何故、参謀本部は、それを知りながら、日本の持つ攻撃勢力に対し、半分の三百三十六機で事足りるとしたか、その理由は疑いもなく、日本の航空機の戦闘能力が、英国のそれよりも遙かに劣り、そして、日本の操縦士達の操縦技能も非常に低いという英国諜報部の意見が当時、はびこっていた故だったろう。そして事実、日本の空軍は、英独より遙かに遅れ、伊太利とほぼ同等の水準にあると公式に考えられ、その伊太利の空軍の能力は、英国の六十パーセントと、評価されていたのだから……。しかし、それにしても、前述のマレー攻撃に参加を予想される日本機数七百十三に対する、英国必要保有機数は三百三十六機ではなく、四百二十七機ということになる。そして、以上のように参謀本部も、今後起り得る日本の攻撃に対し、英国はいつも、劣勢な勢力で立ち向かわなければならぬと認めてはいた。そして、マレー駐屯軍司令部に対し、それについての具体的な戦術的情勢判断を、報告するよう命じた。これに対し現地では、最小必要機数量は、五百五十六機であると信ずる旨、報告して来た。

日本の想定攻撃機数七百十三に対する、この現地側の出した数字は最も妥当で、信頼性に富んでいたのだが、ロンドンではそれを認めることを拒否し、あくまで三百三十六機に据え置かれるよう、決定したのだった。もっとも空軍省としては、当時、本国・中東・欧州等の戦域に対する空軍の需要状況から判断してマレーに五百五十六機派遣し得る立場になかったことも事実である。しかし、空軍省が、にべもなく不可能だと拒否する情勢にありながら、なおも参謀本部が、マレー防衛の立役者として、空軍を使用する態度を変えなかったことは、驚きの極みである。その上、作戦に当たる司令官が、命令遂行上必要と思われる数の兵力を要求することに対して、参謀本部が、それを無視し拒絶することは、司令官に自身の状況判断に対する自信を喪失させると同時に、それによって起きる総ての責任は、中央の罪に帰せられる結果となるので、重大問題である。

最低保有数五百五十六機という現地司令官の要求数量は、シンガポールでその時開かれた濠洲、ニュージーランド・印度・ビルマ等の代表者間にも支持され、現地側は自己の意見に対し強硬に粘り続けた。しかし、参謀本部は自己の方針に固執し、三百三十六機で充分日本の攻撃に対抗可能であり、現地司令官に、その範囲内で適切果敢な作戦を計画するよう訓令を出した。この二つの意見の対立は、結局どちらが正しかったか未だに結論が得られぬことなのだが、実際に日本が開戦当初、マレーに攻撃を加えた時、マレーには参謀本部が固執した数量、三百三十六機の半分にも満たぬ数量の航空機しかなかった。

現地軍の要求を拒絶した参謀本部は、しかも、その頃に至って現地軍に、前年、米国海軍軍令部に通報したシンガポールへの主力艦隊回航という伝統的な計画の中止決定を、初めて現地軍当局に知らせたのであった。

過去二十年の間、政治家連中や大蔵省の役人共が、それをめぐって種々議論の対象となって来たこの確固不動の方式も、いよいよ事態が明日に迫るという前夜に、突然、実行不可能と簡単に放擲《ほうてき》され、公式に発表されてしまったのである。

有力な艦隊の回航は、望めぬ夢と化してしまった。とすれば、今後は、その艦隊の到着する迄維持すればよかったシンガポールの防衛計画は、ここで全面的に修正させなければならない。しかし、それも不可能である。シンガポールは、そして、マレー半島は、今後、恒久的に、空軍と陸軍のみによって防衛されるのだ。大体、空軍を主体とする防衛態勢は、本国からの艦隊到着を待つ間の暫定的な処置である。しかし、これをもって、恒久策と為し得るというのは、正に、小説的な架空の望みに等しい。それなのに、現地空軍推定保有量の増加は相も変わらず、三百三十六機以下と、あくまで変更されなかった。

六　開戦直前のシンガポール

英国陸軍省は、極東に対する作戦方式の根本的な変換により、急遽、空軍の不足を補う為に、参謀本部の決定を実行に移し、一九四〇年八月、上海から二大隊を、シンガポールに引き揚げさせ、九月及び十一月には、印度から歩兵二個師団を、翌年二月には濠洲軍を駐留派遣し、更に、四月には印度から二個歩兵師団を増強した。このような兵力の増強態勢によりマレー防衛の為の指揮権にも、当然、変更が齎された。

一九四〇年十一月、サー　ロバート　ブルーク空軍総司令官が、新たに、極東総司令官として赴任した。しかし、同空軍大将の実際の権限は、総司令官としての肩書に相当したものではなかった。極東所在の海軍は、直接同大将の指揮下に置かれていなかったし、陸軍に関しても、その権限は戦略的な面に限られ、用兵面迄は及ばなかった。

一九四一年の三月から四月にかけ、シンガポールで再び英国各自治領及び今度は米国並びに蘭印の代表も含めての会議が開かれた。この会議への米蘭両国代表の参加は、日本が軍事行動を開始した場合、必然的に米蘭は争いの渦中に巻き込まれることが予想されていたからだった。

そこで、英・米・蘭三国間に、対日共同作戦に関する数々の決定がなされた。そのうち主なものは、フィリッピンが、日本により攻撃された場合、米国アジア艦隊はシンガポールに退き、マレー半島防衛に参加する。そして、和蘭の蘭印艦隊も同様にマレー半島防衛に協力する等であった。この頃、米国のアジア艦隊は、八吋砲を搭載した巡洋艦ヒューストンを旗艦に、六吋砲搭載軽巡洋艦マーブルヘッド以下、駆逐艦十三隻、潜水艦十七隻等により編成されていた。それと同時に、この会議で重要な声明が発表された。

それは、英国が主力艦を含む強力な東洋艦隊を開戦の場合、八十日以内に、シンガポールに派遣するということであった。これは二度目の根本政策の一大転換であった。即ち、最初、シンガポール救援の為、艦隊回航予定数の百八十日の延期、二度目は、艦隊の回航中止、そして三度目がこれである。最初の出発から、三度目の出発点に対する復帰は、表面上、最初と最後に何らの変化もないような見せかけを持っていたが、事実はそうでなかった。というのは、最初に使われていた主力艦隊の持つ意味は、英国海軍現有勢力の殆ど総てを意味し、それは正に、日本全海軍より優勢なものであったが、三度目に使われた英国東洋艦隊というのは、それの一部によって編成されることを意味した。そして、その勢力は、うかがい知れぬものであるが、いずれにしろ、南方から日本を牽制するだけの勢力を持たなければ何の役にも立たない西太平洋と、当時の識者には考えられた。実際、この問題に関して、数ヶ月の間に亘り、英米両国政府間で交渉が繰り返された。この交渉で英国が、最初試みたことは、米国の一部艦隊を、シンガポールに派遣させることであったが、米国はこれを拒絶した。結局英国は、情勢が更に一段と風雲急を告げた場合、米国が地中海に艦隊を派遣し、伊太利艦隊の行動を抑圧し、英国はシンガポールに戦艦を派遣するという協定を米国と結んだのであった。そして、この時の協定で、英米両国は、日本が戦争に突入した場合、原則として、その主戦場をアジア大陸（即ち中国）に限定し、他の南方諸地域では、防備態勢をとるに止めるよう決定された。

シンガポールに、英国の有力な艦隊の回航を、再び期待し得るという情勢は、マレーの防備態勢の問題に、変化を齎した。というのは、一年来、日本は西南太平洋上に於ける制海権を、少なくとも数ヶ月間、あるいは半永久的に維持し得るとした想定の下に、防衛計画は立てられたのである。それが、今や日本は全く制海権を把握し得ないが、よし為し得たにしても、それは三ヶ月以下のものであろうと、予想されるに至ったからである。

一九四一年五月、前年の九月に同基地司令官に任命されたジェフリー レイトン提督は、本国より新編成の東洋艦隊が、シンガポールに派遣された場合、海軍軍令部次長トム フィリップス提督が、その司令長官となり、同時に、レイトン提督は、他の任務に就くよう内示を受けた。だが、これは結局、開戦に際しての海軍指揮官の更迭を意味するので、好ましいことではなかった。一方、同月中旬、マレー駐屯陸軍及び空軍司令官の更迭は、既に行われたのであった。この更迭が、定期異動による為か、又は、他の理由によるものであったかは不明である。そして、新任の陸軍司令官はパーシバル中将、空軍はC・W・プルフォード空軍中将であった。新陸軍司令官は、一九三六年から三八年の間、第五章で紹介した、当時ドビー将軍の参謀長を務めたパーシバル大佐その人であった。

プルフォード空軍中将は、元々海軍の出身であり、陸・海軍との間の、よき協力者として人望が高く、おまけに、パーシバル中将とは、個人的にも親友で、後年、パーシバル中将の著作の中でも、彼が最良の友として、描かれている位だった。

パーシバル将軍は前年来悪化した戦略情勢に、新任早々から直面しなければならなかった。ボンド将軍が、空軍を主力としての防衛計画を作成した時、一九四〇年春、未だ仏印には日本軍が進駐しておらず、タイの国内主権も、危険に曝されていなかった。しかし、現在では日本軍は既に仏印を支配し、又、タイ領土内に旅行者を装う多数の日本人が潜入してタイの南部地方に貿易に名を借りて、飛行場建設、道路の修理、重量物運搬のための橋梁の補強、輸送手段確保、又、民需用としては余りにも多過ぎるガソリンの集積、そして、軍事拠点の構築等が密かになされ、仏印よりマレー国境に至る強力な陸上交通線が完成していたのであった。それで、ボンド少将が、かつて立てた空軍を主力とする防衛計画の基礎を為す想定は、全く意味のない反古と化してしまっていた。

パーシバル中将は、このように変化を遂げた情勢下で為される日本軍の攻撃に対抗し得る唯一の手段は、守備兵力の増強をおいてほかになしと結論した。前年度より守備兵力は、増強されつつあり、特に、同将軍が参謀長としてこの地に勤務していた当時から見れば、格段に強化されたとはいえ、未だ充分ではなかった。対空砲火には、著しく欠け、以前から希望していた小型船艇は僅かしかなく、戦車は、殆ど皆無の状態であった。

全マレー半島に、一歩たりとも日本軍を入れまいとする参謀本部の方針に従い、海岸線の防備施設及び道路上の妨害物設置、作戦、演習、訓練及びそれに伴う準備活動等々、為さなければならぬことはあったが、不幸にも施設構築作業は労働力不足の為、軍隊の手を借りなければならなかった。そして、それが軍隊の訓練を妨げた。その上、パーシバル将軍は自己の直接責任範囲の問題ではなかったが、防衛作戦上、空軍司令官と同様、三百六十機にも及ばぬ劣勢に対し、大きな不安を抱いた。当時、マレー半島に於ける空軍勢力は多少強化されたとはいえ、第一線機数は百を少し上廻る程度であった。そして、参謀本部が保障した年末までに不足分の二百機を補充することに対しては、音沙汰がなかった。しかし、それにも拘らず、補充予定の航空機を収容する準備を為し、新設飛行場を造り、格納庫を設置し、兵員の居住施設を建て、整備工場、弾薬庫、倉庫、酒保、司令部事務所等を整えなければならない。

それは恐るべき仕事の量であった。参謀本部は、シンガポール島の防禦状態は充分ならずと決定し、半島の処々に飛行基地が新しく新設され、同時に、防備範囲の拡大は輸送、慰安、健康、給与補給等の総てに亘り、新しく問題が提出された。この大膨脹は、昼夜兼行で急遽実行されなければならなかった。熱帯の酷暑の下に行われるこの作業と緊張感から、プルフォード中将は、遂に健康を害ね、倒れてしまった程であった。

パーシバル将軍は着任早々、陸軍部隊の防衛演習を行った。その結果、侵入軍が移動中に、味方軍より受ける損害の範囲に関する想定を、空軍より得た上、結局、四十八個の歩兵大隊とその補助部隊及び二個戦車連隊が、完全な防禦作戦に必要であるとの結論を得たのだった。そして、それは八月二日に、中央に対して具申された。将軍の要求は、参謀本部の容れるところとなったが、さて、それがいつ実施されるか、解答は遂に得られなかった。

それより十ヶ月前、前述の通り前司令官が、歩兵二十六個大隊、航空機五百余機を要求した時、参謀本部は、二十六個大隊は認めたが、航空機の増強を拒否した。そしてここで、又、陸軍のかわりに空軍をというボンド将軍の作戦計画に組まれた地上兵力数の約二倍に等しい数を、参謀本部が認めざるを得なかったということは、航空機の増強に対する自信を、自ら失ってしまったか、さもなければ、日本軍の仏印占領という新しい事態に、以前の計画が全く適合しなくなったことを悟ったかのどちらかだと思える。とはいえ、防衛の主力を空軍に依存するという参謀本部の決定は、原則的には撤回はされていなかった。

引き続き陸軍増援部隊は到着した。八月には濠洲歩兵旅団、九月には印度兵旅団、そして、各々がまちまちの操典で訓練されていた。装備状態の異なる種々雑多な部隊が、その後十一月、十二月に更に到着した。それで一九四一年十二月に於けるマレー半島防衛空陸軍の実際勢力は、空軍第一線機、百四十一機、陸軍、歩兵三十三個大隊であり、パーシバル中将の希望する四十八個大隊を遙かに下廻る状態であった。

空軍に関しては、それこそ、お話にならぬ程の劣勢で、中央の固執した三百三十六機という最低必要量の約半分、現地司令官の要求数量の実に四分の一の状況であったのだ。

質よく量を制すと言われ、特にこの言葉は、航空機に当てはまることなのだが、マレー駐屯軍の保有機は、別に最新式高性能のものではなかった。その戦闘機は、主に米国製のブルースター　バファローで、速力は遅く操縦に困難でおまけに航続距離は短いという代物だったし、夜間戦闘機は、時代物のブレンハイム、電撃機は時速一〇〇哩でよちよちのビルデビースト型、急降下爆撃機、輸送機、長距離爆撃機、地上戦闘協力機、写真偵察機等、総て近代戦に必要な機種は皆無であった。当時、これについてプルフォード中将が、如何に憂慮していたかは、パーシバル中将の著書の一節を読めば察することが出来る。それは別として、同空軍司令官は口を酸ぱくして、再三繰り返し、本国の上層部に意見を具申したが、結局容れるところとならなかった。ぎりぎりに切羽つまった情勢の判断で出来上がったこのよぼよぼの旧式機の寄せ集めは、マレー防衛軍の持つ不可思議な姿を、余計深めて見せた。

大体、参謀本部が、一九四一年末迄に、三百三十六機を増強する必要を認め、確約を与えながら、実際には百機そこその増強しかなされなかった。それで、公に認められている作戦に参加する日本機の推定数約七百機に対し、太刀打ち出来るとは、誰も本気で考えられないことだった。それにも拘らず、マレー防衛作戦の主体は、空軍とするという公式を今もって断言するとは、虚言を吐くのと同じ意味になる。とすれば、参謀本部は航空機の不足で不可能なこの原則を、何故、採用し、固持し続けたかが問題になる。その結論はあらゆる情勢に対する無知、そして、気軽に防備に適当な航空勢力は、いつでも、増強出来ると呑気に構えていたのだ、ということであろうか。なお、我々にとって理解し得ないことは、三百三十六機以内で事足りるといった保有予定数量の決定である。一体、この三百三十六機で日本侵入軍の七百十二機に対抗し得るという議論を、英国の空軍作戦の専門家達が口にし、そして、実際その数量の半分しか増強されなかったが、この事実は参謀本部よりも強い力が参謀本部に圧力をかけ、その最低所要数量さえも、増強させなかったからであった。これを究明して、参謀本部の地位と、権威に関する誤解を除くことが、筆者には望ましく思える。

戦後、その大部分の認識が、誤謬であったと結論づけられた有力なある国防大臣が、戦略問題に、戦時中多大な発言権を持っていたと、自ら記したその著作を読んでみて、初めて明確にされた。国防大臣は、参謀本部の専門家としての意見により指導され、又、時には、その意見に服することが望まれるのだが、この国防大臣は強力に自己の独断を参謀本部に押しつけ、あまつさえ、参謀本部の意見から飛躍したり、あるいは断固反対してみたりしたのだった。

マレーに対する航空機の増強を阻止したのも、このチャーチル氏の独創的な匂いのする一九四一年の決定であった。一例を挙げると、ギリシアに対する遠征軍派遣決定当時、軍の高級将校の間には、この企てに反対意見を持ったものが多かった。そして、これは一般の局外者から見ても、ひどく馬鹿げた計画であるように思えた。というのは当時、北アフリカの英国軍は、自然の防塞、地中海に援護されて戦っていた。独逸軍は、易々と地中海を横断することが出来なかったからである。それにも拘らず、ギリシアに侵入をする独逸軍に対抗する為、地中海を横切って、アフリカから英国軍を輸送することは、自ら求めて先手から後手に廻ることを意味する。結局その結果、独逸軍が有利に作戦出来る大陸で、英軍は敵と矛を交え、その揚句、クレタ島での損害を計算外にしても、航空機二百九機、人員一万二千名を失うことになった。それから一ヶ月後、独逸はソ連を攻撃した。そしてチャーチル氏は、ソ連に対し、武器及び軍需物資を、最大に援助する方針をとった。その中で、戦闘機を主とする飛行機の割合は莫大なもので、チャーチル氏は、一九四一年中に、ソ連に対し供給すると約束した正確な総数は公表しなかったが、その数は、六百四十五機（トマホーク型二百機、ハリケーン型四百四十五機）と言われ、そのうちの五百九十三機の戦闘機は、実際に送られたのであった。

それで、以上の五百九十三機とギリシアで失った二百九機を、外国の為に使用せず、シンガポールに送ったとしたら、同地の空軍司令官は、老耄《オイボレ》のガラクタ機百四十一機のかわりに、秋迄に当時マレーで切実に必要とされていた新鋭戦闘機が送れたはずであった。しかし、爆撃機も、又、必要であった。これに関して、印度洋艦隊司令長官サー ジェームズ　ソンマービル提督は、その日記で、次のように記している。

「夜毎、英国から独逸爆撃に出撃する何百かの爆撃機のほんの一部でもここにあれば、戦局の全貌を、一変させ得るであろう……。」

当時、軍令部次長だったフィリップス提督は、チャーチル氏にハリケーン戦闘機をマレーに多数送るよう要請したというのは、その時同機を送るだけの余裕があったからである。ハリケーン戦闘機こそ、その威力を日本に示すだけで、日本を大いに牽制し得る適当な武器であった。同機に対する国際的評価は高く、その威力を知らぬものはなかった。それに反して、例の誰でも承知のブルースター　バファロー機では、何の役にも立つはずがなかった。

ここで問題になるのは、果たしてチャーチル氏が、ギリシアへの冒険や、スターリン氏への頼まれもせぬ、又、たいしてありがたがられもしなかった援助を、マレーに於ける火急の要に先んじたことは、正しかっただろうか？

ギリシアに関してチャーチル氏は、当時、次のように国民に語った。

「英国は、ギリシアに緊急の場合の保証を与えた。それ故に、事実不利な戦いでも、英国の名誉にかけて、その約束を履行しなければならない」

しかし、ギリシアだけが、英国の名誉に関する問題ではなかった。マレー、濠洲、ニュージーランド、ボルネオ、香港等の地は？　それらの地域が万一敵の脅威に曝された時、英国は、充分な武力を派遣して保証すると言われて来た従来からの原則は、矢張り英国の名誉にかけて、守られるべきであったろう。その原則を基礎として、各自治領は、国防計画を樹立して来たのだった。そして今や、それは御破算の浮目である。一体これ以上、英国の威信、名誉に関わることがほかにあっただろうか……。

ギリシアでの冒険は挫折し、それにより蒙った損害は大きかった。そして事実、ギリシアは与えられたその英国の保証に、それほど強い関心を示してはいなかった。しかし、例え英国がここでその名誉を勝ち得たにしても、それは、自国への義務を、犠牲にして為されたものであるに疑いない。対ソ援助に関する説明は、もっと、お座なりなものだった。大戦の渦中に巻き込まれたソ連を、総てを犠牲にして、あらゆる方法で援助しなければならない、と論議されたものだった。それに対してチャーチル氏は、一九四二年一月二十七日、下院で次の通り演説をした。

「対ソ援助の決定は、一大政策であり、又、一大作戦でもある。我々は、ソ連軍の驚異に値すべき行動を目にして、対ソ援助が、第一義的な問題であると了解し得る。それにも増して、我々が如何なる犠牲を払っても、同盟国ソ連に対する援助の実施に誠実に努力しなければ、スターリン首相と彼の偉大な祖国ソ連と我々の国交は、今日の如く友好関係を保ち得ない。」

その頃、チャーチル氏は国民に絶対に洩れぬよう努めてはいたが、チャーチル、スターリン両者間の関係は、余り親善関係にあったとは信じられなかった。というのは、チャーチル氏の私信への何週間にも及ぶ無回答、英国の対ソ援助の受諾に伴い、英国を辛辣に批判した覚書、並びに援助に対する増加の要求等は、スターリンの友好的な態度とは見えなかった。その上、対ソ援助についての誠実な努力というチャーチル氏の言葉に拘らず、実際は英国がソ連に対し、誠実を尽す義務はない。ソ連は、正式な意味での同盟国ではなかった。まして、英国との話し合いで、自ら戦争に介入したのでも、又、英国を援助する為に参戦したわけでもない。ただ、ソ連は、独逸の侵略により戦争に引き込まれただけのことであり、戦前、二十年の間、ソ連は、英国に政治的な匕首を突きつけて来たような国だったのだ。英国の参戦の原因となった独逸のポーランド攻撃の時、ソ連は、ヒトラーの片棒をかつぎ、又、ソ連によるフィンランド攻撃に際し、チャーチル氏は、至極不愉快な出来事であると苦り切ったぐらいだ。それ故、氏の「誠実」という言葉の使用は、英語の誤用である。氏は人々の知る英語の達人だから、ある種の言い廻し方で、誠実という言葉を、比喩的に使ったのだとしか思われないのだ。つまり、英帝国連邦は、ソ連に対して誠実を示す為に、犠牲を払わねばならぬ、ということを裏返すと、それ故、ソ連は、英国に誠実を示さなければならない、ということになるのだ。ともかく、何をおいても、ソ連を真先に援助するということに賛成は出来ない。

以前ギリシア問題で述べたように、この時、英国は、英帝国のみに誠実を示さなければならなかった。英国は、自治領を防衛する義務を有している。自治領と英本国は、同じ陛下を頂いた国で結ばれた同一の血縁関係にある。

ソ連を強化する為に、英国の極東防衛のための資材物資を転用することが、独ソ戦に於けるソ連を援け、従って濠洲、ニュージーランド、マレー等に安全性を与えるという理由は、成り立つであろうか、勿論、そうではなかった。以上のような自治領が恐れている敵は、独逸ではなく、日本なのだ。それ故、ソ連を援助することは、東洋の自治領諸国を安泰にせず、むしろ、大きな危険に曝すことになる。チャーチル氏は、同じく一月二十九日、下院で対ソ援助に関する主要作戦と戦略的な決定は、東洋に於ける比較的安全な地帯の軍備を、犠牲にして為されるもので、大局的な見地から見た場合、戦争遂行上、効果的役割を果たすもので、英国が今迄に、又、今後も払わなくてはならぬ損失を補うことを意味する。したがって、対ソ援助案を承認するのは、極めて正しいことである、と提案したのだった。以上の政策が果たして健全なものであるかどうか、それは、各々見るところによって違うのである。英本国人から見れば、対ソ援助は本国の立場を安全に導くことになるので、確かにそれは健全政策だと言えるだろう。しかし、濠洲やマレーから見れば、その反対であった。英国が、ロシアに武器を供給すれば、それだけ以上の各自治領の国防状態を、不安なものにすることになった。

独逸が英本国をもし屈服させ得たにしても、それで英本国が全面的に征服されたとは言えない。マレー連邦、濠洲、ニュージーランドの安全を保持するものは、先ず第一に制海権である。もし、英国海軍が健全であるなら、勝ちに乗じた独逸も、自治領諸国には何の脅威の対象とならない、よし英国が、不幸にもそのような状態になるとも、米国艦隊は、充分に海上防衛の責を果たすであろう。

対ソ援助に関するチャーチル氏とその一党の見解は、少なくとも、欧州に位置する英本国に対して半ば真実だ。しかし、英帝国の東洋に於ける前衛的な諸地域にとって、全く正しくない。貸借対照表に表われた結果は、自治領の犠牲に於て為された対ソ援助が、英本国に与えた利益より、損害の方が大きかったことを示している。当のチャーチル氏自身ですら、英本国が、独逸の攻撃から生き残ったことが、ソ連の独逸に対する成功によったものだとは思っていないようだ。一九四一年四月、日本の外務大臣松岡氏に、独ソ戦闘開始直前、書簡を送り、その中で、制海権を握っていない独逸が、一九四一年内に、英本国に侵入し得るかどうか、又、そのようなことを、試みるかどうか訊ねている。勿論、チャーチル氏は、そのようなことを思いもせず、考えてもいなかったに違いないのだが……。しかし、チャーチル氏は、何らかの理由で、外国の為には喜んで消費する航空機を、マレー防衛の空軍司令官からの度重なる要請にも拘らず、それに関して、反対の態度をとり続けていたようだ。

ギリシアでは、多量に損失し、又、ソ連には、無理な押しつけの如くくれてやった航空機を、プルフォード中将にやらず、蔣介石に送ろうとしたのだ。氏は、蔣介石総統の武器援助要請について、ルーズベルト大統領に次の如き書簡を送った。

「航空機援助に関する蔣介石の我々二人に対する懇請状に接しました。閣下も、シンガポールに於ける空軍勢力について、御存知のことと思いますが、我々は、それにも拘らず、間に合うならば、操縦士と航空機を送り込む積りでおります……」

と。

しかし、我々が必要としたことは、恐ろしい怪物日本軍閥の行く手を阻むことであった。

国民政府により、英国の航空機が使用されるより、マレーで、英国人によって使われる方が、日本に対してはより恐るべき障害たり得るし、何といっても航空機はマレーに於ける最上の防禦手段であった。

もし米国が、手を下さないとすれば、蘭印も、東洋に於ける英帝国の領土をも防禦し得ない、という意見もあった。しかし、我々は米国から供給を受けたよりも、多量の武器を所有していたのである。

英国政府は、参謀本部が、現地司令官に確約し、与えたうちのたった一つを履行した。それは、開戦後、八十日にして回航すると言明したシンガポールへの艦隊派遣が、開戦前に同基地に到着したことである。だがその艦隊の勢力は、どんなものであったろうか。

七　東洋艦隊到着と日本軍のマレー侵入

戦争の始めの内、英国海軍省の幕僚の間では、独逸とソ連が相結んでいる限り、日本の大きな侵略行動はないだろうと思われていた。そして、一九四一年に至る迄、独ソ両国の盟友関係が、断ち切られるような原因も見出せなかった。一九四一年六月、独逸のソ連に対する突然の攻撃は、極東の情勢に変化を齎した。その日に先立つ数日前、軍令部次長サー　トム　フィリップス海軍中将は、東洋艦隊編成に関する案を練り始めていた。その八月、国防大臣は、海軍大臣に対する覚書で、日本海軍の侵略行動阻止の為、極東水域に小規模なりとはいえ、有力な足の速い艦隊を派遣する必要があると提案した。その艦隊は、旧型の巡洋戦艦レパルスかリナウンのどちらかと、竣工間近に迫っている新鋭戦艦デューク　オブ　ヨーク、それに旧型空母一隻より編成される予定であった。デューク　オブ　ヨークはこの新艦隊編成計画の実施される迄には、すっかり装備も完成する予定であったが、海軍大臣は、この艦の編入に反対だった。永い年月、軍令部の幕僚達により研究され、スエズ以東に、より強力な艦隊勢力を集中すべしとの結論を得て、作成された計画があった。それは、ネルソン、ロドネイ、それにR級（旧巡洋戦艦型）リベンジ、ロイヤル　ソベリン、リゾリューション、ラミリスの戦艦四隻と、リナウン、ヘルメス、アーク　ロイヤル、そして、非常事態突発に際しては、更に、インドミテーブル等の空母により、編成されるはずであった。

ネルソン、ロドネイの二戦艦とリナウンは、セイロン島の東側にあるトリンコマレーかシンガポールに基地を置き、攻撃作戦に従事し、上記R級四戦艦は印度洋で船団護送の任に当たると同時に、攻撃作戦にもその時の情勢により、活用させるという構想のもので、デューク　オブ　ヨークのような新鋭艦は、それに含まれていなかった。何故なら、そのような新鋭艦は独逸の新鋭戦艦ティルピッツに対抗させる為、本国水域に待機させておくことが最良の方法であると考えられていた。その上、この新鋭艦を竣工と同時に東洋に廻すことは、標的演習を不可能にし、貴重な戦闘能力の効果も、実戦に先立って究めることが出来ぬ。これらの理由を、軍令部長は指摘したのだったが、チャーチル国防大臣は、それらの計画及び意見に対し、耳を傾けず、妥当性を欠いたものとして一蹴してしまった。チャーチル氏は、棺桶艦の汚名を冠されていた役にも立たぬ多数のR級戦艦からなる大艦隊よりも、新鋭艦で編成される小規模艦隊が至当であると結論して、海軍省の専門的な意見に反し、新鋭戦艦プリンス　オブ　ウエルス（デューク　オブ　ヨークの姉妹艦）と、先に氏が棺桶艦と呼んだR級戦艦と艦齢も同じ位の老朽戦艦レパルス、それに空母インドミテーブルを、東洋に派遣することに決めた。東洋回航の先陣として、最初に出発したのは、レパルスであった。同艦艦長テナント大佐は開戦の頃、海軍大臣補佐官であり、ダンケルク撤収作戦に当たっては、海軍先任士官として自ら出動を志願し、十日間に及ぶこの劇的な撤収作戦に大活躍を為し、ベックウィズ　スミス陸軍准将と共に、最後の一兵に至る迄の全員救出作業を、ダンケルクの岸辺に立って見届け、帰還した後、スキャパーフロー根拠地の英国本国艦隊所属だったレパルス艦長の職に就いた人である。レパルスはビスマルクの追跡に参加して、ニューファウンドランドに向かう途中、強突風に遭遇し、燃料の欠乏を来し、落伍してスキャパーフローに帰還した。その後、六、七、八月の三ヶ月間、そこにあって、本国艦隊に所属していたが、八月テナント大佐は、司令長官から対日関係が悪化したので、印度洋に派遣される艦隊に、同艦を編入する旨命令を受けた。それで、同艦が急遽入渠《にゅうきょ》し準備を整え、ケープタウン向けの大船団を護送しつつ任地に向け出発した。そして当時は、未だ後日のように、印度洋に独逸潜水艦の活動もなく、又、日本とも平和状態が保たれていたので、レパルスは十月、十一月の二ヶ月間、アフリカの各地に帰港しながら、愉快な航海を続けた。南アフリカのダーバンに寄港の際は、その地にいたスマッツ元帥を艦に招待した。その席上、同元帥は乗組員一同に訓辞を与え、南アフリカは英本国よりも、遙かに暮らしいいから、平和になったら乗組員一同が、是非移住して欲しいが、しかし、この戦争で生き延びることの出来る人は少ないであろう、と不吉なことを述べた。その後で同元帥は、艦長室で対日戦争の早期到来は必至である旨語ったのだった。

十月の末、プリンス　オブ　ウエルスは、レパルスの後を追って、英国本国を出航した。同艦はリーチ大佐が艦長で、その時、まだ艦籍編入後、数ヶ月しか経ぬ、評判の新造戦艦であった。一九四一年五月初旬、艦隊に編入されて間もなく、ビスマルク捜索の為、ホランド海軍中将麾下《きか》の分遣艦隊に参加し、ビスマルクと戦闘を交え、その結果かなりの損害を蒙った。

この作戦で同艦の砲塔の機械装置に、重大な欠陥があることがわかり、それを改造する為に、その後二ヶ月間も入渠していた。そして、八月にドックを出て、乗員訓練・砲術演習の為、スキャパーフロー根拠地に帰港した。八月末には、早くも地中海を通って、マルタ島に行く輸送船団護送の為、ジブラルタルに急遽出航しなければならなかった。そして、この任務終了後本国に帰還するや、新編成の東洋艦隊司令長官サー　トム　フィリップス大将の旗艦として、極東に出動するよう命令を受けたのだった。このような状態で、ビスマルクとの戦闘以来、この艦は満足な重要訓練をする時間もほとんど無かった。

新司令長官フィリップスは前に述べたように、軍令部次長の要職にあり、英国海軍の全作戦領域に関与していた。それ以前はデュードリ　パウンド提督麾下の地中海艦隊の参謀長を務め、同提督が、海軍大臣に栄転したので、その下に、軍令部次長としてすえられたのである。フィリップス司令長官が、エレクトラ、エキスプレスの両駆逐艦を伴い、本国を出航した当時、極東水域には、少数の小型艦艇よりなる英国支那艦隊しかなく、レパルスは印度洋で待機していた。海軍省は更に地中海艦隊司令長官サー　アンドリュー　カンニングハム提督麾下の二隻の駆逐艦を、フィリップス提督の艦隊に編入するよう命令した。しかし、カンニングハムは、性能の良い艦を与えようとしなかった。燃料タンクの具合が悪く、燃料を満載すると約十度艦が傾斜するジュピターと、座礁の結果、艦底が凸凹になってしまったエンカウンター両駆逐艦を、フィリップス提督に移譲したのであった。その両駆逐艦は、スエズを経由して印度洋で、フィリップス提督の艦隊に、合流の予定であった。又、航空母艦インドミテーブルも、直衛空母として、艦隊に編入される予定であったが、それ以前、この新造空母は、基礎訓練の為、比較的安穏な西印度諸島のジャマイカ島に赴き、そこで演習中のある日座礁して、ドックに入渠の必要が生じてしまったので、それからずっと後になり、艦隊に参加することになった。

それで、当時、印度洋にいた小型空母ヘルメスが、一応艦隊に編入されることになり、シンガポールへの途中で参加した。フィリップス提督の艦隊は、有力な直衛空母を伴わない為、空襲に対しては、陸に基地を有する戦闘機か自己の対空火器に依存するより方法がなかった。しかし、その対空火器にしろ、個々としての性能は優秀なものであったが、極めて数の点で不足していた。そして、当時の現有量よりも四・五倍の量を装備することが必要であると、海軍では、充分にわかっていたのであった。その上プリンス　オブ　ウエルスにしても、レパルスにしても対空戦闘要員の訓練は充分とは言えなかった。両艦とも、それぞれの理由で、対空訓練を、充分にする機会がなかった。それで、両艦ともシンガポールに到着後、充分みっちり対空兵器操作訓練を行う時間が持てなければ、実戦の場合、陸上戦闘機の防護に総て依存しなければならなくなった。

十一月二十日、諸新聞は、プリンス　オブ　ウエルスが、ケープタウンに入港したことを報道した。そして、その十日ばかり前、チャーチル氏がマンション　ハウスで、次のような演説を行った。

「印度洋、太平洋西南水域で、一旦緩急の事態が生じれば必要な補助艦群を伴う、有力な艦隊を派遣するであろう」

新聞は、このチャーチル氏の談話と、それに続いてのプリンス　オブ　ウエルスのケープタウン入港とを、意味あり気に関連させて伝えた。しかし、チャーチル氏の言明したように、プリンス　オブ　ウエルスは必要な補助艦を従えて入港したのではなかった。補助艦として、最も主要なもの、即ち、航空母艦が姿を見せなかったからである。十一月の末に、プリンス　オブ　ウエルスはコロンボに入港し、そこで対空火器、バフォール砲を多数搭載した。この時、レパルスは、セイロン島のコロンボの反対側に位置するトリンコマレーに投錨していた。そして、そこでレパルスの艦長テナント大佐は、司令長官フィリップスが、シンガポールで開催される緊急会議に出席の為、飛行機で先行するという信号を受けた。それで、先任艦長であるテナント大佐は、レパルスを先頭に艦隊を指揮してシンガポールに向け、マラッカ海峡を一直線に南下したのであった。艦隊は遂に十二月二日、シンガポール基地に到着した。プリンス　オブ　ウエルス、レパルスの二隻の戦闘艦は、威風堂々他を圧しつつ、港内の停泊地点に入って来て、埠頭海岸で両艦の入港を見物していた人々に、大きな自信と安心感を与えた。

そして、この両艦到着の報は、全海峡植民地の人々に、同じような感銘を与えたのであった。この艦隊の入港を、見守っていた人達の中に、パーシバル将軍がいた。同将軍は陸軍派遣聴講生として、グリニッチの海軍大学に学んだことがあるので、この艦隊に有力な直衛空母が欠けていることに気がつき、憂慮に堪えぬ面持ちであった。同将軍は後年その時の感想を回想録の中で、

「ジョホール海峡の東水道に、大きな艦が英姿を現わし、投錨する光景を見た時の我々の筆舌に尽せぬ感激――」

というような言い廻しを使って記している。

二十年来の約束は、遂に果たされた。シンガポールへの主力艦の回航である。しかし、それはたった二隻だった。そして、かつて論じられたような大規模な主力艦とは、似ても似つかぬものであった。

当時、英国政府首脳部は、脆弱な実力を補うために、口による宣伝を考えたのだと思える。大体、英国の軍令部は、行き過ぎになる位、どんな犠牲を払っても機密を保持することに努めていた。そして、この機密保持の違反に対する程、峻厳な戦時法の適用はほかになかった。ところが、この艦隊回航に関しては、全く正反対だった。

サー　トム　フィリップスが本国を出航する時、シンガポール到着に際しては、出来る限りの宣伝を為すべし、との命令を受けていたのである。それ故、風雲急を告げつつあるシンガポールに派遣されていた英米の多数の特派員や報道関係の人々が、プリンス　オブ　ウエルスの艦上に集められ、最大の情報を提供されることになった。その上、更に舞台効果を加えたのは、プリンス　オブ　ウエルス以下、多数の艦艇によって編成される東洋艦隊がシンガポールに到着したと、チャーチル氏の声がロンドンから電波に乗って、世界に告げたことであった。艦隊の士官達を非常に困惑させたこの鉦や太鼓の大宣伝は、勿論、真実を背景にして行われたものではなかった。日本の国民を恫喝する目的でこの発表がなされたとするなら、それは全く不成功に終った、と言わなければならない。

マレーには、多数の日本人が住んでいた。それで、この艦隊の勢力の真実の姿は、直ちに日本の諜報部の知るところとなった。何が故に英国がその勢力を、事実以上に誇張して宣伝しなければならぬか、という疑問に、日本軍は簡単に結論を見出すことが出来た。それ故、この種の欺瞞は、かえって危険なものだった。簡単に見すかされるような恫喝なら、やらぬがましである。そして何の役にも立たぬこの欺瞞に乗せられたのは、実に英国人だけであった。マレーの当局者は、この本国の方針を忠実に実行すべく、最善の努力を払った。

基地司令官サー　ジェフリー　レイトンは、シンガポールに戦艦が到着したことにより同地の防衛態勢が、大いに強化改善されたと、放送した。いつ日本との衝突が現実化されるだろうか、という一般の緊迫感は、益々深刻になり、正に一触即発の空気が漲《みなぎ》り出した。

日本軍は、仏印をその支配下に置き、北東及び北西からマレーを攻撃する態勢を整えていた。日本軍は仏印からタイ国を越えマレー国境に達するには、クライストムスを通過して、ちょっと南に下ればよかったのだ。この方面からの日本軍の行動は、予め認識されていて、それに対する作戦も立てられていた。南端のジョホール州よりタイ国境に至るマレー半島の地形は、その国境の線で、僅かに狭まっている。しかし、国境を越えたタイ国のクライストムスの地峡は、国境地帯の幅が三〇〇哩あるのに反し、僅か五〇哩足らずで、そこに防衛線を築くことは極めて有利であった。それで事態が、そのように緊迫化した場合、日本軍の行動に先んじて、その地点に前進拠点を造ることが妥当であると考えられた。

しかし、それについての時機に対する判断は、現地の司令官ではなく、本国政府の手に委ねられていた。というのは、これは余りにも高価につく作戦で、タイ国領土の進撃は重大な国際的反響を生じることとなり、英国の行動を侵略的なりと非難する機会に利用され、日本軍の敵対行動に、いい口実を与えることとなり、おまけに米国の好むところでもなかっただろう。しかし、十二月五日に極東防衛軍総司令官は、日本軍がタイ南部に上陸作戦を為すか、あるいは、タイ国侵略の為、越境するか、いずれかの情報を得た場合、即刻作戦を開始すべし、との命令を受けたのだった。

同総司令官は少し前、タイ国領土内への進撃作戦は、必然的に日本との武力衝突を意味し、それ故この作戦の実施が決定される時こそ重大である旨、日本軍に対して警告を発していたのであった。宣戦の布告とか挑発行動は、軍人の仕事ではなく政治家の仕事である。英国の議会は、常日頃、政治的な諸決定は軍人の関与すべからざることだと、きつく申し渡しているのだから……。ところがである。この緊迫した国際的危機に当たって、戦争挑発の最高政治責任が、以上のように一軍人に押しつけられたことは、驚異に値する。この時、何が故に、極東に於ける英国内閣の代表者として、数週間前に着任したダフ　クーパー氏に、この戦争の危険をも冒す政治的な重大問題、即ち、タイ国領土内への進駐の決定が与えられず、現地の一軍司令官に任せられたのか、今もって理解の出来ないことである。

シンガポール到着後、プリンス　オブ　ウエルスはコロンボで積載したボフォール砲を装備するため、岸壁に繋留された。ジュピター、エンカウンターの両駆逐艦は、それぞれ重大な欠陥修理の為ドックに入った。レパルスは短期訓練のため、南方海上に出動した。

フィリップス提督は、シンガポールのレイトン提督と種々打合せを為して、艦隊としての訓練を経ていない東洋艦隊の現状に満足を表わさず、又、艦隊の現有勢力について、懸念を持っている旨を明らかにした。フィリップス提督は、未だシンガポールに到着する以前、海軍省に打電して、印度洋近辺の護送任務に就いているR級戦艦リベンジ、ロイヤル　ソベリンの両艦を、十二月二十日頃迄に、シンガポールへ派遣するよう要請したのであった。そして、なお、本国にいるR級戦艦ラミリス、レゾルーションの二艦の派遣の促進も希望していたのである。これらR級戦艦派遣に関するチャーチル氏の反対も、既に解決していた。

最近迄、軍令部次長として机上で案を練っていた当時にも倍してフィリップス提督は、これらのR級戦艦の自己の艦隊への編入の必要が、切実に痛感されるのであった。なお、同提督は、当時米国の太平洋岸からシンガポールを経由して、地中海に向かう予定の戦艦ウォースパイトにも、一週間、シンガポールに寄港し、滞留するよう要請した程、同地に最大の戦艦勢力を集結させるべく、望んだのであった。以上の点から論じても、同提督が決してチャーチル氏の抱く、高速新鋭艦の小規模な艦隊に関する所論に、何ら魅力を感じなかったと言うことが出来る。

十二月四日、フィリップス提督は、米国アジア艦隊司令長官ハート提督と、作戦会議の為マニラに飛んだ。この時、参謀長パリッサー少将は、シンガポール基地参謀長として陸に上がり、その後任に軍令部作戦部長だったラルフ　エドワード大佐が任ぜられたが、未だシンガポールへの着任の途次で、到着していなかった。そして、司令長官フィリップス提督は、極東海域の指揮権を未だ持たず、レイトン提督がそれを握っていた。

このフィリップス提督の不在中に、重大な事件が突発した。十二月六日の正午に近い頃、英国空軍哨戒機が、印度支那半島南端のカモ岬の東側を、西に向かって進む護送船団群を発見した。その護送船団群の一つは、戦艦一、巡洋艦五、駆逐艦七に護送される二十二隻の輸送船より成り、他の一つは、巡洋艦二、駆逐艦七に守られた輸送船二十一隻、そして、それより少し後に、巡洋艦一、輸送船三の小船団が従っていた。この驚天動地の情報を接受して、即刻どんな対抗策が講じられたであったろうか。勿論、その発見された船団が日本軍の軍用船団であったことは、火を見るより明らかであった。

軍隊の大規模輸送以外に、このような強力な護送は必要としない。そして、ここで重要な問題となるのは、果たしてその船団がどこを目指しているかであった。それには、二つの可能性が存在した。一つは、マレー半島に対する即時の攻撃を意味し、他は、タイ国領土内に戦略的地点を確保する為のタイ国への上陸作戦である。しかし、この強力な護送船隊の出現の持つ意味は、マレーに対する作戦の為なら、何も戦艦や強力な巡洋艦を伴う必要はなかったし、第一海上を廻らなくとも、仏印の国境を越えれば足りるのである。この船団の進路が、タイ国に対する上陸を目的とするような錯覚を、起させたのである。即ち、英国空軍哨戒機に発見された日本の護送船団は、その後、進路をカモ岬を迂回するや、北西にとった。すると、この進路の目標は、当然、タイ国ということになる。しかし、これは哨戒機を欺く、日本護送船団の大胆不敵な行動であった。その晩、船団は進路を元に変え、マレーを目指したのだった。

一方それに反して、サー　ロバート　ブルックポーハム極東総司令官、レイトン海軍司令官、パリッサー参謀長らによって開かれた緊急会議で、日本のこの船団の有する目的は、タイ国に対するもので、マレーに対する作戦行動ではないと判定され、従って、未だ英国防衛軍によるクライストムスの進駐を、決定する時機ではないと判断された。

もっとも、この判断に対しては、当時タイ国駐在公使サー　ジョン　アクロスビーの強力な圧力が、あずかるところ大きかった。同公使は有名なタイ国通であった。その為、会議の席上、彼はタイ国は親英的であり反日的な故、日本軍の侵入にはだまっていても干戈をとって立ち上がるであろう。それで、もしも英国が最初にタイ国領土内に行動を起したとすれば、タイ国は非常に困難な立場に置かれ、結局、国際法上の自己の立場を守る為に、不本意ながらも味方と信ずる英国に対し、敵対行為を止むなくとるに至るであろう、と強硬に主張した。とは言え、この日本の護送船団の無気味な出現に、現地首脳が拱手傍観していたわけではなかった。即刻、それに対する作戦が立てられた。それは、日本の護送船団を発見、監視する為、到着したばかりの東洋艦隊を出動させ、万が一、日本の護送船団がそれに対し敵対行動をとった場合、直ちに攻撃を加えることであった。これは、全く時宜に適した作戦であった。そして、日本はその護送艦隊に、たった一隻の戦艦を有するのみであるから、東洋艦隊は、それは対抗する充分な勢力を保有していたわけだった。

日本が万一、対英開戦をその腹の底で決意していた場合、東洋艦隊の船団監視行動は、日本軍の空襲に曝されることになるので、危険極まりなくなった。艦隊に航空母艦が欠如していることは、作戦の重大な妨げとなった。と言って、英国空軍ブルースター　バファロー機では、海上索敵任務に充分な作戦行動半径は望めなかった。この重大危機に、新任艦隊司令長官がマニラに在ったことは、事態を更に困惑させたのだった。このような状況下で為されなければならぬ適当な唯一の処置は、敵船団に対する空軍の絶えざる接触で、その船団の目指す目的地を速やかに知ることであった。しかし、不幸なことには、空軍の船団との接触は、常時保たれなかった。この時の状況は、それより七ヶ月以前に起ったビスマルク脱出の時と、驚く程似ていた。

五月二十一日の正午頃、英国海軍の哨戒機はビスマルクを発見したが、その後三十時間、同艦の消息は、杳《よう》として不明であった。丁度、仏印の南端カモ岬に於ての日本護送船団の発見も、正午頃であり、翌日の午後八時、三十時間経過した後、初めて船団の動きについての次の情報が得られた。この三十時間を、七ヶ月前、スキャパーフロー基地に於て、待機した本国艦隊の士官達と同じ気持ちで、シンガポール駐在の高級士官達は、いろいろと心を痛めながら過ごしたのであった。北海で、ビスマルクのその後の動静に関する情報が、中絶してしまったのは、天候が原因であった。そして、今度のシャム湾での原因も、同じく天候によるものであった。北と南との相違はあっても、不思議と気象条件は類似していたのである。

出動した哨戒機のうち帰還しない一機があった。日本軍に撃墜されたのではないか、と思われた。シンガポールでは、一日半の間が、痛ましい不安に覆われて経過した。そして、ようやく次の情報が到着した。しかし、それは結論を生み出す程、充分なものではなかった。日本駆逐艦四隻、シンゴラ沖七〇哩を南方に向け航行中、英国空軍ハドソン索敵機、日本巡洋艦より発砲を受く、等々の程度のものであった。十二月七日の夕、司令長官フィリップス提督は、マニラからシンガポールに帰還した。マレー半島内の防衛状態を視察中であったパーシバル将軍は、日本の護送船団発見の報告を接受して、日本軍のマレー半島攻撃を直感した。そして、直ぐクライストムス進撃に関する案を立てた。しかし、これを実行に移す時間の余裕が、如何にもないと結論するに至った。日本軍が上陸を開始して、夜半より行動を起すとしても、英国軍が、クライストムスの予定防衛線に到着するのは、翌日の午後の二時がぎりぎり一杯である、と算定されたのであった。昨日、政治的な理由により、好ましくないと延期された作戦行動は、今日では、最早遅く、役に立たなくなった。パーシバル将軍は、以上の意見をまとめて総司令部に具申した。

十二月八日の朝、総ての疑問は吹き飛んだのである。日本軍は、マレー半島北東部のコタバルの英国空軍航空基地の反対側の海岸に上陸を開始、未明にはシンガポール市に、初めての爆弾が落とされたのであった。それと殆ど同時刻、日本海軍の艦載機群は、真珠湾に停泊中の米主力艦隊を襲い、これに爆撃、雷撃を加え、米国太平洋艦隊を完膚なきまでに作戦不能に、落とし込んでしまったのだ。

第一次世界大戦後、英国がもし独逸に対して、仏蘭西を強力に支持すると自己の立場を、毅然たる態度で明確にしていたら、独逸は第二次世界大戦を引き起こさなかったであろう、と主張する人が大勢いた。それらの人々は一九三七年以降、欧州に戦雲の兆しが濃厚になり始めた頃、又、ぞろ活躍し始め、英国は断固行動を開始すべし、と主張した。この圧力に押された英国政府は、独逸との紛争の種を持っている欧州各国、特にポーランドに保証を与えた。そして、後になって、現実にポーランドが攻撃を受けた時、その保証が何の役にも立たなかった事実を目の当りにして、愕然とした人達が多かった。

英国政府は、ヒトラーに対する政治的な牽制行動を、戦略よりも重要視していた。外務大臣は、独逸の元首に対して、厳粛に警告を発した。即ち「赤信号、停止せよ！」それと同時に、英国海軍は無敵なり、とつけ加えることも忘れなかった。しかし、ヒトラーは、この英国の威嚇に動じようとしなかった。英国がどんなに意のあるところを表わそうとしても、ヒトラーは、英国が世界の一「赤信号」を代表するべきものだとは、思わなかったようだった。

ヒトラーとスターリンは、ポーランドを両側から挟み撃ちにした。英国の保証はワルシャワの煙と共に、消え去ってしまった。一九四〇年の後半に至る迄、この「赤信号」の向こう側に進出の野心を抱く連中の中で、誰もあえてその目を、英仏海峡の北側に向けるものはなかった。だが、それはそれより二年後、非友好的国家の敵対行動により、思いがけなくも敢行された。即ち、独逸による和蘭、ベルギー等への中立への侵犯、そして、占領がそれであった。

チャーチル氏は、一九四一年十一月十日、首相官邸に於ける演説で、もし、日米が雌雄を決する時が来れば、英国は一時間以内に参戦するであろうと、英国の立場を明らかにした。事実、日本にとって英米連合軍に対することは、非常な脅威であった。日本が、世界の二大海軍国を敵に廻すことになった当時、英国は、他の方面で作戦中であり、太平洋水域に全英国海軍勢力を向け得なかったにしろ、極東に割くことの出来る艦隊と米国の艦隊とを合わせると、少なくとも日本の現有勢力の二倍に達することになるのだ。好戦的な国家を、絶えず平和の状態に足踏みさせておく為、自己の断固たる決意を中外に宣する政治的な態度が、一九四一年、日本に対して効果を生じたかのように思われたが、それは結局失敗に帰した。

日本の目の先で、赤信号を一生懸命に点灯し続け、日本の戦争挑発を防ぎ止めることを、チャーチル氏は希望していたのであろう。しかし、日本がこの危険信号を無視して、突進したことについては全く予想外であったと、その驚きを議会で表明しないわけにはいかなかった。しかし、米国の政府首脳部が、日本を何とかして、戦争に介入させようと努力したことを知るに及んで、その驚きは正に倍加されたのだった。

一九四一年十一月に行われた米国政府の閣議の席上、国務長官スティムソン氏が、次のごとく述べた記録がある。

「米国政府の当面の問題は、我が米国に、大した危険を齎すことなしに、日本に最初の砲火の口火を切らせることにある……。」

チャーチル氏は、この米国大統領の秘密の意向を、知らされていなかったのであろうか？　果たしてそうだとすれば、チャーチル氏は、英国と共に手に手をとって事を為そうと信頼していた人達から、随分、安く扱われていたのだ、ということになる。もし、そうでないとしたら、米国大統領が日本の戦争介入を内心望んでいた時、チャーチル氏は、何故、日本のそれを阻止するような演説をしたのだろうか。日米開戦後一時間以内に英国は参戦するという言葉は、日本に対する威嚇ではなく、米国大統領や国務省を励ます為のものではなかっただろうか。

チャーチル氏は、米国が参戦を望んでいた、ということを知っていたと思われる節がないではないが、これはチャーチル氏の著書や、その他いろいろの言辞から推測することは不可能でない迄も、難しいことである。と言うのは、氏の意見が非常にまちまちであるからだ。例えば、ある公文書では、しばしば日本との衝突を心から避けたいと記しているかと思うと、一方、氏の大戦回顧録第三巻五二二頁では、もし日本の侵略行為が米国を戦争に引き入れる動機となるならば、余は至極満足である、と表明する具合であったからだ。

宣戦布告に先立って、日本は真珠湾を騙し討ちにしたという世界の世論は、日本の行為を罵倒した。しかし、あのような状況の時に、果たして騙し討ちという言辞が、適当であるかどうかは大問題である。

一九〇四年、日露開戦に際して、ロンドンの『タイムズ』紙がその社説で「現代史において、公の宣戦布告が、敵対武力行動の開始に先立ったという事例は、極めて稀である」と言っているが、もし、それが正しいとすれば、この一九四一年の日本のとった行動も、国際慣習に反した乱暴な行動であるということが出来ない。それ以上に、一九〇四年の日本のとったやり口を、よく承知しているはずの米国が、その先例に気を止めず、呑気に構えていたとすれば、自分自身こそを咎めるべきである。だが、この日本の作った先例を、果たして米国は無視していたかどうか、非常に疑わしいことだった。実際、日本は必ず奇襲攻撃をかけて来るに違いない、との想定の下に、米国の軍の指揮官達は、その頃、公の警告を受けていた。一例を挙げると、全米国艦隊に作戦部長スターク提督の名で、十一月二十七日、日本の来攻が数日中に起こるかも知れない旨、戦時警戒警報が発せられていた。その上、十二月六日、カモ岬沖合に日本護送船団発見の報は、即刻マニラにも通達され、したがってワシントンでも、知らないことはなかったと想像された。それ故、米国政府の首脳達は、日本がいずれかの地点に、新しい軍事行動を起すだろうと予想はしていたものの、まさか真珠湾を攻撃するなどとは、夢にも思わなかったのだろう。したがって、この点米国は大誤算を為したわけで、その誤算の責任を日本にもっていくには当たらないのだ。第一、東京駐箚米国大使は前から、日本海軍の真珠湾攻撃の情報を入手し、ワシントンに、警告を発していた位だったのだから……。

今日、世界で識者と称される人々の間では、日本が米国に対し、質《たち》の悪い不意打ちを食らわしたと、真正直に信ずる者など誰もない。日本の攻撃は、前から予期されていたものであるばかりか、疑いもなくルーズベルト大統領は、米国を大戦に参加させようと腹黒く待ち構えていたのである。そして、参戦の機会を、実に日本から為される敵対行動に求めていたのである。受けて立つ戦いこそ政治的に、好ましいものだったのだ。それで、米国は武力を自ら使わないで、恥を知る国民ならば到底我慢のならないところ迄、日本をとことん追い詰め、侮辱したのであった。わかり易く言えば、日本は、米国大統領に唆《そそのか》されて、米国を攻撃する羽目になったのである。

一九四四年、英国の生産大臣オリバー　リットウルトンは、次のように述べた。

「日本は真珠湾の内に、米国を攻撃するように、誘い込まれてしまった。それで、米国が戦争に巻き込まれたということは、正に歴史的なお笑い草である。」

八　プリンス　オブ　ウエルスの最期

十二月七日から八日にかけて、未だ日本海軍の上陸地点は、はっきり判明しなかった。しかし、八日未明、哨戒機がシンゴラとクライストムスの東岸のバタニ、コタバルに上陸中の日本軍を発見した。シンゴラでは、早くも飛行場は日本軍の占領するところとなり、日本軍の戦闘機を含む飛行機が、地上に見られた。日本軍の航空隊は、明らかに緒戦で、英国空軍を撃滅する目的で集結していた。空中戦闘は、各地の上空で行われたが、我が英国空軍の戦闘機は、質の点でも量の点でも、日本機に太刀打ちは出来なかった。誰もが、予想以上に日本の戦闘機が、ずば抜けて優秀であることを知り、不愉快にも、驚かなければならなかった。

日頃の訓練が生じた技術と決断力の旺盛の操縦士が搭乗する性能のいい日本機に対するに、我がブルースター　バファロー機では、歯の立てようがなかった。その上、搭載火器の格段の差は、英国機に大損害を与えたのであった。戦闘機援護の下に爆撃機は、各所の英国空軍基地を爆撃して、不幸にも大成功をおさめた。英国軍の各飛行場の対空防禦施設は、おそまつなもので、レーダーも殆ど、どの飛行場にもなかったため、飛行場では給油中の多くの飛行機が、地上で破壊されなければならなかった。英国軍の地上部隊は、コタバル地区を除いて、未だ日本軍と接触していなかった。日本軍の上陸地点となったシンゴラとバタニは、国境から一跨ぎのタイ国領土であった。英国地上部隊が予てよりの作戦を、機先を制して実行しなかったために、日本軍は以上の地点に、何の抵抗も受けずに上陸を開始していた。そして、八日の午前十一時、タイ国は、領土内に於ける防禦的な地位を確保する為、マレーとの国境線を閉鎖してしまった。タイ国の中立を侵犯することを英国が手控えるなら、タイ国は日本の侵略に敵対するであろうとのサー　ジョン　アクロスビー駐タイ公使の考えは、明らかに間違っていた。

日本の進攻に際し、タイ国の為したことは、英国軍に対して必死の効果的な抵抗を、試みたことだけであった。そのようなわけで、英国地上部隊の作戦は、思うように捗らなかった。一方、コタバルに於ては、激しい戦闘が交えられていた。大体その地方は、クリークや粘土質の遠浅の海岸や、沼沢地帯の多い、いやな土地だった。このような土地で、前夜半来、第八印度歩兵旅団と侵入軍との間に、激しい戦闘が続けられ、双方多大な損害を出していた。

八日の朝、フィリップス提督は、日本軍の上陸作戦に伴う戦闘について、漠然とした情報しか得られなかったので、艦隊が如何なる作戦を為すべきであるか、それで旗艦で短時間参謀会議を開いた後、提督は参謀長を伴って、極東総司令官の司令部を訪問し、状況報告を聞き、海軍の作戦に関し、数時間費やして打合せを行った。そこで、日本軍の主力部隊の上陸地点は、タイ国のシンゴラである故、日本軍の輸送船団を同地で攻撃する為に、艦隊を出動させるという問題について、意見が交わされた。しかし、この作戦で当然問題となるのは、空軍の協力作戦であった。この点について、フィリップス提督は、その夜、艦隊が出動すると仮定して、図上作戦を作ってみた。そしてその結果、三段階の方法で行われる空軍の援助作戦が、望ましいと結論を得た。先ずその第一は、翌九日の未明から艦隊の前方一〇〇哩を、哨戒機により索敵しながら、艦隊は海岸線に接近しつつ、シンゴラに向け北上する。第二は、コタバルから海岸沿いにシンゴラを越え、十日の明け方から哨戒飛行を行いつつ、艦隊は、日本軍の輸送船団に接近して攻撃をかける。第三は、十日の昼間シンゴラ沖の艦隊に対して為されるべき、いずれかの基地からする戦闘機の援助作戦についてであった。しかし、以上に関しては、具体的には何も決定しなかった。フィリップス提督はプリンス　オブ　ウエルスに帰艦して、昼食後、各艦長の集合を求めた。そして、前部艦室で、各艦長及び艦隊幕僚達と会議を開いた。席上先ず提督は、艦隊出動に関する賛否を求めた。そして、東洋艦隊の第一の目的は、極東、特にマレーの英国領土を海上からの攻撃から安全に守ることであると冒頭に発言し、それ故に、東洋艦隊は、この時に臨んで、マレー北部沖合の日本護送船団を粉砕すべきである、と述べた。この艦隊の作戦で、最も危険となるものは何であったろうか。

フィリップス提督の、それ迄に入手した情報によると、その方面にいる日本の勢力は、戦艦一、巡洋艦七、駆逐艦二ということだった。東洋艦隊は、それに比べ、小型艦は不足していたが、戦艦では二対一の優位を保っていることは、明らかだった。しかし、敵空軍の襲撃を、計算に入れないわけにはいかなかった。そして、提督にはその時、未だ艦隊が、どの程度の空軍の援助を受けられるか、わからない状態にあった。提督は、その日の午後、この問題で空軍司令官と協議する予定であった。この時、提督が心を悩ましていたのは空襲ばかりではなく、潜水艦の攻撃についてもだった。日本海軍は、日本軍進攻の口火となったコタバル、シンゴラ等の上陸地点の沖合及びシンガポールからの北西方航路上に、英国艦隊の出動に備えて、多数の潜水艦を配置していることが想像された。この危険に対してプリンス　オブ　ウエルスとレパルスの二戦艦を護衛する駆逐艦は、僅かに四隻しかいなかったのだ。しかも、その中の二隻は前に述べたような老朽艦であり、護衛に適したものではなかった。

確かに、艦隊が沿岸に沿って北上し、敵輸送船団に、攻撃を加えるこの作戦は、熊蜂の巣に飛び込むような危険を意味した。しかしもし、その作戦が図に当たり、日本の船団を撃滅することが出来れば、上陸軍にとっては壊滅的な打撃となり、英国地上防衛部隊に絶大な援助を与えて、日本軍の意図を完全に挫折させることとなる。この日本軍の出鼻を挫く作戦に、成功を勝ち得れば、日本軍の再度の侵攻作戦が行われる前に、あらゆる種類の援軍を、英国防衛軍は持ち得ることになるからだ。提督は、状況の概括を以上の如く述べ、そして、このような状況に於て艦隊のとるべき作戦についての意見を、集合した席上の各士官に求めた。このような場合、司令長官が自己の命令を口頭で、麾下艦長や幕僚に通知するかわりに、各々の意見具申を求めるというのは、普通にはないことであった。長官が、空軍の援助に頼ることは、恐らく当てに出来ないだろう、と述べた後、永い沈黙が会議を支配した。しかし、それはレパルスの艦長テナント大佐によって破られた。会議に出席していたのは、艦隊麾下の艦長以外は、殆ど総てプリンス　オブ　ウエルスにいる艦隊幕僚達であった。それで、テナント大佐は、プリンス　オブ　ウエルスの士官達が、他艦の者の最初の発言を期待しているのを見てとり、艦隊は断固出動して、日本軍輸送船団に攻撃をかけるべし、と口火を切った。長官はこのテナント大佐の意見に対し、順番に各士官の意見を糺した。テナント大佐の意見に誰も、不賛成の意を表わしたものはいなかった。もしも全員が出動に反対だったとしたら、司令長官はどうしたであったろうか。恐らく多数の意見を尊重して、出動作戦は、見合わせになったことであったろう。提督の意は決した。汽罐の蒸気を上げることが、命令された。艦隊の全員に、艦隊は八日夕刻出航、哨戒機の誘導により十日、コタバル乃至シンゴラにて敵船団を攻撃の予定、艦隊協力索敵機、又は、護衛戦闘機については、空軍と協議の上決定、と告げた。そして、パリッサー参謀長を伴い、空軍司令部に赴く為上陸した。

空軍司令官は、既にその朝、極東軍総司令官に対して為された、フィリップス提督の空軍の協力作戦についての三段階の要請を研究していた。それで、空軍司令官は九日には間違いなく哨戒機を出す確約を与えられるが、十日の日中の哨戒に対しては自信が余りない。それにも増して、戦闘機の護衛の可能性は殆ど疑問である、と告げた。

八日の午後、早くも半島北部の防空状況が、非常に悪化した旨、空軍司令部に伝えられ、空軍司令官は、戦闘機を戦線直後の基地に、集結しなければならない必要を感じていた。そうすることによって、足の短いバファロー機でも、相当の時間、敵のシンゴラ、コタバルへの到着を妨害出来るのであった。空軍司令官は、コタバル飛行場よりの英国軍の撤退を既に知っていた。それで、殆ど壊滅状態に等しい防衛空軍に、実力以上の行動を約束させたくなかった。しかし、フィリップス提督に対しては、状況を研究した上、未定の二点を後刻返答すると約束した。この会議でパリッサー参謀長の得た印象では、空軍司令官の答えは実は最終的なもので、司令官が提督の戦闘機による護衛依頼を無下に拒絶し得なかった為のように見え、なにか天佑でも起って戦況が一変しない限り、空軍の協力作戦は不可能であると感じ取った。提督が旗艦に帰った時、艦隊は最後の出動に要する用意を完了していた。後甲板で提督を迎えた士官の中から、艦隊副官のベル大佐を長官室に呼んだ。そして、提督は簡単に空軍司令官との会議のいきさつを説明し、不満の念を抱きながら帰って来たのだと言った。

「プルフォード司令官がシンゴラでの艦隊に対する戦闘機の護衛の重要性を、果たして理解したかどうかわからんね。それで、もう一度、この点を強調し、現実にどんな援護がしてもらえるか、手紙で念を押していきたいのだが……。」

と言って、空軍司令官宛に書簡をしたため、ベル大佐に手渡した。大佐は甲板に行き、それを埠頭で待っていた参謀長の運転手に渡した。大佐が艦上に戻ると、タラップが上げられ、プリンス　オブ　ウエルスを埠頭に舫う安全索が外された。艦隊が投錨地点を通過する頃、太陽は西の空に沈みかかっていた。

旗艦プリンス　オブ　ウエルスを先頭にレパルス、そして、護衛艦であるエレクトラ、エキスプレス、バンパイア、テネドスの四駆逐艦が後に続いた。艦隊が港口のチャンギー信号所を通過した時、空軍司令官より提督宛の信号を受けた。

――遺憾なるも、戦闘機による護衛不可能――。「なアーに自力で行くさ」と、提督は肩をつぼめた。

アナンバ島とマレー半島の間には、既に日本軍により機雷が敷設されているものと推定されていたので、艦隊は同島を迂回する進路をとった。午前一時三十分、基地のパリッサー参謀長から、戦闘機の護衛不可能の確認を、暗号で打電して来た。

その頃、戦況は空軍司令官が怖れていたように、マレー北部に所在する英国空軍基地に対する敵の攻撃が成功をおさめ、防衛軍は撤退を開始し、英国軍機は更に南方の基地に移動するの止むなきに至っていた。極東総司令官ブルックポーハムの命令で、特に戦闘機は空襲防禦の為、シンガポール島に集結させられた様子であった。提督は、戦闘機の護衛の望めぬ艦隊のとるべき唯一の作戦は、奇襲のみであると結論した。

艦隊の接近が、数時間前に日本の輸送船団に知られるとすれば、全船団は錨を上げて退避し、そのかわりに、日本の水上部隊、航空部隊、潜水艦等が英国艦隊に集中打撃を与えようと、待ち受けるであろう。したがって、敵に行動を察知されないことが不可欠な条件となった。その為には、天候に大きな期待をかけなければならなかった。前にも述べたように、この季節のこの地方は北海によく似ていて、視界が極度に利かぬ日が多かった。八日の日没に出航し、十日の明け方攻撃に移る予定であったから、九日の昼間が最も敵に発見され易かった。そこで艦隊が目的地に向かうのに、通常の航路を避けて行けば、日本軍の索敵機をまくことが出来るはずだった。この考えの下に、艦隊はアナンバ島を迂回して、マレー沿岸伝いではなく、真直ぐに印度支那を目指して進路をとった。そのことは、より以上に日本の空軍の基地に接近するわけになるのだが、マレー沿岸を北上し、通常航路を行くよりは、危険が少ないと考えられたのであった。その時、皆の胸を大きく支配していたものは、敵機に発見されないようにとの希望だった。翌朝六時半、遙か空の彼方に、見慣れぬ機影が現われた。が、それは天の助か、和蘭機であった。気候状態は隠れるのに都合良く、願った通り霧が濃く、空は低い雲で覆われていた。艦隊は、時々襲ってくるスコールを浴びながら、日中の大部分を、敵機に発見されることなしに北進を続けた。ところが、日没に程近い五時頃、突然、空は晴れ渡り、間もなく三機編隊の機影が現われた。綿密な観察の結果、今度は日本機に間違いなかった。敵機は艦隊を夜になって見失う迄、執拗に追尾して来た。遂に艦隊は、敵の目から完全に姿を消すことの出来る闇の訪れる最後の寸前に、敵機に発見されてしまったのだ。

敵機が艦隊を発見した以上、直ぐ、英国艦隊シンゴラに近接す、の報告を打電するのは常識である。この攻撃の必須条件は、奇襲にあった。が、今や、その機会は、失われてしまったのだ。提督は、この場合、果たして予定通り進撃を続けたものかどうか思い悩んだ。こうなった以上、目的を放棄してシンガポールに向け退却することが至当に思えたが、しかし、幕僚や艦長達は、これについてどういう意見を持っているのだろうか……。

この提督の質問に、一人のある士官を除いて、全員が賛成を示した。この中でただ一人異論を唱えたのは、ビヤーズワァース主計大佐であった。大佐は、目的地にこれ程近く進んだのであるから、この際、航海を続け、運を天に任すべきである、と主張した。しかし、この大佐の提案は、多数決で否決されてしまった。

八時十五分、艦隊は変針して、最高速力でシンガポールに向かった。進路変更が為されるや、レパルスのテナント大佐は、提督に、麾下の決断を承服す――と信号して来た。

この時の日本機の英国艦隊発見に関する無電報告の記録が、日本側に無いとも言われている。とすればその時、日本機は、英国艦隊を発見していなかったということになる。しかし、テナント大佐は、日本機の打電を傍受した通信士の報告を受けている。とにかく、それはどうあれ、英国艦隊の出現は、他の各所から仏印の日本軍司令部に報告されていたのだった。例えば、その日の午後、既に日本潜水艦は英国艦隊を発見し、その位置及び進路を報告していた。もっとも、その報告は、北緯七度、東経一〇五度といった不正確なもので、艦隊の実際の位置は、それより一四〇哩北北西にあり、日本軍が考えていたよりも、余程上陸船団に近接していたのだった。ともあれ、その報告は、日本の軍司令部に衝撃を与えた。その報告の入ったのは四時頃であった。その時、日本の虎の子、海軍第二十二航空隊は、シンガポールを攻撃する為、爆弾を搭載して出動準備をしていた。そして、この報告が入るや、直ちにそれを魚雷と積み換えるように命令が為された。しかし、その積み換え作業に二時間も要したので、夜になってしまった。日本軍の首脳部は、輸送船団に対する攻撃を怖れ、英国艦隊に夜間空襲をかける決心をした。だがこの作戦は、前述のように、英国艦隊の正確な位置の誤認と、その後の進路変更により、とうとう英国艦隊との接触に成功せず終ってしまった。その間、フィリップス提督は、闇をついて一路南に向け航行を続けていた。燃料に不足を来した駆逐艦テネドスは、六時三十分、一足先に進路を転じ、シンガポールに単独帰港を命ぜられた。同艦が艦列を離れる時、提督は艦隊が予定より早く、シンガポールに帰港する旨を通知するよう伝えた。

午後十一時、シンガポールのパリッサー少将から、その日の憂鬱極まる戦況報告が届いた。それによると、防衛部隊の損害、半島北部地域の空軍基地からの撤退、南部仏印に於ける日本軍爆撃機の大集結等。そして、極東軍総司令官はシンガポール防衛の為に、全英国空軍勢力を、同地域に投入する考えである旨つけ加えられてあった。こうなっては、マレーのどの部分に対する艦隊の作戦にも戦闘機の護衛を望むことが、不可能になったと考えられた。

矢継ぎ早に、パリッサー参謀長から、又、別の報告が打電されて来た。シンガポールの海軍基地では、参謀長は日本軍の上陸や進撃に関する情報や流言と取り組んでいた。夜に入り、益々新しい地点に対する日本軍上陸についての情報が伝えられたが、その大部分は正確なものではなかった。それらの報告を、注意深く判断し処理する必要があった。しかし、その中でただ一つ信頼の出来る報告があった。それは、日本軍が新たに、クワンタンに上陸を開始した、という報告である。クワンタンは、マレー半島の東岸の中間に位し、東岸唯一の良港であった。

そこの空軍基地は、数時間前日本機により大爆撃を受け、そこにあった飛行機はシンガポールに向け退却してしまっていた。この大爆撃は、日本軍の同地に対する上陸の序曲を為した。同地を占領した日本軍が、シンガポール爆撃に対する優秀な根拠地を手に入れたことになったのだ。その他、同地が日本軍にとっての魅力となった点は、クワンタンからマレー半島を横切り西部海岸に出る優秀な道路があったからだ。そして、北方の戦線に至る南部から北上する英国軍の交通路を、側面から脅かし、切断することが可能になった。それ故、クワンタンが日本軍の新上陸地点として狙われるのは、最も妥当なことであった。しかし、パリッサー少将は艦隊にこれを打電する前に、陸軍司令部にその報告の真偽について再度問い合わせたのだった。陸軍司令部からの答えは詳細調査中なるも、右報告は確実なるものの如く、現在同地点にて彼我交戦中なり、ということであった。パリッサー少将はそれで充分と思い、司令長官に打電報告した次第であった。この時、艦隊はクワンタンから程近い、北東を進行していた。それで司令長官は、その報告の確認、調査をする決心をしたのだった。艦隊の進路は変更され、速力は上げられた。艦隊が日没後進路を元に転じ、シンガポールに向け引き返し始めたことを、日本軍が未だ知るわけがなく、それ故、提督は、クワンタン上陸船団に対する奇襲の望みを抱いたのであった。六時、日の出を迎えた時、艦隊は二十五節の速度でクワンタンから六〇哩の地点にあった。八時には海岸線が見え始めた。望遠鏡には、一隻の日本の輸送船の姿も映らなかった。なお、陸上の様子を確かめる為、駆逐艦エキスプレスに、陸地に接近するよう命令が下された。エキスプレスは一時間足らずで艦隊に帰還し、陸上には何ら異常無しと報告した。

これで日本軍上陸の報告が根拠の無いものであったことがわかった。提督がそこでアナンバ島を再び迂回し、シンガポールへの帰港を急ごうとした時、遙か水平線の彼方に、あたかも、その後に、艦隊を誘導しているかのように思われる小型船舶の影を認めた。日本軍船団の可能性が大きかったので、直ぐ確認しようと、それを捜索したのだが、再びその疑わしい船影は、発見出来なかった。それ以後矢継ぎ早に、いろいろの事が起って来た。午前十時艦隊に先立って単独帰港を急ぐ駆逐艦テネドスより、爆撃を受けつつあり、との無電が入った。テネドスの位置は、艦隊の南方一四〇哩の海上にあった。しかし、テネドスへの日本機による爆撃は、同艦が、それより前に日本軍哨戒機によって発見された旨報告していたので、当然起るべき結果であり、進路を変えた艦隊にとって、それ程の危険を意味しないと考えられた。しかし、十時二十分プリンス　オブ　ウエルスから艦隊を追尾してくる敵機が目撃された。こうなると僅かテネドスから一四〇哩しか離れていない艦隊に、テネドスを爆撃している日本の爆撃機編隊が、即刻攻撃してくる公算が大きくなった。ところが事実は、艦隊の新しい行動は前夜半に日本の潜水艦に発見され、艦隊がシンガポールに向け進路を転じ、南方に退却中である旨、報告されていたのだ。その報告は、サイゴンで午前三時十五分受信され、日本軍は日の出を待って、即刻艦隊の推定所在水域の索敵行動を、哨戒機により行っていたのだ。哨戒機に発見されたテネドスは、丁度それから一時間後、その哨戒機の後を追うようにやって来た三十四機の爆撃機と五十機の雷撃機の大編隊の中から、離れた数機の爆撃機により、攻撃されていたのだった。

提督は、前夜、艦隊が既に潜水艦の発見するところとなったことを知らなかったので、日本機が艦隊を攻撃して来る時間は、数時間後となるであろう、と予想した。ところが実際には、提督の予想より思いがけなく、早く襲来したのであった。十一時を数分過ぎた時、艦隊に接近しつつある敵機の編隊が発見された。それは一万呎の高度で、九機編隊だった。そして、近づくや、レパルスに対して攻撃を開始して来た。両戦艦は直ちに対空砲火を浴びせかけた。日本機の周囲には点々と砲弾が炸裂したが、訓練不足の為、効果が上がらず、敵は編隊を崩さず、ゆうゆうと飛んだ。レパルスの周囲に、爆弾の炸裂音が続いて起り、至近弾により艦は振動し、両舷に大きな水柱が高く上がった。一瞬、「やられたな」と、プリンス　オブ　ウエルスの艦上で、これを望見していた人々は感じた。高く上がった水柱の残した水煙が、引いた時、レパルスの中央部から、黒い煙が立ち昇るのが見えた。レパルスの艦橋の電話で副長のデンデイ中佐は、格納庫上の装甲板に爆弾命中と報告した。だが、幸いにも大した被害はなかった。この時、英国艦隊の士官達の胸に浮かんだのは、前から諜報関係の連中が、日本人の性格は飛行家には適さない、と言っていたことである。そして、これは何の根拠もない嘘であったのだ。

　日本の爆撃に対する技術の水準は、伊太利のそれと比較にならぬ程、恐ろしいものであった。日本機の編隊は爆撃を投じ姿を消した。それから二十分が静かに過ぎた。そして、新しい編隊が、前の時よりずっと低い高度をとって飛来した。これは雷撃機の編隊のように見えた。今度は両艦隊共、目標にされた。レパルス艦長テナント大佐の艦の操作ぶりは、実に見事なものであった。艦長は、攻撃機が魚雷を投下する迄は進路を変えず平然としていて、いざ魚雷が投下されるや、直ちにぐいと舵をとり、それを鮮やかに避けるのだった。大佐はこの方法で、櫛を引くような敵の魚雷に、全部見事な肩すかしを食わせたのだった。幸い海面はまるで鏡のように穏やかであったので、雷跡をはっきり認めることが出来た。しかし、プリンス　オブ　ウエルスにとっては、この攻撃は余り幸運ではなかった。プリンス　オブ　ウエルスの左舷の艦尾に、大爆音が聞え、大水柱が上がったのが、レパルスから望まれた。プリンス　オブ　ウエルスは、急速に左舷に傾き、速力は三十節《ノット》から二十節に下がり、舵が満足に利かなくなってしまった。艦体の平衡を保つために、反対側の右舷に注水が命ぜられたが、その結果は、一、二度復原しただけであった。二十五分後、左舷艦尾は水面すれすれになり、艦体の傾斜のため、対空重火器の使用が不可能になった。この最初の攻撃に損害を受け、そして、四十五分経過したにも拘らず、旗艦からは何の報告も発信されなかった。旗艦からの打電は、総てレパルスで傍受されるわけなのだから……。

　テナント大佐は、原因不明だが、プリンス　オブ　ウエルスの発信状態から何か事故が起ったのだと想定した。

十一時五十分、大佐はシンガポール基地に報告を打電した。それから十分後、シンガポールの空軍司令官はその報告を手にし、艦隊所在海面に、戦闘機を急遽出撃させるべく命令した。数分後、戦闘機の編隊は離陸し、クワンタン沖を目指した。

テナント大佐が、以上の報告の発信を終るや否や、レパルスに次の波状攻撃がかけられて来た。それは最初と同様、高空からする爆撃機による攻撃であった。レパルスは全速力を上げ、機敏に操舵され、爆撃から身をかわし続けた。爆撃は正確を極めたが、レパルスの待避行動により全部が至近弾となり、一発も命中しなかった。この間に、二戦艦の距離は大きく離れてしまった。しかし、プリンス　オブ　ウエルスが、「我れ航行の自由を失えり」と信号旗を掲げていたので、テナント大佐は、救援の為、プリンス　オブ　ウエルスの方向に艦を向け接近した。

プリンス　オブ　ウエルスに対し、司令長官に損害の程度とその無電施設が送信可能であるかどうか、信号により問い合わせた。しかし、その回答を待つ間もなく、再び日本機の攻撃が開始された。今度は低空で突進して来る雷撃機の攻撃であった。敵機の攻撃は、八機乃至十機の編隊で果敢に開始された。始めのレパルスの右舷艦首の方向から、全機真直ぐに突込んで来て、艦から三哩ばかりのところで二隊に分かれ、一隊はプリンス　オブ　ウエルスの艦尾を狙うかのように左舷に沿って飛行した。他の一隊はレパルスの艦首一哩迄接近して魚雷を投下した。これに対して、レパルスは、少し艦首を右舷にとって身をかわした。ところが、他の一隊は、これを待ち受けていたもののようだった。それ迄、レパルスの左舷の艦首に、並行していたこの一隊が、レパルスの進行方向に回転して、左舷の中央部を狙った。これは実に巧みな戦法であった。レパルスはこの攻撃をかわすことは出来なかった。それをかわすと、艦腹を第一陣が投じた魚雷に曝さなければならなくなる。どちらにしても一撃は免れない。テナント大佐は運を天に任せて、そのまま艦を直進させた。運良くこの左舷の艦腹を狙って落とされた魚雷は、その目標が正確につけられていなかった。それでもその中の一本は、白い雷跡を残しながら、真直ぐに艦の方向に突進して来た。一瞬、後部煙突の向こう側で大音響と共に爆発した。レパルスは、この命中にも航行の自由を失わず、二十五節の速力で、なお、進行を続けた。

一方、プリンス　オブ　ウエルスの状況は、益々悪化し、他の敵機の群から盛んに攻撃を受けていた。同艦は、最初の雷撃で、操舵の自由を失い、速力も落ち、日本機の餌食となっていた。そして更に三、四発の魚雷が同艦に命中した。この時、又、新たに敵の後続機の群が現われた。前夜の潜水艦からの報告で、日本軍の艦隊に対する攻撃態勢は、充分に整えられていたのだ。

敵機は九機編隊で一度に数方向よりレパルスに襲いかかって来た。それ迄、テナント大佐は、敵機を出し抜き、その魚雷から体をかわすことに対して、スポーツに似た愉快さを感じていたのだが、今や絶体絶命、どうかわすことも出来なかった。魚雷は一時に数方向からレパルスに向け進行して来た。先頭を切った一発が士官室の傍の艦尾に命中した。これが舵をひし曲げたので、舵は遂に利かなくなってしまった。それに続いて三本が艦に命中した。二つは一方の側、一つは他の側で爆発した。レパルスの運命はこれで決まった。艦は急速に傾き始め、速力は落ちた。

艦長として、その艦を見捨てるのは、到底堪えざることではあったが、悲しい哉、今その決心をしなければならぬ時が来た。テナント大佐は、幸いに未だ拡声器が使えたので、それにより艦内の兵員達に、甲板に上がってくるよう命令した。救命帯を手にした兵員達は、続々上がって来た。艦橋からは、これらの兵員が傾斜し転覆しかけている艦の反対側の甲板に、静かに集合している姿が見られた。テナント大佐は再度拡声器に口を近づけ、

「今は唯人事を尽くし天命を待つのみ、ここに各員の努力を感謝し、併せて各員の幸運を祈る」

と悲壮に語った。

その一、二分後、艦は遂に転覆したのであった。艦が急速に傾き始めたので、テナント大佐は垂直になった艦橋の片側に攀登《よじ》り、そして、海面がぐーっと盛り上がって来て、彼を波に巻き込む迄、危なげな足つきで前に進んだ。まるで艦の巨体が、大佐の頭から覆い被さって来たようだった。そして、目の前の何もかもが真っ暗になった。「あっー水の中に深く巻き込まれて行く」のだな、と感じた。こういう時我々人間が誰でも持つ心の中の弱気が、彼に声なく囁いた。「万事休す。こうなれば死ぬばかり……」しかし、他の声は「生きるんだ！」と力強く叫んだ。大佐は何とかして死と闘おうと決心した。再び水面に浮かび出る迄、果たして息が続けられるかどうか……真っ暗闇の中で何か木片にぶつかった。随分、永い時間が経ったように思えた。と、あたりの水がボーッと明るくなった。そして、渦巻に身体がものすご勢いで廻され、ぽっかり、水面に浮かび上がった。運良く救命筏が目の前に浮かんでいた。その上にいた兵が、大佐を引き上げた。駆逐艦バンパイアとエレクトラが近くに来て、海面の生存者の救助作業を行っていた。しかし、四百二十七名の士官と兵を失ったのだった。

プリンス　オブ　ウエルスは、未だ浮流していた。しかし、その損害の程度は大きく、満身創痍の姿だった。レパルスが水面から姿を消した後、この旗艦は、又、新たな敵機の爆撃を受けていた。しかし、この動かぬ易しい目標に対して、爆弾はたった一個命中しただけであり、それも旗艦の厚い装甲甲板を、貫くことが出来なかった。フィリップス提督は、戦艦に対する爆撃は効果無しとする意見を従来から持っていたが、この見解の正しさはこれにより証明されたわけだ。事実、爆撃による艦の損害は、取るに足らぬものであり、総ての被害は、雷撃により生じたのであった。レパルスを撃沈したのも、プリンス　オブ　ウエルスを沈没に陥れたのも、雷撃機であった。

プリンス　オブ　ウエルスの命が、もういくばくもないことは明らかだった。司令長官は十二時五十分、シンガポール基地に、即刻引き船の派遣方依頼を信号すると同時に、駆逐艦エキスプレスに負傷者の収容を命令した。プリ

ンス　オブ　ウエルスは、反対側に対する注水で、傾斜を実際に復原することに成功したが、艦尾は既に水面下に沈み、助かるのは絶望的となった。そして、一時二十分、遂に赤い艦腹を大きく見せると、その巨姿を水面から没していった。一九四一年十二月十日午後一時二十分、この日、この時が、正に英帝国の歴史に一つの句読点を打つものとして、注目されるべきである。

ようやくシンガポールから戦闘機が駈けつけた時には、プリンス　オブ　ウエルスは、未だ水面にその姿を全部没し切っていなかった。そして、それらの飛行機は上空から、日本の挙げたこの大戦果、しかも、その根跡の今はもう後かたもなく消えた静かな海面を見守っていた。

総員一千六百十二名の乗組員の中から九十名の士官と一千百九十五名の兵員が救助された。しかし、司令長官フィリップス提督と、リーチ大佐の姿はその中に遂に見当たらなかった。

九　敗戦の原因

プリンス　オブ　ウエルスとレパルスの両戦艦をクワンタン沖の戦いで失った直接の原因は、空軍の援護が欠けていたからであった。その時、マレーに於ける英国空軍は、極度に戦闘機が不足していた。もし、マレー防衛に対する英国空軍勢力が充分で、又、その航空機の性能が優秀であったならば、日本軍の進攻当初の戦局の様相は、自ずと決定的な変貌を来したに違いない。シンガポール島及びその周辺の航空基地を防備するに足る充分な戦闘機を持っていたとすれば、日本軍が北部マレーで得た楽勝も出来なかったろうし、英国軍は、戦線近くの飛行場をもっと永い期間、確保することが出来たはずである。クワンタン飛行場から、日本軍の一撃で退却せず、又、フィリップス提督は、その艦隊に対する戦闘機の護衛不可能を伝える冷酷な通知を受けないでも済んだはずであった。提督としても、戦闘機の援護の保証を得ていたとすれば、クワンタン沖であの場合、もっと躊躇せず、適宜な時に、戦闘機の救援を求める打電が、シンガポール基地に対して為されたはずだ。しかし、前述のように提督は、二回に亘ってその不可能なる旨の回答に接していたのだ。しかも、最後の報告で全戦闘機がシンガポール防衛の為、同島に集結したということを知り、如何なる非常事態に際しても、空軍の援助は、毛頭期待出来ぬと覚悟したものと思われる。多分その為であろうか、十二月十日の午前、日本軍の空襲は、最早避け難いものであると知り、又、空襲が開始された後でも、最後の瞬間に至る迄援助の要求をしなかった。大体、午前十時に一四〇浬しか離れていないテネドスから、日本機の攻撃を受けつつあり、との報告を受けているのだから、この時、もし提督が時を移さず基地空軍当局に、戦闘機派遣を要求していたら、戦闘機隊は日本雷撃機の攻撃開始前に、艦隊の頭上に到着していたはずである。提督は、テネドスが艦隊とかなり離れた海面にいたので、敵に艦隊がよもや見つからないだろうと楽観し、そして、艦隊の位置が敵にわかることを恐れて、わざわざ無電を発信しなかったと想像することも出来る。ともかく、無電の使用に対しては、以上の理由で極度に神経質になっていたのだ。そして、これは当時、英国海軍部内で盲信的に守られていたことであった。しかし、我々がなお、了解し難いことは、提督が何故、敵哨戒機が午前十時二十分、艦隊の上空に現われた時、又は、その後敵襲が開始された時に、その報告を行わなかったという点である。これに対する納得のいく理由は未だにわかっていない。

プリンス　オブ　ウエルスの通信機能が、全く不能状態に破壊されていた、と考えることは可能であろう。事実最初の魚雷により、同艦の無電室が浸水を蒙ったことは広く知られている。しかし、その時、果たして提督の心に如何なる方法をとっても、危機を知らせる信号を発する必要が浮かんだかどうか、確証するものは全く何物もない。艦橋には提督のほか、リーチ大佐及び通信士官等、大勢の士官がいたはずである。彼ら幕僚の任務は、提督を補佐することにあるのだが、それらの士官の内一人として生き残ったものはいないので、その時の状況を知るよしもない。しかし、提督がSOSを発信しても、救援は到底期待出来ぬものと考えていたのは事実であった。だが、それにも拘らず、なお、基地に対して、空襲の報告を為すべきであった。それと同時に、九日の夕刻、日本機に遭遇した時、予定の行動を中止して、シンガポールに帰港すると報告するのも疑いなく必要なことであった。敵機に発見された以上、無電の使用を差し控えてもなにも意味が無いのだし、艦隊の所在位置又は変更された行動を報告するべきであった。

闇にまぎれて日本機の目をはぐらかした後、艦隊が南方に進路を変えたことを、翌早朝、基地に打電するのは提督にとっては、最後の良き機会であったはずだ。しかし、提督はその機会をつかまえようとはしなかった。勿論、艦隊から、何らかの報告を受けていたにしろ、果たして空軍司令官プルフォードが、十日に予め、クワンタン飛行場に艦隊援護の為、戦闘機を送っていたかどうかは、わからなかったであろう。しかし、何といっても、空軍司令部では、前日の夕刻から、十日の午前中迄の艦隊についての情報は、駆逐艦テネドスからの漠然とした、報告以外にはなにも得ることが出来なく、したがって、艦隊に何が起ったか知るすべもなかった。後になってプルフォードが、テナント大佐に、つくづくと、次のように述懐したことからもそれが推察出来る。

「まあ、あんまりいじめないでくれよ、あの時艦隊がどこにいたのか、全く知らなかった位なのだからね」

チャーチル氏の言によれば、提督が、クワンタン沖は、日本雷撃機の行動圏外にあると誤信したのだ。そして、その提督の誤信にも充分な理由がある。何故ならば、サイゴン飛行場からクワンタン沖迄の距離は四〇〇哩で、当時英国海軍で、常識的に考えられていた雷撃機の行動半径は、二〇〇哩とされていて、有能なフィリップス提督のような人でさえ、実際は完全に五〇〇哩の作戦距離を有する日本雷撃機の能力を、その緒戦に於いて誤信せざるを得なかった、と言っている。しかし、果たしてそうだとするならば、提督がサイゴンから矢張り四〇〇哩以上もある、シンゴラ沖での艦隊の作戦計画を立てた時、空軍の援護を熱望した事実は、理解に苦しむところである。全く、提督がシンゴラ沖では、切迫した危険を感じ、クワンタン沖では、それを感じなかった、ということは信じ難いのだ。もし、提督がそのように本当に感じていたとしたなら、それは艦隊のクワンタン沖への出現が日本軍の意表を突くことになるので、それだけ、日本空軍から攻撃を受ける確率が少ないと考えたことによるのであろう。提督は夜間、艦隊が日本潜水艦により発見されていたことも知らなかった。そして、その後、艦隊がクワンタンに接近したのは、日本空軍基地にそれだけ接近したということではなく、前日艦隊が進行して来た航路に再び転じたことになるのだ。それ故、提督は日本軍航空機の行動半径外に艦隊を置くことに、安全を感じていたとは思われない。提督が唯一の頼みとしたのは、天候であった。雨、霧、そして低い雲は、敵機よりの艦隊発見を困難にした。空軍の援助の保証を全然得ずして出航したことについて、フィリップス提督が、空襲の重大さに対し、充分な認識を持っていなかったとする意見と、一方それに対して、あの場合、艦隊は如何なる危険を冒しても、断固出撃しなければならないとする意見があった。十二月八日、出動を前にして、司令長官室に集合した時の各幕僚達からも、それに関する意見が開陳された。出動をその時中止して艦隊はセイロン迄退き、遅れて来るはずの航空母艦インドミテーブルの到着を待つべきであると主張した者もいた。しかし、二十年来マレー自治領に於ける各界の人々には、もし、極東に於ける英帝国の領土に、何らかの脅威が生じた場合、英国艦隊は直ちにシンガポールに出動して、必要な保護を与えるものと信じ込まれていた。そのような事態が現実に生じ、艦隊はシンガポールに到着した。それにも拘らず、今ここで艦隊が尻に帆を上げて、印度洋か濠洲の安全海域に遁走したとするなら、マレー在住民は捨児同様になり、艦隊の全将兵も屈辱的な哀れな存在になるだろう。勿論、もし艦隊がセイロン島で援軍の到来を待ったとすれば、稍々有利になるが、それにしても、マレー半島が敵に攻略される迄、じっと隠忍していることは、艦隊将兵の士気に望ましからぬ影響を与えたことであろう。艦隊が日本軍の攻撃を目の前にして、積極的な行動をとらないのは、実に想像も出来ぬことなのだ。実際艦隊が未だ港内にいた十二月八日の午前中、既に乗組員達の間に動揺の兆候が現われた位だったので、艦隊は作戦を開始すべく運命づけられていた。その上、艦隊はシンガポール来航を鳴物入りの大宣伝で迎えられたのだから、その面子にかけてもどうしても作戦を行わなければならぬ立場にあった。もし、出動しなければ宣伝の手前、国際的な物笑いの種ともなっただろう。そこで提督は、生きて汚名を受けるよりは、死して名を残さん、と悲壮な決心を為したに違いなかった。ただ、ここで残念なのは、前述のように主計大佐の意見に従ってシンゴラに攻撃をかけたとすれば、例えば艦隊が全滅の憂き目にあっても、なにか獲物を得たであろうということである。

チャーチル氏は著書の中で、最高性能を有する新鋭主力艦の所在が不明であれば、それだけでも日本海軍の作戦計画に影響と脅威を与えることになるので、プリンス　オブ　ウエルスとレパルス両主力艦に与えられた主要な任務は、両艦が開戦当初どこかの島陰にでも、身を潜めることである、と十二月九日の夜、内閣閣議室で、海軍省の連中との間に、意見の一致を見たと述べている。

しかし、その時の閣議に出席したと想像される海軍大臣も、軍令部次長も既にこの世にはいないし、同氏はその時出席した人々の名前を挙げてもいないが、いずれにしろ、その時の意見は一考に値する。その戦術的な決定に対する評価を求めるに際して、はっきりしておかねばならぬことは、東洋艦隊に与えられた大使命が、果たして、島陰にその姿をくらますことにあったかどうかである。敵に漠然とした威嚇を与えることが、使命の本筋であったろうか、否、否である。

そんなことは、作戦遂行上の一つの方法であるに過ぎない。艦隊の正当な使命は、日本軍の海上よりするマレー半島攻撃を撃破することにあるのだ。英帝国海軍のただ一つの存在理由は、必要な時、必要な場所に於て、敵の攻撃を、仮借なく粉砕することにある。

前にも述べたように、東洋艦隊の唯一の使命は、日本軍の上陸前、又は、上陸後、その輸送船団を壊滅させることにあった。敵の侵入してくる進路を推定するのは、ことさら難しくはなかったはずだ。日本軍はあくまで空軍の援護下に行動する、したがって、日本軍は空軍基地に近い進路をとることは常識である。それ故、カモ岬より最短距離をとってコタバル、シンゴラに向かうか、迂回して安全なシャム湾に入るか、いずれかである。日本軍はこのいずれの進路にしろ、英国艦隊の攻撃から船団を、昼間は空軍により守り、夜間は潜水艦により防ぐことが出来るのだ。そして、もし必要とあらば、日本軍は船団護衛の為に二、三の戦艦、それに空母一隻位は、掩護艦隊として出す余裕も充分持っていたのだから、それだけでも、東洋艦隊よりは優勢である。ともかく、敵はプリンス　オブ　ウエルスやレパルスのことをこちらで思っていた程、気には病んでいなかった。東洋艦隊は、いずれにしろ仏印に接近するか、シャム湾の入口で、作戦行動をとらねばならなかった。そして、そこで敵機の攻撃や優勢な護送艦隊の攻撃を必然的に受けざるを得なかった。といって、その姿を安全に隠しおおせるような場所は、作戦地域には存在しなかった。結局シンガポールが、唯一の場所であることは疑いのない事実であった。シンガポールの港には、防潜網を張り廻らされており、駆潜艇、対空火器、戦闘機も一応は備わっている。これは、空からの攻撃にも、又、潜水艦からのそれにも、一応安全でいられるわけなのだ。その上、作戦地には至近であるし、燃料、弾薬、食料等の補給の便はあるし、修理施設も充分であった。それなのに何故、艦隊が基地を後にしてどこかの島陰に隠れた方がいいという提案が為されたのか、不思議に堪えないことである。艦隊がシンガポールから姿を消して隠れているということで、日本の上陸作戦が、牽制出来ると考えたとすれば、余りにもお目出度過ぎることであった。そんなことにお構いもなしに、敵の船団はその路を進めるだろうし、せいぜい二、三の日本の実業家達を、びくつかせる位が関の山の効果しかなかった。大体、主力艦隊の任務はそんなところに在るのではなく、敵の主力艦と決戦を交え制海権を獲得することに在る。そして、これが英国海軍の主力艦に与えられた伝統的な至高の使命なのである。どこかの島陰に隠れ、コソコソとゲリラ的な活動をする為なら、それ専門の特殊な艦艇がある。しかし、それは戦艦ではなく、潜水艦か仮装巡洋艦といった類の艦種なのだ。

第一次世界大戦の時、独逸の仮装巡洋艦シャルンホルストとグナイゼナウの両艦が、南太平洋の諸島の間に長期間に亘って出没し、ゲリラ的な行動をとったが、それらの艦が連合国側に与えた牽制的な効果は、非常に少ないものであった。当時の海軍大臣であったチャーチル氏が、独逸領島嶼に対する水陸両用遠征軍を編成し、派遣することに、少しの妨げにもならなかった。そして、今回も同様、そのような牽制作戦が、日本軍の行動を変えさせる程、大きな影響を与えるとは考えられないことであった。

十　マレーの敗北

人類史上、未曾有の大戦争の緒戦に於ける、プリンス　オブ　ウエルス、レパルスの撃沈の報は、全世界を震駭させた。ほんの僅か数日前、前述の通り、両戦艦のシンガポール到着は、極東に於ける英国の権益を日本の攻撃から確守するものとして、大宣伝が世界に向けて為された。しかし、時を移さず敵の攻撃に一撃を加え、マレー半島の局面を好転させ得ると言われていたこの強力艦隊も、三日足らずの内に、片づけられてしまった。そこで、航空関係の専門家達は、この空襲による艦隊の敗北は、陸上に基地を有する空軍が戦艦より優勢であることを、結局、証明したに過ぎぬのだ、と喧々囂々と騒ぎ立てた。しかし、勿論、そんなことで、戦艦不要、航空機万能主義が証明されたわけではなく、ただ、それは実際上対空防禦の伴わぬ戦艦は、空襲により沈められ得るという事実を示したに過ぎなかった。戦艦は、満足の行く対空防御施設を備えた時、初めて本来の戦術的価値を有することになる。このことは、両艦を失ってから約三ヶ月後、独逸の戦艦シャルンホルストとグナイゼナウの両艦が戦闘機の直衛下に、二十機以上に及ぶ英国空軍の攻撃にも拘らず、一個の命中弾をも受けずに、英仏海峡を通過して無事独逸本国に帰投したことや、一九四四年、戦闘機の掩護を受けた英国の戦艦が何週間もノルマンディー沖合に、無事投錨していられた事実が証明する。マレーで戦艦を撃沈し得た飛行機の性能について、いろいろ理論的な検討を加える余裕もない程、この艦隊の喪失は致命的な打撃だった。全く、この出来事の直後、人々は悲惨事に為すこともなく、ただ、呆然として、原因究明に直ぐ着手も出来ない程だった。それにも増して、この敗北の報道は、マレー全域に例えようのない大きな衝撃を与えた。両戦艦の到着により、やれやれと胸をなで降ろしたとたん、絶対と信じていた無敵艦隊が、あっけなく殲滅され、制海権が敵の手に移ってしまった。全半島の意気消沈は目に余るものとなり、陸上部隊に全戦闘を通じて悪影響を与えたことは、否定し得ない事実であった。

フィリップス司令長官の戦死により、その日の午後、英本国に帰還する予定だったレイトン提督が、再び指揮を執ることになった。その時多数の兵員、兵器、弾薬等を揚陸させる為、日本軍の大船団が、シンゴラとコタバルに投錨していた。しかし、その事実を目前にしても、提督は、プリンス　オブ　ウエルスとレパルスの経験により、他の水上艦艇をして、攻撃を加えさせることの不可能さに、手を拱くより仕方がなかった。

一方、両戦艦撃沈の悲報が飛ぶや、濠洲その他から巡洋艦が続々シンガポール救援に馳せ参じて来た。なにしろ戦闘機の護衛を持たずに、レイトン提督が、マレー東海岸で何らかの作戦を行えば、必ずフィリップス司令長官が蒙ったより以上の手荒い日本軍の攻撃に、曝されることは自明である。その上、敵は英国より優勢な水上勢力を保有していた。それから間もなく、エンタオで日本軍が新たな上陸を開始した時、提督は二隻の駆逐艦を攻撃に向けたのだが、優勢な日本艦艇に突っ込まれて一隻は撃沈、一隻は損害を受け、ほうほうの態で、シンガポールに逃げ込まなければならないような目に遭った。それで、どんな小さな作戦を遂行するにしても、レイトン提督の掌中に残された全艦隊を出動させなければならなかった。極東軍総司令官ブルックポーハムとパーシバル中将は、救援軍を安全に到着させることの重要性を強調した。それで、全駆逐艦や巡洋艦は、総て南方から来る輸送船の護送に振り向けられた。それ故、日本軍の上陸船団に対する攻撃は、潜水艦をもってするより方法がなかった。しかし、不幸にもその潜水艦すら一隻もシンガポールには配属されていなかったのである。蘭印の和蘭海軍は、その為、直ちに七隻の潜水艦をシンガポールに派遣した。そして、この和蘭の潜水艦は、シンガポールを基地にして日本軍船舶に勇猛果敢な攻撃を加え、多大な損害を与えた。一方それに反して、フィリッピンに基地を有する米国の潜水艦は、シンガポールに来るかわりに、ジャバに行き日本軍の護送船団に対する偵察活動を行うだけで、船団を直接攻撃することは禁じられていた。

開戦後の第二日目より、マレー半島北部の英国防衛軍部隊は、日本軍の強い圧力に退却を開始した。爾後一ヶ月間、英国防衛軍の退却は中断することなく、休みなしに行われたのであった。マレー半島侵入に使用された敵部隊は、先発隊であり、マレー作戦の為の特別訓練を受け、兵士達もその任務に熱狂的な張り切りぶりを示した。兵士達は、その自分達の遂行している作戦が比類のない国家、日本の運命を決するのだと教え込まれていた。総てが注意深く計画され、兵士達は熱帯の環境に適すような装備により、身を固め武装していた。マレーの原住民と寸分異ならぬ体格風貌を利用し、木綿のシャツに半ズボンを着した日本兵の姿は、英国兵に、それが敵兵だかマレー人だか、あるいは華僑だかを見分けるのを困難にした。日本軍はこれを利用して、しだいしだいに英国軍の戦線を疑われることなく突破して、後方より不意に攻撃を掛けて来た。これは、防衛軍を大いに面食らわせた。確かに英国軍将兵は、いつも腹背を気にしながら戦わなければならなかった。それと同時に、日本軍は思わぬところに上陸を開始して、防衛軍を包囲の危地に陥れることも稀ではなかった。日本軍の当初の主作戦は、半島上の交通路のある半島西側に進撃することにあった。シンガポール、スマトラ間の水道を通って、マラッカ海峡を渡らなければ出られぬこの西海岸には、日本艦艇は未だ入れなかったし、したがって制海権も持っていなかった。これは西海岸を目指す日本軍の迂回包囲作戦にとり重大問題であった。しかし、日本軍は原住民の小舟を使って、その問題を解決し、そして、同時に陸路半島北部を横切って上陸用舟艇を多数輸送した。このようにして日本軍は英国軍の交通路を占領して、英国軍戦線に混乱と不安を巻き起すように努力した。このような敵の行動に対抗することは、非常に困難であった。日本軍の西海岸に於ける奇襲上陸に対抗する為にも、レイトン提督は充分な艦艇を派遣することが出来なかった。その麾下の巡洋艦、駆逐艦は、全部護送任務に就いて、僅かに旧型駆逐艦スカウトを、短時間この任務に就かせることが精一杯であった。それで、同提督より、マレー半島西部海岸の防備を命ぜられたスプナー海軍少将は、任務をヨットや港内で使用する小舟や、個人所有のモーターボート等の即席仕立ての舟艇で、遂行しなければならなかった。時折、駆潜艇等も本業の任務から狩り出されて、日本軍陣地に砲撃を加えたといったこともあった。ともかく、第一番に必要とされたのは攻撃力を持った高速艇であったが、それらは完全に欠乏していた。一九四〇年、レイトン提督は、本国政府に三隻の機雷敷設艦を要求していたが、それに対する回答は得られなかった。前もって派遣を約束されていた米国の駆逐艦は待てども一向姿を現わさず、海上防備に思わざる隙間を生じさせた。

日本軍はマラッカ海峡の制海権を得ていなくとも、それを補うに足る有効な手段を持っていた。即ち、それは空軍だった。スプナー提督の寄せ集めの小舟艇隊は、上陸作戦の行われている上空の優勢な敵空軍と太刀打ちするには、どえらい困難を舐めなければならなかった。英国海軍の昼間行動は中止させられ、夜間の哨戒に使用された。とはいえ、その速力が余りにも遅いので、殆ど全部日本機の餌食となってしまった。米国より到着した高速舟艇六隻も、日本機の攻撃により一瞬の間に海の藻屑と消え去った。遮る何物もない空軍力をもって、日本軍は思うがままに奇襲上陸作戦が出来たのであった。

十二月一ヶ月を通じて、マレー半島の英国軍は退却を余儀なくされた。日本軍は数に於ても優り、英国軍は絶えず側面と後方を脅かされていた。そして、英国軍の持たぬ新鋭兵器を持った日本軍に抗戦しなければならなかった。その上、絶え間ない空からの爆撃である……。一月の半ばには、戦線はもうジョホール州の南方迄迫って来た。長い距離を退却し続けて来ることは、決して将兵の士気を鼓舞する刺激とはならない。これはどこの国の軍隊でも同じことである。それに加えて印度部隊は、本国軍部隊より優秀な装備に身を固めた日本軍を発見して、すっかり驚かされてしまった。正に将兵の士気は最悪の状態に置かれた。本国政府は援軍を送るよう努力を続けた。しかし、日本がマラッカ海峡の制空権を握っているので、そこを経由出来ず、輸送船は全部スマトラ、ジャバ間のスンダ海峡を通って、シンガポールに来なければならなかった。英国空軍が未だ半島南部に集結しているので、日本艦隊は南下して来ようとはしなかった。それで、スンダ海峡方面から、シンガポールへの道は、未だ安全だった。総司令官、陸軍、空軍の各司令官も、やがて援軍が到着するだろうと思っていたが、それが、又、早く来ないことも知っていた。一月の中旬でなければ、援軍の大部隊は到着出来なかったのだ。爆撃機や他の大型機は、スマトラの北部を経由して直接シンガポールに空中輸送が出来るが、一番大事な戦闘機は、航続距離が短いので、船に梱包のまま積み込まれるか、航空母艦によって運ばれるかしなければならなかった。一番最初の援軍は、一月三日に到着した印度の歩兵旅団であった。この部隊は新編成されたので、訓練を充分に受けていなかった。次は一月の十三日に到着した英本国第五十三歩兵旅団と、重航空連隊、対戦車砲連隊、それにハリケーン戦闘機五十機だった。この歩兵旅団は、元来中東に行くはずだったのだが、途中変更され、シンガポール増援に派遣されて来た。乗船後三ヶ月も経っているので、兵隊の健康状態は最上とは言い難かったし、ジャングル戦の訓練も受けていなかった。この歩兵旅団は、現地で火器及び輸送車等の装備を受け取った。梱包のまま送られて来るハリケーン戦闘機は、現地で組み立てられなければならなかった。しかし、組立作業は手間取らなかった。エンジンは空輸されて来た。ブルースター　バファロー機は、その後かなり改良されたが、砂漠作戦の為特別のギヤーがつけられていたので、日本海軍の零戦よりも速度が遅かった。日本の操縦士達は、既に一ヶ月以上マレーの上空に於ける空中戦闘で、充分な経験を積むことが出来たが、新着の英国軍操縦士達は、それに反して、不慣れな土地で戦闘をしなければならなかった。日本軍は、始めの内優秀なハリケーン戦闘機の出現に驚かされたが、直ちにそれに対応する戦法をとり始めた。ハリケーン戦闘機隊は、空中戦闘、事故、地上での爆撃による破壊等によりかなりの損害を出した。しかし、何といっても戦いのこの段階に於て、いくら速度の速いハリケーン戦闘機でも、たった五十機では、局面の転換に大きな役割を果たすことは不可能だった。一月二十二日に、未だ正規の戦闘訓練も受けていない印度歩兵旅団が到着した。この部隊は、七千人の印度人からなる混成旅団で、戦闘能力は、零に等しかった。陸軍司令官は、この部隊を増援軍兵舎から出して、戦線に送る価値がないと考えた。二十四日には二千人の召集兵より成るこれ又速成の濠洲の機関銃大隊、二十九日には本国の第十八師団が続けて到着した。この第十八師団にしても、通常の歩兵師団より兵員数は少なく、おまけに、前述の第五十三旅団と同様、長い船旅で、その士気健康状態は、最上ではなかった。戦局は益々切迫し、英国軍はジョホール水道を渡って、シンガポール島に退却を開始するようになった。以上の第十八師団と同じ船団で印度から軽戦車部隊が到着した。これがマレーに到着した唯一の戦車部隊であった。航空母艦インドミテーブルから、ハリケーン戦闘機四十八機が増援に飛来した。しかし、その大部分はシンガポールに止まらず、ジャバ、スマトラに退避した。飛行場は日本機により定期的に銃爆撃を受け、篠突くスコールに対して操縦士達は、機翼の下で、雨を避けなければならぬような状態だった。不眠不休で強行される長い退却の道程は、兵士達の士気をすっかり沮喪させてしまった。そして、これら八万余の退却部隊が、狭いシンガポール島でひしめきあっていた。敵機の間断ない爆撃、銃砲による砲撃、炎上する海軍基地の燃料タンクから上がる黒煙は、天日も暗しと空を覆い、住民は四散し、あらゆる機関が半身不随となった。そして、このようなシンガポールで、なお、一週間戦闘は続行され、二月十五日、遂にパーシバル中将は、日本軍に対して白旗を掲げたのであった。

シンガポール遂に降伏すの情報は、世界に当然、来るべき事態が来たのだ、という印象以外には、たいして大きな衝撃を与えなかった。英本国では冷静な決意の下にその報道が受け取られた。ただ、上院に於けるアディソン卿の演説が、その静かな沈黙を破った。アディソン卿は、極東軍総司令ブルックポーハム将軍を、「薄のろのとんま野郎」、と罵倒した。そして、この当のアディソン卿は、かつてはマレー半島に対する充分な防備に反対した政党に属していた。それで卿は、自責の念にかられる余り、つい他人を攻撃することで、自らを慰めたのであろう。マレーをかくも易々と失ったことに対する原因は、簡単明瞭である。つまり防衛力の不十分だったこと、特に地上戦闘で最後の瞬間に至る迄、戦車がなかったこと、そして、その数ヶ月、露西亜に最新式の重戦車を積み出した事実等である。空軍については前に述べたように、日本軍はマレー攻撃の場合七百機を参加させると算定されていたのだから、それに対するに、最低五～六百機を要したにも拘らず、僅か百五十機が与えられただけであり、飛行場の対空防備施設、レーダー施設の不備などを挙げることが出来る。又、海軍については、その質・量共に不足していたこと、これはプリンスオブ　ウエルス、レパルスの両艦の悲劇が如実にそれを物語っている。

マレーで英国軍はもっと頑強に抵抗し、頑張るべきだ。そうすれば一月下旬より到着し始めた増援軍が、その後引き続き続々増強されて、シンガポールは維持出来たはずだという人もいる。しかし、このような説を唱える人々は、あの場合、決定的な要素が制海権を握ることにあるのだという点を、充分に理解していないのである。例えば英国軍がマレー半島南方水域の制海権を、その後引き続き確保していたにしろ、日本本土はマレーから海路僅か三、〇〇〇哩以下であり、英本国は喜望峰を経由すると一万二〇〇〇哩、カルカッタへはスンダ海峡経由で日本とほぼ同距離、シドニー、メルボルンは、それより遠距離にある。その上濠洲、印度は直接自国への日本軍の侵略を考慮しなければならなかった。予備兵力の問題でも、日本軍は大変有利であった。日本軍は仏印に前進基地を有し、中国に良く訓練された大軍を持っていた。そして、日本本土には高度の戦闘力を有する人的資源を依然として、保有していた。日本は中国と戦闘を交えているにも拘らず、必要に際しては、その欲するだけの兵員、武器、弾薬を英国以上にマレーに送ることが出来た。実際、緒戦より日本軍の作戦は順調に進行した。パーシバル将軍の推定によれば、日本軍は攻撃開始当初、既に三個師団と戦車連隊を揚陸させたのだった。そして、以後欲するだけの増援部隊を派遣出来たのである。勿論、後になって防衛作戦について、あれこれと批評することは、人の自由である。しかし、ナポレオンでさえも制海権を失った瞬間、最後の結論を予想しなければならなかった。最後の結果は不変である。それ故、プリンスオブ　ウエルス、レパルスが海の藻屑と消えた十二月十日の午前、マレーの運命は定まったのだ。

日本軍が、上陸を開始した時、未だシャム湾に於ける制海権は確保していなかった。それで日本軍は、上陸作戦に成功した後、制海権を握ることを目論んだに違いない。日本軍は真珠湾攻撃という大バクチを打ち、見事勝利をおさめた。それ以来マレーに対する作戦に何も気にかける必要がなくなった。米国太平洋艦隊は戦線の遙か彼方に追い払われてしまった。日本の軍令部は、如何なる場所にも、有力な艦隊を派遣し得る態勢にあったのだから、例え両戦艦が十二月十日の空襲から生き延びたにしろ、そのシャム湾での作戦期間は余り長い間続くものではなかったろう。ともかく日本軍に制海権を握られた以上、決河《けっか》の勢で侵入して来る日本軍を阻止すべき、如何なる手段もなかったことは、事実である。後に戦争の大指導者の一人となったマッカーサー元帥も、マレーに於けるパーシバル将軍と同様フィリッピンでは尻尾を巻いてコソコソと逃げ出すザマだった。平時安易に狎《な》れたマレー駐屯英軍の士気低下ぶりに比べ、日本軍の士気は、正に旺盛そのものだった。平和時に本国にあっても、また熱帯にあっても軍隊の優秀な士気を維持することは容易である。しかし、戦時、実戦訓練を経ている軍隊は、比較的、敵との直接接触圏外に置かれていても士気の沮喪を来さないが、それでも、同僚が他の戦線の第一線で命を賭している時、戦闘圏外の地で空しく無聊《ぶりょう》を託《かこ》っていると、いつの間にやら戦闘意識が低下してしまうものなのだ。例えば第一線に行かれぬ血気盛んな将兵が、戦線勤務を志願するようなのが、その例だ。そして、この自然とも言える傾向によって、マレー駐屯軍の経験のある士官や、下士官達が、本国へ新兵訓練の為、又は、西部戦線等へどしどし引き抜かれていったことが、いざ鎌倉に際して、駐屯軍の上下の一致を欠かせる要因ともなっていた。これは一九四四年、連合軍のノルマンディ上陸作戦直前に於ける仏蘭西占領独逸軍にも起った傾向である。一九一四年第一次世界大戦の当初、ドノマン遠洋作戦艦隊が、在港中あまり安穏に過ごしたので、将兵の士気がすっかり弛緩し、結局反乱を起すようになったこともある位だった。このような「タガ」の緩んだ部隊を第一線に投入すると、その士気回復に相当の時間を要する。その場合の唯一の方法は、そのような部隊と前線の戦闘でへとへとになった部隊とを、絶えず頻繁に交代させることである。マレーの戦闘では、船腹の不足が組織的な交替を不可能にしていた。

当時、物議を醸した重大問題の一つとして、第十八師団の例がある。新聞の報道によるとこの部隊は、輸送船から上陸するなり、真っ直ぐに、日本軍の捕虜収容所に、行軍することになったと言われているが、これが事実とすれば、正確に情勢を把握して、臨機応変、的確に行動すべき、軍の命令系統が、既に麻痺してしまっていたのだと言わざるを得ない。

既に最後の結論が下された戦線への派遣に対し、一番難しい問題となるのは、いつ、いかなる時に増援を打ち切るかにある。しかし、増援軍が戦局の転換に多少でも好機をつかみ得る可能性が存在する間は、派遣は続行されなければならない。人間の心理の常として、最悪の事態に直面した場合、それでも万が一の希望を持つものなのだ。それ故、敵の重囲に陥って、もうどうにも施す術がないというような事態が到来しても、予め立てられた救援計画を、放棄する決断は、なかなか下せないものである。それでは、シンガポールに、以上の如く最後の間際迄派兵したことは、果たして適切であったろうか？　最早、マレーの維持は不可能であるとの結論が下された後でもなお、揚陸が続けられたことは、貴重な兵員の無駄な消耗を意味し、戦術常識に反することなのだ。しかし、ここで問題となるのは、その戦術上の見極めが、いつであったろうか、ということなのだ。少なくとも第十八師団のシンガポール到着前に、既に事態は決定的に転換を遂げていたことは、間違いのない事実であろう。パーシバル将軍の著書の一節には次のように記してある。

「最悪の事態に立ち至った場合、シンガポール島所在の軍事的価値を有するものは、何物も、敵軍の手中に陥らしめぬよう配慮されたし」と。

国防省は、一月二十日に同将軍に訓電を出しているのだから、時既にその訓電を起草した者は、最悪の事態を心中に深く承知していたはずである。それにも拘らずそれから九日後に第十八師団が、シンガポールに到着した。同師団の到着前、既にジョホールの確保は断念され、英国軍はシンガポールに退却を続けていた。だがジョホールの放棄は、シンガポール軍港の対岸を敵手に委ねる結果となった。もしそうなった場合は、軍港に英国艦船は止まっていられなくなる。それが不可能なら出来る限り、敵軍の接近を遅延させ、その間一兵でも多くの兵員を、軍港より海路撤退させるべきなのだ。しかし、本国政府は極東総司令官を通じてパーシバル将軍に、最後の一兵に至る迄シンガポール島を死守するよう強制した。

何が故にこの冷酷な命令が、パーシバル将軍に為されたのであろうか、二十ヶ月前、英国遠征軍はあのダンケルクの撤退に大成功をおさめたのに……、そして、シンガポールがダンケルクに於けるよりも、多少条件が悪かったにせよ、コーズウエイを、敵軍が攻撃する一週間前から準備すれば、多くの人員が移動に成功したことは疑いのない事実であったろう。しかも、マレーの近接地域で、緊急防衛作戦を行わなければならないような処が二ヶ所あった。ジャワ島の防備、それにビルマ（現ミャンマー）である。ビルマには、敵軍は既に南東方面から進入を開始していた。この敵の進攻を止め、ビルマを確保しなければ、印度の安全は望めない。その為に、極東に兵力を必要とし、近接地よりの速やかな援軍の派遣を渇望していた。そんな状態なのに、一方作戦の目標を失い、ただ、海に追い落とされる迄戦闘を継続せよ、と命令を受けた兵士達が、小さなシンガポール島で、ひしめき合っていたのだった。

チャーチル氏は、その回想録の第四章で、一寸その問題にふれて、第十八師団が未だ輸送の途中海上にあるうちに、同師団がマレー増援に対し、その結果に疑いを持ち始め、その目的地を変更させ、他の戦線に赴かせるべきであると感じた、と述べている。チャーチル氏はビルマに対する日本軍の侵入を憂慮していた。日本軍により脅威を受けていたラングーンを救う為に、この第十八師団を転用するのは最も妥当な考えであり、そうすることにより、日本軍の印度への路も、阻止出来るようになった。それで、チャーチル氏はこの時既にマレー放棄の不可避なことを悟り、同時に敵の軍事的な成功に目を奪われ、濠洲の問題に対しても、考慮を及ぼすだけの余裕が持てなかったのだと思われる。二十年来、濠洲の国防計画の唯一の拠り処であった難攻不落のシンガポールの命も、正に風前の灯火の如き有様であった。安泰に狎れ、軍備なぞ念頭にも置かず、ただ、本国政府の空手形を、真正直に信じ込んで来た濠洲国民は、突如、恐るべき危険が身に迫った現実を、目の当たりにして愕然とし、今更ながら本国政府への不信を、口をきわめて語り出した。このような情勢で、もし、チャーチル氏が第十八師団のビルマ転用を、濠洲の同意を得た上決行出来ると考えるなら、それは余りにも甘きに過ぎたであろう。事実、濠洲は米国の防衛分担区域であり、それに関する具体的な問題は、チャーチル氏と米国大統領の間に、総て取り決めがなされていたはずだ。しかし、濠洲政府は二十年来に亘る英本国政府の保証したシンガポールの放棄に易々と同意し得なかったのは当然であった。濠洲政府首相は、チャーチル氏に電報を送り、濠洲はシンガポールを基地をする主力艦隊の保護を得る確約を与えられている。故に、英国政府が最後迄、シンガポール基地を確保する為に努力し、その義務を履行されたい、もし、それを英国政府が履行せぬ場合は、濠洲政府は英国政府の許容し得ぬ裏切り行為であると見なす、と強硬に申し入れた。しかし、この濠洲政府の第十八師団を、あくまでシンガポールに派遣すべし、との要請は、時宜に適したものではなかった。時既にシンガポールの運命は軍事的に決定していたのであるから……。それ故、チャーチル氏は濠洲政府の申入れに対し、断固所信を断行するべきであったのだ。その決断が同氏につかず、濠洲政府のいわば尻に敷かれたばかりに、あたら貴重な第十八師団を、無駄な犠牲に供したことになったのだ。

ともあれ、以上の濠洲政府のチャーチル氏に対する激烈な申入れが、英帝国連邦の防衛態勢の様相を、大きく変化せしめ、又、チャーチル氏の一九四二年一月に抱いていた戦術的優先地域についての概念を、根本的に変更せしめたように思われる。一九四二年一月、チャーチル氏が下院で「シンガポールの防衛よりも、対ソ援助に優先権を与えることの正当さは、何人も了解し得るところである」と、述べた点を記憶すべきである。そして、同年四月にホプキンス氏とマーシャル元帥がルーズベルト大統領の特使として英国を訪れ、チャーチル氏に東部戦線に於ける独逸の圧力を分散させる為、一九四二年末期か、一九四三年初期に、フランスに対する上陸作戦の必要を説いた。チャーチル氏は、この時のことを、自著で次の如く記している。

「一九四三年に於けるこの大事業を計画するに当たって、吾人は、他に存する重大な任務を等閑《なおざり》に付することは出来ない。大英帝国の第一の義務は、日本の侵略の脅威から、印度を守ることにある。我々と同様、国王陛下の下に結合する名誉ある四億の印度国民を、中国に於けるが如く、日本軍の蹂躙下に委ねることは、我々にとって屈辱極りないことである。」

以上の文章から、明らかに推測出来るのは、一九四二年の四月には、チャーチル氏の意見が対ソ援助より英帝国領土防衛に対し優先を認めるという具合に変わったことだ。しかし、それがどの程度変更されたのかは、以上の氏の文章からはうかがい知ることは出来ない。中国が日本軍の蹂躙下にあったのは事実だが、それは部分的な地域のみであった。それに反して一九四二年四月迄には、既に全マレー半島、英領ボルネオ、香港などの英国領土は完全に日本軍の蹂躙下に委《ま》かされていたではないか。チャーチル氏は以前に、以上の英国領土及び濠洲、ニュージーランドの防衛よりも、対ソ援助を優先視していながら、ここで再び対ソ援助より印度防衛が緊急重大事であるとし、人々に自説を賛成させる為、故意にマレー半島以下、既に日本軍に完全に占領されてしまった英帝国の領土については、頬被りで通してしまった。

シンガポールは遂に陥落した。パーシバル将軍は、麾下の将兵と共に捕虜となった。その前日スプナー海軍少将と空軍のプルフォード は他の多くの士官達と、モーターボートで脱出を図ったが、不幸にもジャバへの途中、敵駆逐艦に遭遇し、乗艇を破壊され、無人島に漂着したがそこで大部分の者が、病気と飢餓により死亡してしまった。残余のマレー防衛部隊は、捕虜収容所か、監獄か、又は、ビルマロード修理の為、強制労働に就役させられた。

十一　蘭印の敗北

マレーに於ける戦闘が未だ中期の段階にあり、シンガポールも、依然、英国軍の手中にあった当時から、連合軍首脳部の間に、蘭領印度の防衛に対する危懼の念が生じ、その対策が講じられた。マレー、フィリッピンを制圧に成功したのち日本軍の目指す方向は、蘭領印度であることが明瞭であった。大体日本をしてこの戦争に駆り立てた真の原因は、石油の欠乏にあった。そして蘭印は豊富な油田を保有しているのである。それに加え、ジャバ島からスマトラ島に至る長い鎖のように置かれた島々は、日本にとって喉から手の出る程の戦略的な魅力を持っていた。特にこの連鎖上の列島中、スマトラ島は油田を有し、ジャバ島には海軍基地と兵器廠があり、この両島が日本軍の攻撃の第一目標となるだろうことは、想像に難くなかった。しかし、この列島が日本にとって経済的にも、又、軍事的にも重要な価値があると同様、連合軍にとっても北部濠洲の前衛拠点とし、又、印度洋への交通の要衝として、重大な役割を持っていた。

一月下旬、マレーから残存航空部隊の蘭印方面への移動が決定され、それに伴う整備施設部隊の移動が開始された。一月十九日、和蘭の戦闘機部隊が、又、それから三日後に同国の爆撃隊が到着し、二十三日には英国戦闘機部隊がスマトラ島及びジャバ島に飛来して来た。これで全マレー戦線には、ソフォードフィッシュ機三機とハリケーン戦闘機が残るのみとなった。ジャバ島には、又、連合国艦隊の集結が行われた。十二月中に既にフィリッピンを追い払われた米国のアジア艦隊は、予定通りシンガポールに行かず、ジャバ島の東端のスラバヤに集結していた。船団護送任務に就いていた英国海軍の護送部隊は、一月初旬迄シンガポールを基地としていたが、マレー増援軍を乗せた船団の往来が、激しくなり始めたので、護送の万全を期する為に、レイトン提督はジャバ島に護送部隊司令部を設置する決心をした。同提督はその為に、パリッサー少将を帯同し、一月五日ジャバの西端のバタビアに出発した。パリッサー少将はそこで先任士官として指揮を執ることを命ぜられた。以来巡洋艦、駆逐艦等によって編成された英国の船団護送隊は、バタビアに基地を有することになった。

ロンドンとワシントンでは、連合軍の統合作戦に対する機構の設置が、様々と企画された。しかし、状況の変化は目まぐるしく、戦況は刻一刻悪化していくので、その場その場の情勢に対応する弥縫策に追われ、それの具体化が見られなかった。十二月の末、ブルックポーハムの後任として、ヘンリー　ボーナル将軍が、英国極東方面軍総司令官に任命された。しかし、同将軍はその職に僅か数日間就いただけであった。チャーチル氏は、ワシントンで大統領と会談し、両者間に南西太平洋方面連合最高司令部の設立に関する意見の一致を見たのだった。そして、新たにその最高司令官の地位には、サー　アーチボルド　ウェーベル将軍が任命されたのであった。この最高司令官の選択が米国側によって為されたことを、チャーチル氏は明らかにしている。南西太平洋方面の連合国の防衛態勢が、崩壊の兆を見せ始めたこの時、米国が最後に、敗戦の責任をとりたくないと考えるのは、至極当然なことであろう。しかし、米国は後年戦局が好転し出すと、直ぐさま米国の将軍を最高司令官の地位にすえることに躊躇しなかったのは事実である。

ウェーベル将軍は一月七日にシンガポールに到着し、直ちにボーナル将軍を、参謀長に任命した。そして、両将軍はジャバ島に赴き、バンドンに最高司令部を置いた。連合国最高司令官には、米国のハルゼー提督が就任し、連合艦隊司令長官には、英国海軍の士官達に受けのいい和蘭のドールマン提督が就任した。

ハルゼー提督は疲労でくたくたの態で、フィリッピンからジャバ島に到着した。そして、レイトン提督に、自分の今回の最高司令官任命は、あまり気の進まないことであると語った。なにしろハルゼー提督は疲れ切っていたので休養の必要があり、レイトン提督はその為パリッサー少将を参謀長に即時就任させるよう主張した。しかし、その為パリッサー少将の後任としてバタビア駐在英国海軍先任武官を、新たに見つけなければならなかった。そして、濠洲海軍のコリンズ提督をその地位に就けた。その一方、日本軍は主要作戦を実施するのに、時を移さなかった。史上かつて無かった迅速さで、シンガポール、フィリッピンの完全な作戦の終了も待たず、ボルネオ、サラワク及びその他の近接島嶼の攻略を開始し、その驚異に値する速度と、卓越した正確な作戦方式と、勇猛果敢な行動により南方地域を制圧した。一月の末には、日本軍は、既にマカッサル海峡の制海権を早くも手にした。シンガポール降伏の前日、日本軍はスマトラの南端の奪取に成功した。ドールマン提督麾下の連合艦隊は、この作戦に参加した日本の護送船団を攻撃しようとしたが、日本軍の大爆撃に遭い艦隊は止むなく基地に退却せねばならなかった。二月の第四週目に入って、ジャバ島に対する日本軍の本格的な攻撃は、最早避け難いものとなった。

ハルゼー提督は病の為帰国し、その後任に、和蘭のヘルフリッヒ大将が連合国海軍最高司令官として就任した。提督麾下の連合艦隊は、和蘭、英国、濠洲、米国等の巡洋艦、駆逐艦、潜水艦等の寄せ集められた艦艇により編成されていた。しかし、この頃に至って、かつてワシントンで作られ、比較的に国際間の勢力の均衡をよく保っていた南西太平洋連合国最高司令部の屋台骨もぐらつき始めた。最高司令官は連合国政府に対し、日本軍の攻撃からジャバ島を防衛することは、最早不可能なり、と通告を発せざるを得なくなった。そして、その結果、最高司令官は、印度に帰還するよう命令を受け、最高司令部を構成する人員及び米陸軍航空部隊を伴い印度に去った。勿論、この時のウェーベル将軍のとった処置は、正しいものだった。制海権を喪失すれば、マレーと同様、ジャバ島も日本軍の思いのままになるのだ。

しかし、ジャバ島は和蘭領土であるが故に、和蘭の士官達は最後迄そこを死守することを望んだ。和蘭軍は連合国海軍の力を大いに当てにしていたのだが、もし、日本が優勢な海軍勢力を差し向けて来たなら、連合国艦隊は簡単に全滅の運命に遭うことはわかり切った話であった。ジャバ島の最後の運命が訪れたのは、それからあまり長い時は必要としなかった。二月二十五日、連合国の偵察機により、日本の大規模な護送船団が、ジャバ島の方向に進んで来るのが発見された。その大船団は二つの方向に分かれ、一つはジャバ島の東端、他は西端を目指すように見えた。そして、それらの船団がジャバ島に到着するのは、二十六日か、二十七日中のことであると計算された。そこでドールマン提督は、東端に向かう護送船団を巡洋艦五隻、駆逐艦十一隻で迎撃しようと計画した。攻撃艦隊の編成は、和蘭の巡洋艦ジャバを旗艦に、同じくドゥリュッター、英国のエクゼスター、濠洲のバァース、米国のヒューストンで、ヒューストンとエクゼスターの二艦が八吋砲を有し、他は六吋砲であった。駆逐艦は和蘭三隻、英国三隻、米国五隻で、いわば寄せ集めにしか過ぎず、信号の統一すら行うだけの基礎訓練にも事欠いていたくらいであった。それで、艦隊の作戦行動も、旗艦を先頭に、縦隊戦列をとって進行するのが関の山であった。艦隊は艦載の観測機を、出港に当たって陸上に残して来てしまった。

二月二十七日午後四時過ぎ、艦隊の先導艦は、日本の護送船団を発見した。そして艦隊がそれに近接するにつれ、敵の重巡洋艦二隻と沢山の駆逐艦が発見された。二万八千ヤードの遠距離から、敵重巡はエクゼスター、ヒューストンに砲撃を浴びせて来た。敵は観測機を飛ばし、遠距離からの攻撃に著しく有利であった。そして、砲撃を終ると突如煙幕を張ったりして、味方を悩ませた。

ドールマン提督は、全速力で前進を命じ、敵になお、接近して行った。そして彼我の間に猛烈な砲火の応酬が繰り広げられていった。四十五分の後、エクゼスターは、機関室に致命的な命中弾を受け、速力が見る間に下がったので、後続艦からの追突を避ける為、舵をとって左舷に方向転換した。

ところが、それを見た後続艦は、その運動が正規な航路変更と思い込み、エクゼスターに続いて進路を転換したので、艦隊はすっかり混乱状態に陥ってしまった。敵がこの機会を捉えて、駆逐艦の攻撃を仕掛けて来たので、大混戦となり、煙幕が張られた。その間、英国の駆逐艦エレクトラは沈没し、五時半頃になり、ヒューストンの弾薬が欠乏した。彼我の間には、雷撃戦が行われたが、共に効果が得られなかった。戦いを通じて日本の提督は、合戦よりも、船団保護の方に余計気を使っているように見えた。ドールマン提督はなお、敵に肉迫攻撃を試みたが、観測機がなく、各艦が隊列を乱し離れ離れになってしまっているので、思うような作戦が出来なかった。

そして、絶対に優勢な日本の駆逐艦隊に、大いに悩まされなければならなかった。夜に入り、交戦が不可能になった時でも、未だ、戦局はいずれのものとも決定しなかった。夜間に敵の護送船団を寸断する為、ドールマン提督は、攻撃方向を決定しなければならなかった。そして、提督が選んだ進路は、不幸にも同日の午後、和蘭軍により機雷の敷設がなされた水域だった。艦隊は、機雷原の中に突っ込み、英国の駆逐艦ジュピターは触雷、沈没の憂目を見た。米国の駆逐艦は既に艦列を離れ、スラバヤに向かった。和蘭の駆逐艦は分散してしまった。その一隻は撃沈されていた。午後十一時、月明りの彼方に日本の重巡二隻が発見された。そして、彼我の間に、再び、砲火が交わされたが、いずれの側にも効果がなかった。しかし、敵には幸運の女神がほほえみ、敵の発した魚雷が見事ジャバとドゥリユッターの二隻に命中し、遂に、両艦は沈没してしまった。そして、ドールマン提督も、乗艦と運命を共にしたのであった。もっとも、一説によれば両艦は、味方の敷設した機雷に、ひっかかったのだとも言われているが、確固たる証拠はない。

残った三隻の巡洋艦のうち、先に損害を受けた英国巡洋艦エクゼスターは、スラバヤに向けて引き返し、濠洲のパァースと米国のヒューストンはバタビアに向かった。これに対し、一方、コリンズ提督は巡洋艦ホウバルト、ドラゴン、ダメーの三隻と駆逐艦スカウト、テネドスの二隻を、西方に向かう敵船団攻撃の為に出動させた。この艦隊の受けた任務は、二十四時間、敵の護送船団を捜査し、それから後、スンダ海峡を通り印度洋に赴くことだった。しかし、艦隊が出港後二十四時間に亘る索敵行動で遂に一隻の敵の船影すら発見しなかったのは、実に不思議なことであった。それもそのはず、この艦隊を日本機がいち早く発見し、御丁寧にも戦艦三隻、巡洋艦二隻と各々一級上に誤認して報告したのだった。この報告に接した日本の護送船団指揮官は喫驚仰天、倉皇として全船団を北方に退却させたのであった。連戦連勝の日本軍の神経も、この時ばかりは、余り強くなかったように見えた。このようなわけで、日本船団と接触出来なかった艦隊は、命令通り印度洋に向かった。

この騒ぎで敵の護送船団はまる一日を棒にふる結果になった。ジャバ海海戦で生き残った連合軍艦艇も、印度洋に逃げ込むよう決定された。それでヒューストンとパァースも人知れず闇にまぎれてバタビアを出港した。ところが、この両艦がスンダ海峡の東側のバンテン湾の沿岸沿いに、こっそりと進路をとっていた時、丁度、強力な連合国艦隊接近す、との報告に驚き、進路を変更して避難した敵の護送船団が、そこで投錨中だったのに、運良くぶつかった。両巡洋艦はござんなれとばかりに攻撃を開始した。この攻撃から船団を守る為に、敵の巡洋艦及び駆逐艦は猛然と反撃に出て来た。目の眩むような探照燈の投光、壮烈な砲火の閃き、地獄の業火のように炎を上げて闇に燃える船影、そして、舷側を接するばかりの近接戦が、激しく演ぜられた。

しかし、戦い利あらず、数の上で圧倒的な敵に、両艦は著しい損傷を受け、夜中過ぎパァースは遂に沈没し、ヒューストンもそれから三十分後、多数の戦死者や、重傷者を乗せたまま、海底深く船底を上に向けて沈んでいった。それと別行動でスラバヤを脱出したエクゼスターは、米国駆逐艦エンカウンターとポークとを従えて、それから数日後の早暁スンダ海峡に差し掛かろうとした時、優勢な敵艦隊の発見するところとなって、同行の米国駆逐艦二隻と諸共に撃沈されてしまった。

日本軍の進攻は、正に破竹の勢で行われ、それから二週間後には遂にジャバ島の命脈も断たれることになった。最高司令官から見捨てられ、又、連合空軍からも、置き去られたジャバ島を、日本軍に対して守り抜く為、空しくもここで、連合国五隻の巡洋艦と五隻の駆逐艦とが犠牲に供された結果となった。日本軍はジャバ島侵略に際して、戦艦四隻、航空母艦四隻を準備していた。このような優勢な敵に対する連合国艦隊の作戦は、事実上無駄な努力であった、とされても仕方がないであろう。日本の司令長官は事実、実戦に当たり、巡洋艦と駆逐艦しか参加させなかった。しかし、これはそれらの軽艦艇だけで充分である、と信じたからにほかならないので、その背後にはいつでも圧倒的に有力な勢力が控えていた。連合国艦隊は、敵の勢力に対する正確な情報が得られなかったにしても、日本の有力な艦隊勢力が近海にいることは、充分に予期すべきであった。

いずれにしろ、寄せ集めで編成された連合国艦隊の実力には、大して望みが掛けられていなかったことは事実であり、ただ、それは連合国の名誉、面子の為にのみ作戦したような結果となった。しかし、この場合、名誉とか面子の問題が、それ程必要であったかどうかが問題である。この時以来、連合国海軍は、軽艦艇、特に駆逐艦の不足に著しく悩まなければならなくなったのだから……。不可能なジャバ島防衛の為にあたらこれらの艦艇を無駄にせず、それらを他の有効に使用し得る場所に、廻すことが正しかったであろう。しかし、十二月に、和蘭が直ちにシンガポール防衛作戦に、貴重な潜水艦を参加させてくれたことに対する恩返しの為だとすれば、これは批判の圏外のことになる。

最高司令官が印度に去る前に、連合国艦隊のとるべき最後の任務について、如何なる見解を表明したか察知することが出来るが、ここで米国海軍長官ノックス氏が、南西太平洋連合艦隊は二次的な部隊であると放送したことを取り上げるのは、余り適当ではないと思う。

十二　印度洋上の作戦

日本軍が、マレー半島を破竹の勢で南下している時、ロンドンの政府及び海軍省では、近い将来戦慄に値するような事態が生じるのではないかと、大きな不安に襲われ始めた。もし、日本軍が、シンガポールの占領に成功すると、日本は西南東に近接する海域の制海権を、総てその掌中におさめることとなる。英国は、前もって米国との間に防衛地域分担協定を取り決めていた。それによると太平洋の南東方面は米国の防衛担当区域であり、西は英国の区域である。そして、英国人の税金で、日本に利用される為に造ったようなシンガポール基地を、日本軍は絶好の足場として、それらの区域、特に印度洋を荒し廻ることになるだろう。印度洋に於ける英国の権益は、正に英帝国の心臓にも等しい重要な意義を持っている。しかし、ひとたび、シンガポールが、日本軍の手に帰すれば、英国は印度の全東岸に対する日本軍の進攻を遮るべき何の手段も持てなくなる。そして、印度が侵略の憂き目に遭うならば、印度及び中・近東方面に於けるその政治的な反響は如何ばかりか測り知れぬ程である。

又、もしも、日本がセイロン島を手に入れたとするなら、英国やその他連合国の艦船及び航空機の動力源であるペルシア湾からの石油の輸送は、中断されることになるし、イランを通じて行われている対ソ援助物資の供給も不可能となるのだ。そして、同時にそれは、印度の世界各国に対する海上交通線の閉鎖を意味し、又、アフリカ東部沿岸を北上して行われている中東の連合軍に対する兵員、戦車、火砲、弾薬、自動車及びその他の重要軍需物資の輸送路が、絶えず側面から、脅威を受けることになる。そして、もし現実に、日本軍が以上の補給路の遮断に成功したとすれば、中東方面での作戦中の英国軍や地中海の英国海軍の威力が、地に墜ちるばかりでなく、現実に北アフリカの砂漠地帯で戦闘中の英国軍は危機に瀕し、ロンメル将軍はカイロに、そして、アレキサンドリアの地中海艦隊基地迄も進出可能となり、イラク、イラン、印度をつなぐ陸上交通路は、独逸軍制圧下に置かれ、スエズ運河は、完全に枢軸側の支配するところとなるのだ。そして、更に日本軍が手にしたアフリカ東岸に対する制海権を利用して、その陸軍を、いずれかの地点に上陸させる作戦をしたとするなら、それが、英国に与える打撃は到底想像もつかぬ程深刻であり、英国の運命ついに悲しくも決した、ということになったであろう。マレー防衛以外の為なら、どこの地域にでも、又、外国にさえも援助を与えたチャーチル氏の政策に原因して起ったマレーの敗北が、将来どんな結果を齎すか、全く底知れぬ程暗澹たる状況であった。それ故に、チャーチル氏がシンガポール海軍基地の有する役割と誠の価値を、毛頭、了解していなかったのだと言われた程であった。

信ずることの出来なかった日本軍の脅威を現実に目の当たりにして、流石の英国も、上を下への狼狽ぶりを示し、その対策を急いだ。そして、ここに至り、チャーチル国防大臣の少数新鋭艦主義は遂に捨て去られ、印度洋に派遣するために、出来るだけの艦艇が掻き集められた。勿論、棺桶船と呼ばれた老朽戦艦といえども躊躇するところがなかった。ラミリスとリゾリューションはアルジャノン　ウィーリス中将麾下の、既に印度洋で作戦中のリベンジ、ロイヤル　ソベリンと合同するべく本国を出航した。ウォースパイトも地中海に赴くはずであったが、予定を変更し、急遽印度洋に回航した。航空母艦インドミテーブルが東洋海域で活動していたが、更にもう一隻空母フォミダーブルが印度洋に出動命令を受けた。小型空母ヘルメスは、当時、セイロン島のトリンコマレーにいたが、その後、濠州に派遣される命令を受けた。トリンコマレーには、その他数多の巡洋艦と駆逐艦がいたが、その中のあるものは、ジャバ沖海戦から、命からがら逃げ延びて来たものであった。このようにして、印度洋所在の五戦艦、及び、補助艦隊を中核に、新たに東洋艦隊が、再び編成されつつあった。しかし、この再編成途上の艦隊は、当時、損害を諸戦域で蒙り、艦艇の不足に悩んでいた英国海軍としては、比較的に有力なものであった。

十一月十二日、航空母艦アーク　ロイヤルは、魚雷を食らって地中海の藻屑となり、それから二週間のうちに戦艦バーハムも、同じ運命に見舞われ、翌月戦艦クイン　エリザベスとバリヤントは、伊太利の特殊潜水部隊の為、アレキサンドリア港に停泊中に艦底に爆薬を仕掛けられ、大損害を蒙った。このようなわけで、英国海軍はプリンス　オブ　ウエルス、レパルス両艦の喪失後、年末迄に戦艦二隻、巡洋艦一隻、大型空母一隻を失い、更に新鋭二戦艦を、長期間修理の為作戦外に置かなければならなくなった。シンガポールを敵手に委ねた後、さて、この新編成の東洋艦隊をどこに置くかが重要な先決問題となった。そして、それにはシンガポール基地に対する補助基地をして、海軍省が前もって密かに検討していたアドウ　アトールが、第一の候補地として挙げられた。この島は、セイロン島の南南西の大洋中にあり、珊瑚礁より成っていた。次に挙げられた候補地は、セイロン島の西岸のコロンボと、東岸のトリンコマレーであった。コロンボの港は、市から程近く、修理に補給に便利であったが、商業港なのでいつも商船が一杯であった。トリンコマレーは、その点で、コロンボより優れていて、本来から軍港として使用されていたのだが、島の他の場所との交通の便が悪かった。しかし、そこには、シンガポールの陥落前、既に、それを見越した海軍省が、当時、ジャバ島で海軍司令部を設営中だったレイトン提督に命令して、シンガポール無き後の印度洋に於ける艦隊の集合基地として、使用し得るよう準備をさせていた。

この再編成された東洋艦隊の司令長官に新たに選任されのは、サー　ジェームズ　ソンマービル中将であった。提督は、ジブラルタルを基地とするＨ艦隊の司令長官だった。そして、その二ヶ年間の在任期間中、地中海に於ける数次の作戦で偉勲を立てた。又、独逸の戦艦ビスマルクの捕捉作戦では、麾下艦隊の空母アーク　ロイヤルの艦載機が、ビスマルクに命中弾を与え、その速力を低下させることに成功した。提督は戦前健康を害し、退役していたのだが、如何にも軍人らしきその豁達機敏な手腕を買われて、病弱な健康状態にも拘らず、現役に復帰したのであった。けだし、同提督の司令長官選任は、今次大戦の帰趨を決するとも言える連戦連勝破竹の勢いの日本軍に対するに、正に適切な布石であったと言えよう。又、一方レイトン提督は、基地設営の為、セイロン島に滞在中、セイロン島基地司令長官に任命された。この新任務は、レイトン提督の果敢な性格と全くぴったり一致したものであった。提督の目前には困難な仕事が山積していた。マレー半島の防衛が完全に崩壊すれば、セイロン島は殆ど無防備状態で、敵に姿を曝さねばならなかった。防空施設は、御座なり程度にはあったが、未だ、一度も演習すら行ったことがなかった。港湾労務者の労働条件は悪く、積荷積み降ろし作業は捗らず、多数の船舶は港外に長時間停泊を余儀なくされ、その結果、敵潜水艦の好餌となる恐れがあった。島内の鉄道の状態も悪く、石炭の貯蔵も、せいぜい三日分位であった。レイトン提督は、そのような悪条件を勇敢にも克服していった。提督は、まず港湾労務者の賃金の引き上げを行い、作業能率の向上に成功した。鉄道のダイヤは大規模に更新され、その運行は正確に改善するよう監督した。特に、提督は、燃料危機の緩和を促進する為、自身で埠頭に立ち、石炭積み降ろし作業を監督した。又、飛行場を急設する為、緊急処置として、競馬場とゴルフコースを徴発し、僅か三週間で飛行機の発着を可能にした。その為には、その付近にあった陸軍司令官や司法長官の官邸を撤去させるような強硬手段も厭わなかった。倉庫、弾薬庫は多数建造され、濠洲から家畜を輸入し、ニューワラ　エリヤの山頂の競馬場を牧場に変えた。

セイロン島の陸軍部隊は、現地人の志願兵で編成されていた。防空部隊には、対空火器もレーダーもなく、唯、旧式なブレーメン機と飛行艇があるくらいであった。戦闘機隊無しでは、必ずやって来る日本の爆撃機の好餌となるばかりである。そこで、レイトン提督は、奇想天外な手段を講じたのであった。提督は、ジャバ島の命数既に決せりと正当に判断し、そこに貴重な兵器を投ずることの無益さを思い、丁度、空母インドミテーブルより、ジャバ島救援に赴く予定だったハリケーン戦闘機の二戦隊を、全く独断でセイロン島に飛来させたのである。この提督の応急処理に卓をたたいて憤慨したのは、本国の空軍大臣であった。しかし、この自己の職を賭して為された提督の決断こそ、光輝ある英国海軍の伝統的な海賊精神の発揚である、と称賛しても過言ではないだろう。

ジャバ島は、三月九日、敵の手中に陥ちた。三月二十四日、新東洋艦隊司令長官ソンマービル提督は、空母フォミダーブルに座乗して、作戦からコロンボに帰投した。そして、司令長官は、レイトン提督と新たに艦隊参謀長に就任したエドワード提督を交えて、連日重要作戦会議を行った。会議の重要議題は、次に来るべき、日本軍の作戦についてであったことは勿論であった。ジャバ島の占領に成功した日本軍は、その後、二週間来、何ら新たな行動も開始せず、無気味な沈黙を守っていた。しかし、為さるべき敵の次の作戦は、大体三つの方向に分けて考えることが出来た。その一つは、真珠湾とハワイ群島の攻略を企図する東方への進撃、二は濠洲に対する南下作戦、そして三は印度洋を目指す西方作戦である。ソンマービル、レイトン両提督が最も関心を払い、その可能性に深甚な憂慮を示したのは、敵の第三の作戦であった。前にも述べたように、日本軍の西方に対する作戦こそ、正に英帝国存亡の運命を決するものとなるからである。コロンボの英官辺筋では、誰もが日本の西方作戦を避け得ぬ必至のものとして考えていた。日本軍は既にビルマに侵入し、ベンガル湾のアンダマン諸島は、ソンマービル提督のコロンボ帰還の一日前に、日本軍の占領するところとなっていたからである。

それから四日後、同諸島に対する敵状偵察が行われた時、敵空母によるセイロン島爆撃の兆候ありとの報告がなされた。ソンマービル提督は、直ちに日本の挑戦に応ずる決心をした。しかし、敵の進攻して来る可能な方向全部を、その麾下の艦隊勢力では、押さえることが出来ないので、最も可能性のある方向を選んで出動することを決意した。それは、セイロン島の南東方面海上であった。艦隊が帰還直後、休養期間もなくすぐ出動をすることは、余り賢明な方法ではなかったが、これも仕方がなかった。敵が、よく訓練されていることは、疑いもなかった。それに反して東洋艦隊の将兵は訓練が不足していたか、あるいは、訓練未了の新兵が多かった。その上、本国から艦隊に参加するべく、アドウ　アトールへ回航中のR級戦艦は、未だ到着していなかった。艦隊を真の威力あるものにする為には、個々の優秀の艦艇で均整のとれた艦隊を編成し、そして、日頃より絶え間ざる演習訓練を積まなければならない。そうでない艦隊は、至極平凡な、ただ、海に浮かぶ道具にしか過ぎない。東洋艦隊は、丁度、それに似た状態であった。しかし、それにも拘らず、全力を尽さねばならなかった。

米国から二十六日に到着したウォースパイトを旗艦として、ソンマービル提督は、空母フォミダーブル、巡洋艦エンタープライズ、コンウォール、ドラゴン、キャルドン及び駆逐艦六隻を従えて出港した。そして、翌日小型空母ヘルメス、巡洋艦エメラルド、それに二隻の駆逐艦が参加し、又、ようやく到着した六隻の駆逐艦を伴ったR級戦艦も艦隊に合流した。しかし、このようなわけで、予め各艦に、作戦の命令伝達方法の統一がとれていなかったので、この艦隊は麾下艦艇に、いちいち航行隊形の指示すら信号により伝達しなければならぬという、煩雑さを要し、その未熟さも担わなければならなかった。四月二日になっても、敵艦隊の動向については何らの情報も得られず、その間艦隊は、ひたすら演習を続行した。しかし、このようにして寄せ集められた連合勢力に、艦隊としての能力を発揮させる為には、仕上げに少なくとも数週間の日数が必要だった。早くも燃料の消耗を来した巡洋艦コンウォールとドーセットシャ及びその他の駆逐艦は、油槽船アップルハーフから補給を受けたので、艦隊は、なお、数日間行動を続けることが出来た。しかし、飲料水の欠乏には、悩まされなければならなかった。特にR級戦艦は、北海での作戦用に建造されていて航続距離が短く、この熱帯の気温に、飲料水を造る蒸留装置が不充分であった。

海上遙か遠く出動して、既に四日も経つのに、依然として敵艦隊の片影すら見ることも出来なかった。提督は、先に行われたセイロン島に対する攻撃の報告が、あるいは、誤報ではなかったのかと思い始めた。いずれにしろ艦隊は燃料、飲料水等の不足を続けて来たので、遂に帰港することとなった。しかし、帰港と決定したものの、どの基地に艦隊が帰港すべきかが問題となった。コロンボ、トリンコマレー、アドウ　アトールの三つのうちの、いずれにしようか、と提督は熟慮をめぐらさなければならなかった。コロンボは、商船で混雑を極めている、トリンコマレーの防空施設は貧弱で、もし艦隊が停泊中、敵の攻撃を受けた場合、真珠湾の二の舞となる可能性があるとすれば、残されるのはセイロン島から遠く離れた、敵もそこ迄は一寸足が伸ばしにくい、アドウ　アトール以外にはなかった。そこでソンマービル提督は、自身では未だ行ったこともないアドウ　アトールに艦隊を進めた。その際、修理を必要とした巡洋艦コンウォールとドーセットシャの両艦をコロンボに、小型空母ヘルメスは濠洲に派遣されるので、その準備の為トリンコマレーに、それぞれ艦隊から分離させて赴かせた。いつ敵の攻撃を受けるかも知れぬコロンボに、二巡洋艦を修理に送ることは危険であったが、一、〇〇〇哩離れたボンベイ以外には、修理施設を持っている基地がなかったのだ。その上、いざ敵艦隊襲来という時、短時間に、それら艦隊から分離した艦を集合させる必要もあった。

アドウ　アトールに艦隊が到着して驚いたことは、この海軍省の机上案で指定された艦隊基地は一本の草すら生えていない、酷熱に照りつけられた珊瑚礁で、環礁内迄、敵の潜水艦が進入して来ることは不可能だったかも知れぬが、その入口で待ち伏せし、出入艦艇に魚雷攻撃を加えるには絶好の条件を備えていたし、又、敵の水上部隊からの砲撃に、全艦隊を隠蔽出来るような何物もなかった。ソンマービル提督は来てみて、初めてこの非常用基地は、艦隊の来るべき所ではなかったと悟った。この基地の有する欠点などを研究する為、麾下の各艦長を集合させ、会議を開く間もない内に、提督が予想していた通り、セイロン島南東三五〇哩の海上に敵艦隊見ゆ、との哨戒機よりの報告があり、とセイロンの基地から入電があった。艦隊は燃料等の積み込みを開始したばかりで、即刻出港出来るような状態ではなかった。しかし、提督はその夜、ウォースパイトに座乗し、二空母と護衛の小艦艇を率いて出港し、積み込み作業の終らぬR級戦艦には、急遽後から艦隊に合流するよう命令した。艦隊の勢力は、これで事実上二分された形となり、提督の直接指揮する先発隊は、A艦隊と正式に名づけられ、東方に向け十九節《ノット》の速力で進撃していった。

翌朝九時前に、早くもコロンボが爆撃を受けたとの報告が来た。コロンボで修理中の巡洋艦コンウォールとドーセットシャは、空襲を避けて既に出港したことがわかったので、提督は、艦隊に加わるよう両艦に命令を打電した。艦隊の航行海域の北方海上に、戦艦を含む敵艦隊あり、との報告があったが、空母から出してある哨戒機からは、未だ、何の報告も接受していなかった。午後二時頃、艦隊に参加すべく航行を続けているドーセットシャより、「敵索敵機本艦を追尾中」との簡単な報告が来た。それから間もなく、艦隊のレーダーのスクリーンに、ドーセットシャのいる方向に、敵機の編隊が飛来する影像が捉えられた。以後両巡洋艦からの通信は、ぱったりと止まってしまい、両巡洋艦の運命を案ずる空気が全艦隊に漂った。それから一時間後、味方の哨戒機から、両巡洋艦の所在したと考えられる海面に、多数の兵員や浮流物が漂流しているのを発見したと報告して来た。後でわかったことだが、敵の空母より発信した艦載機が、両巡洋艦を発見し、空から舞い降りて来る蝗《いなご》のように群がり、一瞬にして撃沈してしまったのだ。

コロンボには、艦載機七十機が空襲し、造船所や、港内に停泊中の船舶に投弾したが、大した被害は蒙らなかった。数週間前レイトン提督が、独断で手に入れたハリケーン戦闘機が無かったとしたら、この艦載機の攻撃は、更に甚大な被害を与えることに成功したであろう。この空襲の結果の損害は、軽少で済んだが、敵に与えた打撃は大きく、襲撃機の内の二十五機が撃墜された。その後、刻々とソンマービル提督は、敵艦隊の動向に関する報告を受けたが、敵と接触するには至らなかった。レーダーでは、敵の索敵機を、捉えることは出来たが、それを目撃は出来なかった。その後の敵艦隊に関する報告や、両巡洋艦に加えられた攻撃等によって、提督麾下の艦隊も身近に危険が迫りつつあることを知った。それ故、艦隊勢力を少しでも強大にする必要を感じ、提督は、R級戦艦より成るB艦隊と合体することに決意し、艦首を転じた。実際、戦艦一隻、空母二隻の劣勢で優勢な敵艦隊に突撃するのは、華々しくはあるが、軽率の誹りは免れなかったであろう。諸種の情報から推して、この方面の敵艦隊の優勢は疑いのないところであったので、提督が、止むを得ず二つの勢力に分かれた艦隊を、再び一つに合体させたことは、正に妥当な処置であった。そして、その次の日の朝、ＡＢ両艦隊の合同が行われ、再び艦隊は東方に向け航路を転じた。提督は、想像していた以上の悪条件を、実際に目の当たりにして、一大決心をしなければならなかった。そもそも、アドゥ　アトールを急遽出港した時、敵艦隊に決戦を挑むつもりでいたのだが、両巡洋艦の喪失とその後得た情報で、敵は東洋艦隊の全勢力よりも、遙かに優勢であるということを、知らなければならなかった。

敵艦隊は、報告によると戦艦四隻、空母五隻、そして、それを護衛する多数の巡洋艦及び駆逐艦から成っていた。ソンマービル提督は、麾下に戦艦五隻を有していたが、その内の四隻は、旧型の速力の遅い老朽艦である。空母は敵の五隻に対して二隻しか持たず、おまけにその搭載機の性能は日本機に比べ話にならぬ程劣悪で、例えば、旧式のアルバコアー機では、驚異的な新鋭機「零戦」に対し、どうにも歯の立てようがなかった。決戦に際し、決定的な威力となる空母陣の劣勢は、戦わずともその帰趨は明らかだった。ソンマービル提督はここに至って、心ならずも決戦を回避しなければならなかった。一方、セイロン島の基地司令官レイトン提督は、より一層その問題を、憂慮しなければならなかった。日本の艦隊は、ソンマービルの艦隊よりも遙かに優勢であり、その上、少なくとも空母一隻を有する他の敵の艦隊が、ベンガル湾に出動していて、味方艦船を攻撃している。このような状況で、万が一ソンマービル提督が、敵と接触し交戦が行われれば、壊滅は必至だ。そうなったら総ては万事休す。優勢な敵の出現に背を見せることは、英国海軍の提督の好まざるところであり、特にソンマービル提督のような気性の人には、不可能なことのように思えた。

しかし、あくまで決戦は回避されなければならなかった。勿論、レイトン提督には、ソンマービル提督に対する命令権はなかった。そこでレイトン提督は海軍省に対し、敵艦隊は、東洋艦隊に挑戦すべく行動中なるも、彼我交戦に至らば、我が艦隊の殲滅は必至なり、と打電した。それに対し海軍省から、決戦回避命令がソンマービル提督に即刻伝達された。それで艦隊の敗北の結果が及ぼす連合軍の恐るべき前途を心に浮かべ、提督は気の進まぬ決戦回避を、命令通り行う決心をしたのだった。しかし、提督は、遙か東方海上に漂流を続けているドーセットシャとコンウォールの将兵の救助だけは放棄出来なかった。提督は、幕僚将校と会議を開いた結果、敵に対し、艦隊が直ちに西方に向け退却したことを覚らしめない為に、艦隊の一部を割いて東方洋上に派遣し、漂流中の将兵の救助に当たらせる決心をした。そして、巡洋艦エンタープライズと駆逐艦二隻が、この任務を受けた。この大胆な計画は、見事成功をおさめた。敵による撃沈後三十時間、筏で、ボートで、救命胴衣をつけて海中で死と闘っていた生存者千二百人を無事救助して、艦隊に帰還した。敵の索敵機は、終日艦隊のレーダーに捉えられていたが、艦隊は、遂にそれから発見されないで済んだ。提督を始め幕僚にとっては、本当に長い不安な一日であった。

しかし、作戦に、見事成功を収めた艦隊は、一路西に向け、敵の作戦圏外に退避したのであった。翌四月七日、本国の海軍省は、敵の作戦圏内となり、空襲の危険があるセイロン島への東洋艦隊の帰港を禁ずる旨、ソンマービル提督へ命令して来た。それと同時にR級戦艦は東アフリカに向かうべしと命令された。この訓電の持つ意味は、東洋艦隊は所在の敵艦隊に対応するには余りにも劣勢であることを、はっきりと提督に認識させる点にあった。提督は、アドゥ　アトール付近に、敵潜水艦出没の報があったが、それにも拘らず、そこで燃料の補給を行い、その後、いずれかの安全水域に後退する決意を為した。

しかし、さてどこに行くべきかに、頭を悩ませなければならなかった。セイロン島は厳禁され、ボンベイは艦隊を収容するには余りにも手狭で、アドゥ　アトールは危険だ。地図を頼りに行先を案じ、結局ペルシア湾か、アフリカ東岸のモンバサ港か、ということになり、最終的にモンバサに衆議が一致した。B艦隊は一足先、四月九日に同港に向け出港した。提督は、途中海軍省の命令を無視して、レイトン提督と緊急会議を持つ為、コロンボに急遽帰港するつもりでいたが、丁度、トリンコマレーが、敵の艦載機により空襲を受け、そこにいた小型空母ヘルメスが、戦闘機の掩護も無しで、空襲を逃れる為脱出したとの報告に接した。そして、ヘルメスは護衛駆逐艦バンパイアと共に、洋上で敵機に発見され、むざむざと餌食になってしまった。ヘルメスは、むしろ脱出を図らず、港内に止まるべきであったろう。トリンコマレーでは、戦闘機の掩護も受けられたし、よし港内で撃沈の運命にあっても、乗組員の大部分は、救助されたであろう。事実、所在のハリケーン戦闘機は、大活躍をして敵機に甚大な被害を与えたのだった。この騒ぎでソンマービル提督は、セイロン島寄港の計画を放棄し、舵を真っ直ぐボンベイに向けた。全く今から考えると、この五日間は、正に英帝国の運命を決定する危ない瀬戸際であった。

もし、東洋艦隊が敵艦隊により捕捉され全滅させられたら、今次大戦の様相は自ずから異なったものになったであろう。海戦での大敗北の国民に与える精神的影響は、著しいものである。特にこの場合、東洋艦隊を失ったなら、その影響は、測り知れぬ位に大きなものとなったであろう。開戦初頭、プリンス　オブ　ウエルスを喪失した時、チャーチル首相は、これ程大きな衝撃を、未だかつて受けたことはないと書いている。しかし、ここで東洋艦隊が、再び海底深く藻屑と化してしまったら、チャーチル氏ばかりでなく、英国民の衝撃は、如何ばかりであろうか。そして、チャーチル氏の政治家としての生命も、国民の罵倒下に終りを告げなくてはならなくなったことであろう。だが果たして、チャーチル首相は、自分の地位、将来自分の歴史上に占める名誉ある立場等が、一九四一年四月六日、日本の索敵機が東洋艦隊を発見するかしないかによって賭けられていた事実を知っていたであろうか？　全くこの時は、幸運の神が、日本の艦隊に背を向けていたので、かろうじて助かったのだ、というよりほかに表現のしようがないのだ。

古来、何世紀にも亘る英国海軍史が教えるところのものは、海戦に際しては、敵に致命的な一撃を与えること、即ち、敵の艦隊を全滅させるということであった。日本の艦隊は、ソンマービル提督の艦隊が、近くの海域にいることを知っていた。日本の艦隊は六隻の空母と四隻の戦艦より成る大勢力で、シンガレスの付近にいたのだった。そして、この絶対的に優勢な敵の大艦隊の作戦目標は、当然、東洋艦隊の壊滅にあったはずだ。ところが、敵はただ、コロンボとトリンコマレーを空襲し、ベンガル湾内の商船を、撃沈する等の二次的な目的を達したに過ぎなかった。艦隊が出港していた空になった港湾を爆撃するのに、高度に訓練された艦載機隊を使用したのは、明らかに誤りである。その為に貴重な四、五十機の艦載機が、陸上に基地を持ったハリケーン戦闘機のため撃墜されるという高価な代償を、敵は払わなければならなかった。その点、敵の真珠湾攻撃は、確かに成功した作戦であった。それ故、敵がコンウォール、ドーセットシャ、そして、ヘルメスを捕捉し得た小さな成功により、遂に東洋艦隊の主力を発見し、潰滅に至らしめるだけの勢力集中が出来なかったことは、到底償いのつかぬ大失敗であった。しかし、英国側としても、それで、印度洋の東部海域を確保する計画を、放棄しなければならなくなった。R級戦艦のB艦隊は、モンバサの近くのキリンベニを基地とすることになり、A艦隊は、セイロン島とアフリカの間の海域の遊弋《ゆうよく》防衛の任務に就き、時折りアフリカ東岸の港を訪問することになった。

もし、当時、日本が、セイロン島を占領する為に、水陸両用部隊を出撃させたとすると、東洋艦隊は、それを阻止することは出来なかった。中途半端な勢力の艦隊なら、むしろない方がましであるとする歴史の示した議論が、再び、現実でその正しさを立証された。勿論、劣勢な艦隊と雖も、ある条件の下に置かれた場合、敵に対し有効であり得る。しかし、正常の条件下に於ける決戦で、劣勢な艦隊が、優勢な敵の攻撃を全滅を賭しても阻止し得ぬことは、正に真理である。そして、このことをソンマービル提督は、つくづくと身をもって経験し、この千古不変の戦術常識の正当性を味わわされたのである。

四月十一日、セイロン島のレイトン基地司令官は、日本の艦隊が、近接海域を離脱した旨打電して来た。そして、その翌日更に日本艦隊が、シンガポールに帰投したと報告した。しかし、ここで大問題が残された。日本が次に起すべき行動である。いよいよ敵はセイロン島の占領を目指すのではないか。もしセイロン島が敵手に陥ると、敵は印度洋に有力な前進根拠地を、二つ所有することになる。そして、その後に来るべきものは、正にアフリカということになる。仏印での先例に味を占めた日本は、ディエゴ　サウレの良港がある仏領マダガスカル島に、狙いをつけているようであった。それで英国は、マダガスカル島を、日本に先んじて獲得することに決意した。敵艦隊の行動は開始されず、一週間が過ぎた。次の週、海軍省は敵の次期攻撃の目標は、セイロン島と信ずる旨を、現地司令官に打電した。そして、日本のディエゴ　サウレの攻略に備える準備が急遽なされた。いたずらに日が経過したが、敵艦隊は、再び、その姿を現わさなかった。五月五日、遂に英国軍は、マダガスカル島に落下傘部隊を降下させ、三日間で、全島を占領した。これに対する日本の反応は、何も見られなかった。もし、日本が印度洋全域を支配下に置くつもりでいたならば、この英国軍の作戦に対して、即刻何か手を打つべきはずであった。だがその時、六、〇〇〇哩離れた遙か太平洋の彼方で、何事か異様な出来事が起っていたのだ。

十三　珊瑚海海戦

敵は、又、蠢動を開始し出した。だが、それは有り難いことに、西方に向けてではなかった。日本が重大な関心を寄せていたのは、印度洋ではなく矢張り太平洋であったのだ。セイロン島への爆撃や、ベンガル湾内での艦船の攻撃は、ただ、英国に脅威を与え、恐怖させる為の牽制行動であったに過ぎなかった。日本は既に太平洋で充分獲物を得たとはいえ、未だ、その膨脹計画は途上にあり、又、それが成功する毎に、その計画は、膨脹するのだった。日本は、英・米・蘭三国の南西太平洋に於ける主要な領土の大部分を速やかに征服した。

小さな犠牲で驚くべき成功を勝ち得た日本は、それに味をしめて益々自己の野心の意図を、大きく繰り広げようと望んだ。連戦連勝にすっかり気を良くした日本帝国の大本営は、太平洋域の地図に描いた大弧線を更に越えて、北東より、南東に進撃する決意を固めた。日本は既に、未だ一部の米軍が、僅かに抵抗を続けているフィリッピンのバタンの一角を除いて、カムチャツカの南端の千島から、日本列島、琉球、台湾、ボルネオ、蘭印に至る連鎖状の防衛線を築き上げた。そして、ニューブリテン島のラボール、ソロモン海のブーゲンビル島、ニューギニアの南東突出部のパパウの北側に、前進基地を手に入れた。このパパウから南を一跨ぎのところに、濠洲海軍及び空軍基地のあるポートモレスビーの良港が位置していた。それで日本軍は、このパパウを手に入れようと北側の上陸地点より、山越の進撃を開始したが、鬱蒼と茂るジャングルと、嶺々天を圧するスタンレー山脈が、それを失敗に終らせた。久しく安泰に慣れ、世界最強の英国海軍の存在に、安心して平和な年月を過ごして来た濠洲やニュージーランドは、戦争の扉が開いて、とたんに、英国海軍の無力さを知らされ、まさかと思っていた悪夢のような勇猛な日本軍が、現実に間近に迫って来たことを知って、為すところも無く、あわてふためいた。しかし、待ちに待った援軍がやって来た。だが、それは英国からではなく、他の国からだった。米国は、軍隊と艦艇、航空機を続々と派遣し、フィリッピンを逃げ出したマッカーサー元帥が、三月に最高指揮官として着任した。

日本は、米国の作戦の企図するところをよく察知していた。日本は、東部ニューギニア縦断作戦に失敗したので、今度は、海上より直接ポートモレスビーを占領しようとした。そして、それに成功すれば、続いてソロモン群島を経由し、ニューカレドニア、フィジー、サモアに進出し、それによって北米大陸と、濠洲間の交通を遮断し、濠洲包囲の戦略態勢を築き上げ、いよいよ本格的な濠洲本土占領に乗り出す計画を立てたのであった。その一方、日本は遙か北方の千島列島の続きともいえる米領のアリューシャン群島にも、目をつけたのであった。この群島は、北極の烈風が吹きすさび、絶えず濃霧に閉ざされているような、海から急にそそり立った山地で出来た島々より構成されていて、北米大陸とアジア大陸の間に飛石のような位置を占めていた。そして、それらの一、二の島は、海軍及び空軍の前進基地として、戦術的に重要性を持っていた。将来日本が、北米大陸を目指して東進する足場として、又、米軍が日本本土爆撃の基地とすることを防ぐ意味でも、日本軍はそこをどうしても占領しなければならなかった。今や、日本帝国は、極北のアリューシャン群島から、日本列島を通り、満洲、北支、更に下って、南支から印度支那、マレーを貫き、蘭領印度を足下にして濠洲、ニュージーランドを望む、地球上の大地域に、雄大な弧線を描くことに成功したのである。

しかし、これだけでは、日本にとって未だ、充分なものではなかった。この雄大な弧線の中央部の海上には、無数の星の如く散らばった、大部分が珊瑚礁より成った小島が存在していた。それら数多《あまた》の小島は各々群に分けられ、カロリン、マーシャル、マリアナ、小笠原群島というように、名称を付けられていた。上述の群島は、一九一九年以来日本の領有下にあった。日本は、マーシャル群島南東方のギルバート群島、開戦早々英国から、又、どの群島にも属せぬ、離れ小島であったマーシャル群島北方のウェーキ島も、米国から奪取した。それらが群島であると孤島であるとを問わず、日本は、北から南に延びる自己の築いた大三日月形の中央部に、位置するこれらの島々に、海軍と共に、陸軍と空軍の守備陣地を構築して、言うところの大東亜共栄圏の基礎が強固になる迄、米国の反抗を防ぐ防衛拠点としたのであった。ウェーキ島の東隣は、ハワイ諸島である。そして、諸島の西端にあるのがミッドウエイ島であった。日本は、先ずこのミッドウエイ島に目をつけた。この島を日本が手に入れると、米本国に対する、最重要防衛基地としての、ハワイ諸島に足場を占めることになり、日本は一段と外に向けて、その戦略的な防衛の円を推し進めることが出来るのだ。

しかし、日本の太平洋に於ける構想が、壮大なものであったにも拘らず、二つの弱点を持っていた。太平洋上に長く延ばされた日本の防衛線は、外側からする攻撃に寸断され易いものであった。その上、日本の作戦そのものが、防備を主として考えられたもので、積極性に欠け、その結果は印度洋で見られたように、折角得た作戦の絶好の機会を自ら放棄しなければならない結果を、招き易いものにした。日本は、印度洋を西に向かって、攻撃を進めることに、何の危険も持たないで成功したはずである。日本艦隊が、当時もっと積極的に印度洋で作戦したならば、難なく東洋艦隊を壊滅せしめることに成功し、印度洋を自家の池のように自由に使用出来たのだ。そして、その今一歩という日本軍の印度洋に於ける作戦を阻止したのは、太平洋の彼方の米国艦隊であった。米国艦隊は既に真珠湾で敵に受けた損害から立ち直り始め、日本軍の占領していた太平洋上の島々のあるものに対し、空母による空襲を加えたりしていた。そのうちに、ドゥリットルの東京空襲が行われた。米国の機動部隊が、日本にとっては、一応既に内海同様になった西部太平洋を遙か横切って内懐迄侵入し、しかも、その心臓部である東京の空襲に成功するとは、正に青天の霹靂、日本があわてて自己の有する主力艦隊に、これの対抗を命じたことは、肯定出来ることである。

しかし、この時、たかが米国の一機動部隊の行動に、むきにならずに乾坤一擲、印度洋の作戦を続行していたとすれば、ソンマービル提督の艦隊は壊滅し、その結果英国は、戦争継続の能力を失うこととなったであろう。米国は、又、その残存艦隊を印度洋に出動させて、退勢挽回に必死の努力をしなければならなくなり、日本は、結局太平洋で、米国艦隊等を、気にしなくても済むことになっていたはずである。そして、日本の構想した大東亜共栄圏の安全も、また、弱い英国を攻撃することによって、米国に対し太平洋に海のマジノ線を築き上げるより易々と達成出来たはずであった。日本海軍の山本元帥は、日本政府の太平洋に於ける計画の根本的な弱点を憂慮して、それにもっと攻撃的な要素を、盛り込むよう努力した。次章で述べるが如く、米国残存艦隊を決戦に導き出す為、ミッドウエイの攻撃を、六月に実行するよう提案した。山本提督は、日本の安全は、遠く延び切った防衛線だけでは保証し得ず、ただ、それは米国より優勢な艦隊勢力を持つことのみにより可能であると、信じていた。この元帥の米国より優勢な艦隊勢力を維持するという希望が、永久に可能ではないにしても、その期間が少しでも永く続けば続く程、大東亜共栄圏が、それだけ強化されることになるわけである。それ故、米国の時々刻々と増大する艦隊勢力を、その芽生えの内につみとるように絶えず米国艦隊と接触して、これに決戦を挑む必要があった。

ミッドウエイに対する作戦は、その好機を得るものとして、山本元帥から提案されたものであった。しかし、この作戦を実行する前に予備作戦として、ポートモレスビーの海上よりする占領と、ガダルカナル付近のソロモン海のツラギ港の占領が、為されねばならなかった。それに対する準備が四月の終り頃から、ラボールで活発に行われていた。しかし、米国は日本の暗号を解読していたので、日本側の作戦計画に対し、前もって、適当な対抗作戦を立てることが出来た。

これと同じように、第一次世界大戦で、英国海軍は独逸側の暗号解読に成功し、独逸艦隊の出撃を捕捉し、勝利を得た例があったが、敵の作戦を予め知るのは大変有利なことであった。と言っても、この時、米国は、日本の作戦計画について細部迄洩れなく知ることが出来たわけではなかったが、小型空母一隻、大型空母二隻、それに相当数の巡洋艦、駆逐艦に護送された日本の船団が、珊瑚海に、五月一日に到着することを、四月十七日には知ることが出来たのであった。それで、米国太平洋艦隊司令長官ニミッツ大将は、大型空母レキシントン、ヨークタウン及び五隻の巡洋艦と、シドニーを基地とするクレース英国海軍少将麾下の濠洲の巡洋艦二隻、米国巡洋艦一隻により、珊瑚海方面連合機動部隊を編成した。そして、クレース少将は、その内八隻を指揮下に置き、駆逐艦、油槽船その他の補助艦艇を含む全艦隊司令長官には、米国海軍のフレッチャー少将が就任し、その旗艦にはヨークタウンがなった。この新編成の機動部隊は、敵の護送船団到着の五月一日迄に、珊瑚海に集結することとなった。それに加え、マッカーサー元帥の指揮下にあったポートモレスビー、タウンスビル及び濠洲に基地を有する空軍部隊も、作戦に協力することになった。

一方、敵攻撃部隊の主力は、印度洋の作戦から引き揚げた原少将麾下の大型空母翔鶴、瑞鶴の二艦を中心とする機動部隊と、高木中将麾下の重巡洋戦隊により編成され、船団直衛の為には、更に、五藤少将の率いる重巡四隻と、小型空母一隻の一隊と、水上機母艦一隻、軽巡洋艦二隻及び砲艦四隻、駆逐艦、補助艦等を含む他の一隊があった。五月三日午後八時、ラボールを出発した敵の護送船団はツラギ沖に到着し、敵兵が上陸を開始した。そして、これは空中偵察により、直ちに米軍の知るところとなった。この時以来、後日、珊瑚海海戦と名づけられた戦闘が、数日間に亘って彼我の間に散発的に交わされ、その間、世界海軍史上最初の空母同士が単独で行われた海戦が見られたのであった。もっとも、この空母間に交えられた決闘は、従来の海戦という常識的な定義に当てはまらないかも知れないが……。

五月一日、米国の二空母が合同した時、フレッチャー少将は、両艦に対する燃料の補給を、充分に為すよう命令し、そして、通常その補給作業に四日間を要するところを、ヨークタウンは五月二日に完了した。敵艦隊出動の報に接するや、フレッチャー少将は、索敵の為ヨークタウンで西方に向け出航した。翌朝フィッチ少将の座乗するレキシントンが、約一〇〇浬の彼方にいることがわかったが、フレッチャー提督は、レキシントンの動静を知ることが出来なかった。フレッチャー少将が、敵のツラギ上陸の報を受けたのは、未だ、夕暮れには間遠い時であった。同提督は翌朝単独で、敵に攻撃をかけるべく決心し、直ちに北進を開始した。前もって敵は小型空母一隻、大型空母二隻を作戦に参加させていることがわかっていたのだから、僚艦レキシントンを待たずに、単独作戦に赴くことは少なからぬ冒険を意味していた。

しかし、実際にはこの時、日本の大型空母は二隻とも、ブーゲンビル島の北方で、作戦圏外にいたのだった。日本軍の作戦に対する米国側の反撃は、必ず南方より為されることが、常識であったにも拘らず、この日本の両空母の位置は、誠に不思議極まるものであった。五藤少将麾下の護送部隊は、任務を終了するや、同日ラボールに帰還した。それ故、フレッチャー少将のヨークタウンが、翌朝、攻撃至近距離に到達した時、空よりの反撃を全く受けずに済んだ。ツラギから一〇〇浬の海上で、明け方ヨークタウンを飛び立った急降下爆撃機と雷撃機の編隊が、敵の上陸地点ツラギ上空に達して発見したのは、二隻の敵駆逐艦と駆潜艇とその他の補助艦艇だった。

しかし、この時米・飛行士達は、それらの敵艦艇を、それぞれ実際よりも大型艦と誤認してしまった。危険に直面すると、ともすれば、事実以上に自分の目撃したものを過大視するのが人間の本能で、往々その為に人は重大な錯誤を為すものだが、戦争の場合は、特にこの例が多い。ジュトランド沖で、英国の軽巡と独逸の駆逐艦とが遭遇した時、独逸側は相手を重巡洋艦と報告し、英国側は、これ又、敵を軽巡洋艦と報告したなど、典型的な例である。各艦種の識別に慣れた水兵達ですら、そうなのだから、飛行機乗りの方が艦艇をより大型に誤認しがちなことは当然である。日本の飛行士達も前述のように、この失敗をジャバ海で行っている。ともあれ、ツラギで大型と誤認された日本の小艦艇は、それ故、終日に亘る大空襲を受けるはめになったのであった。七十六屯半の爆弾を投下され、二十三本の魚雷が発射された。そして得た収穫は、撃沈・駆逐艦三、哨戒艇一、上陸用舟艇四、他に擱座・駆逐艦一、撃破・駆逐艦一等に過ぎなかったのである。

しかし、この時米国側では軽巡一、駆逐艦三、水上機母艦一、砲艦四を撃沈したものと思い込んでいたのであった。この攻撃でヨークタウンは艦載機三を失ったに過ぎなかった。この長時間に亘った艦載機の波状攻撃は、敵に、米国空母が近くに出動していることを覚らせた。レキシントンは、燃料補給後ヨークタウンの応援に向かったのだが、何かの理由で日のある内、南東方を遊弋し、ヨークタウンから遙か北方に離れていた。敵の大型空母は、急遽ツラギに向け南進を開始したが、夜に至るも攻撃至近距離内に到達出来ず、しかも、方向の測定を誤ったので、遂に、米国空母との決戦の好機を失うに至った。その夜、ヨークタウンは南進して、レキシントンと出遭い、翌朝には他の護衛艦艇と合流することに成功した。五月五日、六日の両日は、燃料補給に費やされた。その間、ポートモレスビーに対する、敵の攻撃行動についての情報が、頻繁にフレッチャー司令官の手元に届けられた。それで、同提督は、六日の日没後麾下の機動部隊を率い、北西方に出動し、敵の企図を挫折させようとした。しかし、この時提督は、既に敵艦隊が珊瑚海に入り、僅か七〇哩の距離にあったことを知らなかった。同時に敵艦隊も、フレッチャー少将の機動部隊の接近を、全然察知していなかった。しかも、六日には敵味方が、そんな至近距離にありながら、それぞれ燃料の補給を受けていた、というのだから、全くのどかな話である。フレッチャー提督は、出動前、予め油槽船ネオショーに、南方一〇〇浬の地点で待機し、次の給油を機動部隊に行うよう命令してあったので、同艦は早くも翌朝その指示海域に到着していた。翌早朝、つまり五月七日、フレッチャー機動部隊はラッセル島の真南一〇〇浬のところにいた。その時、敵の二空母はそこから二〇〇浬離れた所にいて、ポートモレスビー攻略部隊を、掩護しようとしていた。フレッチャー提督は密かに、この敵の攻略部隊に、奇襲をかけようとしていた。

敵の掩護部隊の司令長官は、南方に米国の機動部隊がいる公算が大きかったので、その方面の索敵を厳重に行った。その結果、一時半頃に索敵機から空母一隻、巡洋艦一隻発見せりとの待望の報告を受けた。この快報に、司令官原少将は即時攻撃の命令を下した。しかし、この報告を送った日本の索敵機の飛行士も、丁度、四日前米国の飛行士がツラギで行ったと同じように、目の下遙かに望む海上の敵艦影を、矢張り心理的な拡大鏡にかけて見てしまったのだ。この空母と巡洋艦と報告されたのは、正にほかならぬ油槽艦ネオショーと駆逐艦シムスであった。日本の艦載機は誤認とも知らず大きな獲物とばかりに、攻撃に次ぐ攻撃で、四時間に亘り、無防備同然の哀れな両艦に、死と破壊の雨を降らせた。その結果、駆逐艦シムスは、艦の中央部に命中弾を受け、真二つに割れて沈没し、又、全身蜂の巣の如く損傷を受けた油槽艦ネオショーは、航行の自由を失って四日間海上を漂流した揚句、米国駆逐艦に発見されて乗組員は救助されたが、曳行不能なので自沈させられた。この誤認された米国空母が、日本機の攻撃にたたかれている間に、本物のフレッチャー少将麾下の航空母艦から飛び立った艦載機は、北方に敵の空母を探し求めるのに忙しかった。この朝早く、フレッチャー司令官は、巡洋戦隊司令官クレース少将に命令を発し、ジョマード水道を通って、珊瑚海に入って来ると思われる敵のポートモレスビー攻略船団を、迎撃して撃滅させようとした。フレッチャー少将は、未だその所在を確かめ得ぬ敵の空母群に対し、自己の空母を温存する方針をとったのであった。それで、クレースの巡洋艦隊は、直ちに北西方に向け急行したのだが、敵の索敵機に発見されてしまった。日本の司令長官は、クレース巡洋艦隊の意図を察知して、ポートモレスビー攻略船団に、再度北方に進路を転じ、退避するよう命令した。敵機による発見後、クレース巡洋艦隊は連続的な雷爆撃を受けたが、幸運にも一発の命中弾も蒙らなかった。

しかし、これに対して日本側は、戦艦一隻、巡洋艦一隻の撃沈と、戦艦一隻の大破の戦果を報じた。もっともこの時、マッカーサー麾下の陸軍爆撃機三機が攻略部隊を発見して、攻撃を加え、戦果が皆無であったにも拘らず、敵の一巡洋艦に命中弾を与えたと報告しているから、この偽の勝負は、五分と五分ということであろう。クレース巡洋艦隊は、その後、まる一昼夜半、索敵行動に従事したが、遂に敵との接触に成功せず南方に退いた。フレッチャー少将は、空よりの索敵を、なおも続行していた。午前八時十五分、ヨークタウンから出た索敵機から、敵の空母二隻と巡洋艦四隻とを、北北東方面に発見せり、との報告が来た。すわこそ敵の主力現われるとばかり、米両空母の全艦載機は総攻撃への準備を整え、午前十時半、九十三機が次々と飛行甲板から飛び立った。

ここで読者は、又かと、うんざりするだろうが、今度もまた間違いだった。空母を飛び立った攻撃機の群が、大空の彼方遠く消え去ってから間もなく、先に敵艦隊発見の報告を行った索敵機が帰還して、ようやくその時受信した報告の暗号を、誤って解読したことがわかったのであった。真実の報告は、重巡二隻、駆逐艦二隻を発見せり、というだけのものだった。しかも、事実はこの報告よりも、更に小さかったのである。フレッチャー少将は、敵の主力は、他の方面にいると悟り、攻撃を中止し、その方面を索敵するよう、出動した攻撃機に命令した。そして、幸運にも攻撃機隊は間もなく、五藤少将麾下の小型空母祥鳳と、重巡四隻等により編成された船団護送艦隊を発見した。ともかく、小型なりとも空母は空母だ。それかかれとばかりに、殆ど全機が攻撃を集中した。雨と降る爆弾、四方から突進して来る白い雷跡、祥鳳は身をかわす術がなかった。そして、遂に数分後あえなく沈没してしまったのであった。一方、米国の両空母も、この朝、攻撃隊が進発する前から、敵の索敵機に追尾されていたのだが、出撃した全機が運良く無事着陸する迄、敵の攻撃を受けずに済んだのだった。今や、敵の主力が身近にいることは明らかだった。それなら直ちに、その正確な位置を探り、攻撃を加えるべきではなかったろうか？　しかし、フレッチャー少将は午後の三時にもならぬのに、作戦を翌朝迄に持ち越すことにした。

それに反して日本の空母を率いる原少将は、事に当たるに機敏果敢な武人であった。夕暮れの迫るを厭わず、直ちに雷爆撃機群を進撃させて、米機動部隊を発見し、それに攻撃を加えさせようとした。このような状況で、この作戦は当然成功すべきはずであったが、天は日本に与せず、遂に米国空母を発見出来ず虚しく攻撃機の編隊は、暗黒をついて帰還しなければならなかった。攻撃隊は索敵行動中、米国戦闘機と出遭い、九機撃墜され、その上夜間着艦の際の事故により十一機を、更に失う結果となった。翌五月八日、戦意に気負い立った両重量選手、即ち、機動部隊を除いて、他の艦艇は総て戦闘圏内より退いた。正に空母同士の決闘である。米国の空母は、敵の未だ持たぬレーダー装置を有していた。

この技術の所産は、五〇哩の彼方から敵の動静を感知し得て、それにより空中所在の攻撃機に、敵の位置方向等を伝達し、作戦をいながら指揮することが出来た。それに反し敵は、依然、肉眼に頼る以外の手段しか持ち合わせなかった。早朝より敵味方は、それぞれ索敵機を繰り出し、各自、敵の所在の発見に努めた。攻撃機は絶えず一定の間隔で甲板を飛び立っていった。レキシントンから出た爆撃機隊は、敵の所在海面と思われる上空を隅々迄飛翔したが、遂に敵影が発見出来なかった。ヨークタウンから進発した攻撃機隊が、遂に敵との接触に成功した。しかし、雷撃機から発射された魚雷は、いずれも遠距離過ぎて一発も命中しなかった。ただ、急降下爆撃機からの二弾が翔鶴に命中しただけだった。それとて、致命的な損傷ではなく、飛行甲板に大穴をあけた程度だった。しかし、応急修理を行っても、飛行機の発着を不可能にした。その後、敵の所在を知らされたレキシントンの四爆撃機と雷撃機が、同艦に攻撃を加えたが、又々魚雷の発射距離が遠過ぎて失敗に終り、爆弾一個が漸く命中しただけで終ってしまった。しかし、この一弾がなおさら搭載機の甲板発着を不可能にしたので、原少将は同空母を戦列から離脱させて、本国に修理のため、帰還を命じなければならなくなった。そして、同艦の搭載機は総て瑞鶴に着艦することになった。この米国側の攻撃が行われている間、日本側は、ヨークタウンとレキシントンの発見に血眼になっていた。

午前十一時少し前、レーダーに敵の機影が映じた。米国空母群は直ちに全速力を挙げ、戦闘機を発進させた。しかし、その数分後には、敵機の群が蜂の大軍のようにうなりを立てて襲ってきた。丁度、プリンス　オブ　ウエルスとレパルスの時と同じように、レキシントンは、敵の雷撃機に四方から囲まれ、肉迫距離から魚雷を発射され、必死の退避運動も功を奏さず、左舷に二発の魚雷を食ってしまった。それと同時に息つく暇もない頭上からの、爆撃機の攻撃が始まった。急降下機の身を切るような唸り、対空砲火の轟き、非常サイレンの響き、爆弾炸裂の大音響、正に地獄の様相であった。それと同時に、ヨークタウンも同じような目に遭っていたが、幸運にも同艦目がけて発射された魚雷は、片側からだけだったので、皆避けることに成功した。急降下爆撃機よりの一弾が、艦内深く入って炸裂し、多数の死傷者を出したが、これも艦体の構造を左右する程の損傷にならないで済んだ。しかし、驚いたことには、敵も味方もここでその攻撃を打ち切ってしまったのだ。当然、反復攻撃は続行され、戦いは正にこれからだという時にである。何故だろうか？　その理由は恐らく両者共、戦果を実際以上に挙げたと信じて帰還した搭乗員達の楽観的な手柄話を、確認もせずに真に受けたからに違いなかったからであろう。敵の原少将は、この時明らかに米国空母二隻は、既に海の藻屑と化してしまったのだと信じ込み、フレッチャー少将もまた、敵空母翔鶴は、急速に沈没しつつありとの報告を受け、満悦の態であったからだ。しかし、このいずれも、事実からは程遠かったのだ。

前にも述べたように、この場合にも、空中からの戦闘報告の信憑性は、相当割り引いて斟酌をする必要があったのである。しかし、この尻切れトンボの戦闘で、多少なりとも原少将が幸運をつかむことに成功した。レキシントンは、魚雷の命中により燃料タンクから揮発性のガスが漏れ始め、戦闘終了一時間後に、引火し大爆発を遂げてしまった。全艦はもうもうと煙と炎に包まれ、乗組員必死の努力と、他艦からの救援作業にも拘らず、爆発は続発し、遂に総員退去しなければならなくなり、数時間後には、夕暮れ迫る海面から、海底深くその巨姿を没していったのである。それで史上最初の彼我空母同士の間に行われた決闘は、事実上、日本の勝利に終ることとなった。各々の空母のうち、米国の一隻は沈没し、一隻は損害を受け、日本の一隻は大破、一隻は全然無傷という結果である。彼我が未だ死闘を展開していた時、真珠湾からホーネットとエンタープライズの両空母が、応援の為、珊瑚海域に急遽出動した。しかし、その途中、戦闘終了の報が真珠湾の司令部に届いたので、直ぐ帰港を命ぜられた。両艦は、この時東京空襲より帰還したばかりだったので、実際には早期出動は無理であったのだ。この両空母が、余り効果の無い東京空襲作戦などに赴かずに、珊瑚海の戦闘に参加していたとすれば、米国はそこで黒星を取らずに済み、逆に日本の機動部隊を、全滅の憂目に遭わせることも出来たであろう。

ホーネット、エンタープライズを呼び戻すと同時に、太平洋水域司令長官ニミッツ提督は、ヨークタウンに急遽真珠湾港に帰還し、破損箇所の修理に当たるよう命令した。この時、日本の有力な主力艦隊に掩護されたミッドウエイ攻略部隊の来攻に関する情報が入ったので、提督は、敵の作戦に対応する為、出来るだけ多くの艦艇を集結させておく必要を感じていたのであった。ヨークタウンは十八日目に、漸く真珠湾に入港した。フレッチャー少将はヨークタウンの受けた損傷の修理には、三ヶ月を要すると計算した。しかし、ニミッツ提督は、丁度、ナポレオンと海戦を交えて、ナイル河口から帰還した時のビンセント卿と同様、一週間以内に敵のミッドウエイに対する攻撃が開始されるものと予想し、ヨークタウンの修理には二日以上の日数をかけるべきではないと考えた。そして、提督の不可能を可能とする努力は、見事に成功したのである。ヨークタウンは着港と同時にドックに入り、その巨体を埋めんばかりの多数の工員で、二十四時間強行作業が続けられ、その修理箇所は遂に、四十六時間で修復され、再び海上に浮かんだのであった。これで細工は流々、同艦は新造艦同様にその戦闘能力を回復して、いつでも出動に応じられることになった。

十四　ミッドウェイ海戦

ナポレオンの集中作戦に関する有名な理論は「作戦計画を立てるに当たり、重要なことは、特定の時と場所に、如何に全兵力を有効、且つ、速やかに集中するかである。そして、その集中には如何なるものの軽視も赦されない。往々実戦に際しては、戦いの帰趨は、僅か一大隊の兵力差によって決定されるものであるからだ」というものだった。日本の山本元帥も、細心の注意をもって米国艦隊に対する作戦を練った。米国艦隊を常に自己より低位に置いておかなければ、太平洋上に如何に多数の防衛拠点を有していても、日本の安全は、末永く維持することは出来ない。

事実これ迄に、日本は米国太平洋艦隊の大半を海底に葬るか、戦闘不能に陥れた。しかし、未だ米国の保有する全戦艦の半数と、空母の全部とが残っていた。真珠湾攻撃の時米国の空母は、全部海上遥かに出動していたので、あの港内での虐殺から免れていた。もし、山本元帥が、巧みに米国の残存艦隊を誘い出して、戦闘を余儀なくさせることに成功していたら、更に、多数の米国艦隊を屠《ほふ》ることが出来、その結果、日本の艦隊勢力は、相対的に強大となり、北米大陸西岸の造船施設や、パナマ運河迄も攻撃することが可能となり、日本は、太平洋をあたかも自家庭園の池の如く、思うがままにふるまえたはずであった。その場合、米国の残存の大西洋方面艦隊が、遥か大西洋から欧州、アフリカを経由して、東の方へ攻撃を加えることは、事実上不可能であった。

山本元帥の作戦計画の正当性の可否は別として、日本は、当時充分に米国の艦隊勢力を全滅の危機に迄陥れるだけの有利な条件を所有していたのだった。日本は戦前からの極端な軍機保護の制度により、米国に対する空母陣の優位を獲得していた。一九四一年迄に、日本は空母を十隻造ったが、米国は七隻を有するのみで、しかも、一九四二年当時、その内の五隻しか太平洋海域には持っていなかったのである。それ故、山本元帥が前述のナポレオンの教訓を守る限り、必然的に、米国の空母陣を壊滅出来る好機を手にしていたと言えるだろうし、又、それは是非とも実行されなければならなかったことであった。その理由は、米国の造船、造機の能力と、それに対する資源は、遙かに日本を凌駕していたので、時をかせば、米国は真珠湾の失敗を補うのみか、やがては、日本が太刀打ち出来なくなるような強大な海軍力を、再建することが可能であったからだ。

日本は、正に戦争に勝ち抜く為の、たった一つの願ってもない好機を、最高に利用しなければならない立場にあった。しかるに、山本元帥を始め軍令部が、この決戦に対する勢力集中の大原則に、それ程の注意を払わなかったことは、大いに不思議であった。日本は、この重大適切な時期を控えた一ヶ月前に、前章に述べたように、大型空母二隻と小空母一隻を、ポートモレスビー攻略部隊掩護の為に使用した。しかし、ポートモレスビーの攻略は、日本にとって、それ程重要な意味を持っていたのであろうか。日本は、それを次に行わなくてはならぬ重要作戦が終る迄待つべきではなかっただろうか。ともかく、そして日本の強行したポートモレスビー攻略も竜頭蛇尾の有様で、とうとう実現しなかったのであるから……。しかもその揚句、小型空母一隻は撃沈され、大型空母は大破して、ミッドウエイ作戦に参加出来なくなり、無傷の他の一隻といえども、又、整備・補給に時日を要して作戦に間に合わなかった。実際、日本がミッドウエイを占領しようとした目的は、当を得たものであった。米国は珊瑚礁に囲まれた島の内湖と外洋をつなぐ運河を造り、飛行場を建設し、砲台を構築し、無線電信局、兵員の住居、娯楽施設等いたれり尽くせりの設備を造り、正に、島そのものが、天然の不沈空母であると同時に、潜水艦等の艦艇の基地としても、重要な価値を持っていた。

日本がこの島を占領する目的は、太平洋上の日本の防衛拠点を、更に東方に向け拡張することと米国の残存艦隊を決戦に追い込むことの二つあった。米国にとって真珠湾の最重要前衛拠点、ミッドウエイに対する脅威には、是が非でも手持ちの艦隊の全部を投入して、防衛に当たらなければならなかった。日本はこの作戦に、先ず上陸梯団を乗せた大船団を、戦艦二隻、小型空母一隻、巡洋艦八隻、その他多数の駆逐艦、駆潜艇、補助艦等より成る護送艦により掩護し、一方それと別個に南雲中将麾下の空母四隻を基幹として、戦艦、巡洋艦、駆逐艦等により、編成された機動部隊を出撃させ米国艦隊出動の場合に用意した。しかも、この機動部隊の後方には、山本司令長官の率いる十八吋砲を備えた世界最大の戦艦大和を含む、新鋭戦艦三隻、小型空母一隻、その他、多数の補助艦により編成された主力艦隊が控えていたが、米国艦隊に決戦を挑む主役は、主として南雲中将の機動部隊が演じるもののようであった。

しかし、それなら何故この時、作戦に使用出来るはずの空母が、他にも未だ数多くあったのに、四隻の空母しか使わなかったのであろうか。大型空母瑞鶴は、前に述べたように珊瑚海海戦より無傷で帰還し、整備・補給の為、この作戦に参加出来なかった。しかし、それとて、損傷を蒙った米国のヨークタウンが、二日間で大修理を完了し、作戦に参加した位なのだから、必要とあらば、簡単に出動出来たはずである。小型空母瑞鳳は護送艦隊に編入され、小型空母鳳翔は主力艦隊の護衛任務に就き、他の小型空母二隻、龍驤と隼鷹は牽制作戦の為、北方アリューシャン群島に、遠く分遣されていた。日本のこのアリューシャン群島方面牽制作戦は、六月三日のミッドウエイ攻撃予定日の前日に、ダッチハーバーの米国基地を攻撃し、米国の空母をその方面に誘い出し、もってミッドウエイ占領を容易ならしめることにあった。しかし、米国側が日本の主要作戦目的は、ミッドウエイなりという機密情報を入手していたので、この牽制作戦は徒労に終った。

日本のアリューシャン群島のキスカ、アッツ、アトック等の島の占領は、後になって実現された。米国側にその時、日本の主要作戦目的に関する情報がわかっていなくとも、日本の空母勢力をアリューシャン群島方面とミッドウエイとに分けることが、戦力を弱めた原因になったことは事実であったし、又、例え米国の空母が日本の牽制作戦にうまく飛びかかって、ダッチハーバー救援にかけつけたにしろ、その途中ミッドウエイに対する日本の攻撃の報を聞けば、急遽とって返すことはわかり切っていた。それ故、この日本の行った空母勢力の分離使用は、何といっても誤りであった。日本が珊瑚海海戦で、レキシントン、ヨークタウンの二隻を、既に撃沈してしまったと信じ切っていた裏をかいて、米国がヨークタウンを至急使用可能に修理し、ミッドウエイ作戦に参加、出動させたことは、正に賞賛に値することであった。

常識として、当時、米国西部沿岸の港で、最新式に大改装されていた空母サラトガが、既に竣工し、作戦に参加し得るものと想像されていたので、日本は、ミッドウエイの作戦で、少なくとも四隻の米国空母に遭遇することを、計算に入れておかなければならなかったはずであった。又、例え実際に米国空母の数が劣勢であるにしろ、優勢であるにしろ、この天下分け目の関ヶ原とも言うべきミッドウエイの作戦に、日本が絶対優勢な兵力の集中を怠ったことは、否定し得ぬ誤りであった。日本はこの時、その気になれば四隻から五隻の大型空母と四隻の小型空母を作戦に集中出来たのである。さて、ここで全兵力集中という戦術上の大原則を怠った日本の敗北の顚末を、詳しく記すことにしよう。

先の珊瑚海海戦の時と同様、真珠湾の太平洋艦隊司令部では、日本の来るべきミッドウエイ作戦に関する正確な企図を日本の暗号を解読することによって知ることが出来た。それ故、防衛処置がすぐとられ、ミッドウエイの防衛施設は強行増設され、同島に対する増援機が送られ、兵員・武器・弾薬は多数増強された。そして、敵の攻撃予定日すら暗号の解読によって明瞭になったので、適当な時、適当な海面に艦隊を配置することも出来た。だからこの時奇襲による最大の利益を蒙ったのは、実に奇襲する側の日本ではなく、される側の米国であった。この場合、日本の暗号技術の幼稚さが、米国側に与えた利益は言語に絶する程、大きなものであった。

五月の最終の週に、日本の各艦隊は、それぞれの基地を出航し、各指定の海域に向け急行した。日本艦隊の誰もが、米国がこの日本の隠密の大行動を、既に察知し迎撃準備を整えているなどとは、夢想だにしていなかった。そして、日本の上陸梯団は、米国艦隊が敵来襲の報に驚き、急遽真珠湾からミッドウエイ救援に馳せ参じる前に、一両日で、たやすく全島を占領してしまえると楽しい夢を抱いていた。それ故、南雲中将の機動部隊に与えられた第一の主要任務は、艦載機により爆撃を強行し、地上にある航空機、飛行場の諸施設及び他の防備施設を破壊することであった。敵味方共に潜水艦は最も有効と思える海域に配置された。ニミッツ司令長官は、来攻する敵に対応する為に、空母だけを使用することに決定した。真珠湾攻撃で損害を受けた戦艦のうちのあるものは、既に修理が完了し就役していたが、戦艦は総て後方に残された。それで米国の空母群は、それぞれ巡洋艦、駆逐艦等の護衛艦艇を従え二隊に分けられた。一つは第十六機動部隊でスプルーアンス少将が司令官となり、空母ホーネットとエンタープライズにより編成され、他は第十七機動部隊でヨークタウンが旗艦となり、フレッチャー少将が両部隊の司令長官となった。この両機動部隊は、六月二日、ミッドウエイ島の北東方三〇〇浬の所に到着、待機した。

その頃敵の各艦隊は、ミッドウエイの途中半分以上の海上を東方に向け一路進行していた。護送艦隊に囲まれた敵の輸送船団が、刻々南西方面からミッドウエイに接近しつつあるのが、六月三日の午前九時、先ず島から飛び出した哨戒機により発見された。その報を受けるやミッドウエイ島守備隊司令官は、指揮下の陸軍機九機に出動爆撃を命じた。この爆撃隊は午後遅くなって敵護送船団をようやく発見し、直ちに爆撃を開始したが、一発も命中弾を与えることが出来なかった。それにも拘らず、爆撃隊からの報告は、戦艦乃至巡洋艦一隻、輸送船一隻に損害を与えつつあり、と伝えて来た。次に海軍のカタリナ飛行艇四機が月明かりを利用して、六月四日未明、魚雷攻撃を行い、その一発が敵油槽船に命中したが、同船は隊列を離れず、そのまま航行を続けた。フレッチャー少将は、勿論、敵状に関する報告を刻々と受けていた。そして、南雲中将の機動部隊は六月四日明け方、北西方面からのミッドウエイ島爆撃を開始する旨の情報を前もって入手していたので、敵に接近するようミッドウエイ島の方向に移動を始めた。フレッチャー少将の作戦は、敵の艦載機がミッドウエイ爆撃に全部出動した後の敵機動部隊に、攻撃をかけることであった。これは全く定石的とも言える正当な作戦である。案に違わず、フレッチャー少将の想定した通り、敵は六月四日の日の出と同時にミッドウエイ島の二四〇哩の所から、艦上攻撃機三十六機、護衛戦闘機三十六機を進発させた。この敵の大編隊群が、ミッドウエイ島から一〇〇哩の所で、島に設置されたレーダーの目に捉えられ、直ちに応戦準備が整えられた。地上にあった爆撃機は総て離陸し、空中に退避行動をとるよう命ぜられ、バファロー二十機、ワイルドキャット六機の両戦闘機群は空中高く舞い上がり迎撃態勢をとった。そして、洋上で来襲の敵機と激しい空中戦を行ったが、量・質両面で敵に劣った米国の戦闘機群は、二機を残して殆ど撃墜されるか撃破されてしまった。敵機は群がるようにミッドウエイ上空に殺到し、猛爆撃を加えた。しかし、その結果は、大して重要でない建物が手荒く破壊された位で、飛行場の使用には差し支えなかった。まして、空中遠く退避していた爆撃機は、敵の攻撃が去ると同時に、直ちに着陸し、その内の海軍機六機と陸軍機四機に魚雷が搭載されて、敵空母攻撃に進発させられた。しかし、それらの攻撃隊は、敵に発見され、直衛の敵戦闘機の為、魚雷発射距離に到達する以前に、半数が撃墜されてしまった。無事魚雷発射に成功した残りの爆撃機も、魚雷発射距離が余りにも遠かったので、さしたる成果が挙げられなかった。しかし、帰還した陸軍機の搭乗員は、命中三発、海軍機では命中一発と報告した。

南雲中将は、攻撃機隊司令から、更に第二次攻撃隊を進発させるよう要請を受けた。提督は、この時、いつ米国空母と接触しても、攻撃がかけられるように、他の九十機の攻撃機に魚雷を装備させ、待機させていたのだった。第一次攻撃機隊からは、第二次攻撃機隊の出動要請は受けるし、一方、米国空母の所在の発見に努力している索敵機からは、依然として報告が無い。南雲提督はしばし判断に迷わなければならなかった。第一次攻撃機隊が、ミッドウエイ爆撃の任務を終えて帰艦するには、未だ一時間の余裕があった。そして米国空母攻撃に待機中の九十機に装備した魚雷を取りはずし、爆弾を搭載するには約一時間を要するが、手際良く直ちに取り替え、作業を開始すれば、第一次攻撃機隊の帰艦前に第二次攻撃機隊を進発させることが出来た。このことは、帰艦した第一次攻撃機隊に爆弾を補充して、再び攻撃に赴かせるよりも少なくとも一時間の時間の節約になるのだ。が、他の面から見れば、この間まる二時間、米国空母攻撃が出来ないことを意味した。

提督は、至近距離に米国機動部隊が明らかにいることを想定しつつも、ここで一か八かの危険を賭してみようとする正に運命的な決断を為したのであった。待機中の九十機には総て爆弾を搭載するよう命令が下され、飛行甲板上にあった全機は、昇降機に乗って整備甲板に降ろされ、積み替え作業が始められた。ところが、ものの十五分もたたぬうちに索敵機より、東北東方面一七〇哩の海面に米国艦十隻を認むとの報告が入電した。だが、その報告はそれきりで、艦種の詳細も伝えず、全く歯痒い程のものであった。南雲提督は一旦決断を下した以上充分な理由がなければ、命令を変更し得ぬと思ったが、その十隻の米国艦隊の内に、よもや空母も含まれてはいまいかと不安を感じ、十五分間熟慮の結果、更に未だ積み替え作業の完了しない機は、そのまま魚雷を装備させておくことにし、索敵機には機種の確認を命令した。それから又、十五分が経過した。索敵機よりは二回目の報告が入った。それによると、所在米国艦隊は巡洋艦五隻、駆逐艦五隻より成るとのことであった。しかし、それから十五分後、空母一隻を認むと、ギョッとするような報告が来た。だがこの時、大部分の機は既に装備甲板に降ろされていたし、それに第一次攻撃に参加した機が、丁度、帰投し着艦する時刻であった。十分もするとそれらの第一群が、早くも上空に現われて着艦の為上空で円を描き始めた。攻撃機の全部が、着艦するのには少なくとも四十分を要した。索敵機の発見した米国空母に対し、攻撃機を発進させねばならず、ミッドウエイ爆撃から帰還しつつある機は着艦させねばならない。これを同時に行うことは不可能であった。この時の南雲中将の苦衷極まる心境は、想像に難くない。時既に遅し、索敵機から米国艦載機多数来襲しつつありとの報告が齎された。南雲中将は遂に意を決し、帰艦機を着艦させる為艦列を九〇度左舷の方向に転じた。午前九時十九分、上空で着艦信号を待機しつつあった味方機が、飛行甲板に向け着艦を開始し出そうとする直前、米国雷撃機の群が、遙か水平線上の空に姿を現わしたのだった。

一方、米国の機動部隊では、その日の午前四時半、ヨークタウンから索敵機を進発させて、日本の機動部隊を発見する為に、必死となっていたのだったが、依然として手懸りが得られなかった。ところが午前六時、ミッドウエイ攻撃中の日本機からの発信を傍受することに成功し、西南西二〇〇哩の所に、空母、戦艦を含む日本の艦隊のいることがわかったのであった。そこでフレッチャー提督は、スプルーアンス少将麾下の二空母と共に、同時に総攻撃を加えるよう命令を発した。スプルーアンス少将はこの命令を受けて、一七五哩の行動半径しか有せぬ雷撃機にとって二〇〇哩の攻撃距離は、少し無理だと考え、少しでも敵に接近しようと全速力を挙げて前進を開始した。敵機はミッドウエイを攻撃中である。その敵機が空母に着艦の際をねらって攻撃をかけるのが最善の戦法なのだ。スプルーアンス少将は、参謀長と、その時間について熟慮した揚句、ほぼ九時半頃が適当だと推定を下した。その為には味方の雷撃機を七時から七時半の間に進発させなければならなかった。雷撃機にとってはぎりぎりの攻撃距離である。しかし是が非でも、この好機は捉えなくてはならない。

午前七時、空母ホーネットとエンタープライズからは、続々と攻撃機が飛び立っていった。スプルーアンス提督は、兵力集中の原則を忠実に守った。そして、使用可能な全機に出動を命じたのであった。各空母より雷撃機十四機、艦上攻撃機三十三機、戦闘機十機を出撃させ、各空母は防備の為十二、三機の戦闘機を手許に残した。フレッチャー少将は麾下のヨークタウンの艦載機を二時間遅らせて、半分だけ出動させた。これらの艦載機群が日本艦隊の姿を求めて飛翔中、それと別に、ミッドウエイ基地航空隊からの攻撃機が、一足先に敵を発見し攻撃を開始した。午前八時、海兵隊の急降下爆撃機十六機が、敵空母飛龍に襲いかかったが、敵艦の上空に到達する直前に、敵の直衛戦闘機に迎撃されて、たちまち八機撃墜、六機撃破されてしまい、僅かに残りの二機が爆弾十個を投下したが、一つも目標に命中せずに終わってしまった。これと同時に空の要塞B17が十八機、高空から水平爆撃を行い、搭乗員が投下した爆弾のうち四個は命中したかのように思えたが、これも皆それてしまった。続けて、又、海兵隊のビンディケーター爆撃機十一機が飛来し、投弾したが不成功に終り、結局、基地航空隊所属機は何の戦果も挙げることが出来なかった。

一方、機動部隊より進発した艦載機群はどうしたであろうか?　先ずホーネットとエンタープライズの雷撃機は、各々別に推定された敵の所在海面に到達したが、そこには敵影を認められず、付近の海域をしばし探し求めて飛んだ揚句、ホーネットの雷撃機群が、ようやく敵を発見、午前九時半、攻撃を加えようとした瞬間、敵戦闘機の猛烈な迎撃を受け、またたく間に全機撃墜されてしまった。それから数十分後に飛来したエンタープライズの雷撃機も同じ運命に遭って全滅してしまった。その後、ヨークタウンからの雷撃機群が、少し遅れて戦場に到着した。この攻撃機隊は、前記二艦の攻撃隊よりだいぶ後からヨークタウンを飛び立ったのだが、運良く敵の所在海面に直航出来たので、思いのほか早く攻撃に参加出来たのであった。しかしこの雷撃機群も、又しても敵戦闘機の好餌となり、殆どが撃墜されてしまった。運良く生き延びた二機が魚雷発射に成功したが、これとて距離が遠過ぎたので、そらされてしまった。これで雷撃機の攻撃は全部失敗してしまった。その一方、別に各母艦を進発した艦上攻撃機群のうち、ホーネットからの編隊は遂に敵艦隊と最後迄接触する機会を失った。スプルーアンス少将は、その後索敵機を出動させず、敵の刻々と変わる所在を捜索しようとしなかったのであった。それで南雲中将が、米国索敵機に発見されて以後、その進路を北東に転じたことを誰も知るよしがなかったのだった。最初に進発した雷撃機隊も、後から出た艦上攻撃機隊も、索敵機が敵を発見した海面から、当時、敵のとっていた南東方面へ、敵がそのまま進路を変えずに航行するものとして、算定された敵影の見当たらぬ海面に、一応無駄足を運ばなければならなかった。そのようなわけでホーネットの艦上攻撃機隊は、あっちこっちと敵を求めて飛んだ揚句、遂に燃料が尽きてしまい、ミッドウエイ陸上基地かその周辺の海上に不時着しなければならなくなってしまった。

いまや残されたのは、エンタープライズとヨークタウンからの艦上攻撃機隊だけになってしまった。ところが、ここで思いも寄らぬ幸運が攻撃者の側に訪れて、戦局は大転換を遂げることとなった。エンタープライズとヨークタウンを別々に一時間半の差をもって飛び立った両艦の攻撃機隊は、方々敵を探して飛び廻った揚句、偶然にもひょっこり同時に、しかも敵艦隊の上空で、出遭うことが出来たのであった。正に偶然が、兵力集中の原則を実行に移す機会を与えてくれたのである。前に書いたように、僅かに生き残ったヨークタウンの雷撃機二機が、目標をはずされた魚雷を発射し終った、丁度、その頃、両艦の艦上攻撃機隊は、一万九〇〇〇呎の高度から敵機動部隊目がけて殺到し始めたのであった。敵の直衛戦闘機はこの時、雷撃機隊を迎撃していたので総て皆海面すれすれの低空にいたし、レーダーの設備のない敵艦隊は、この新たな攻撃をあらかじめ察知出来ず、全く不意を突かれてしまった。低空の直衛戦闘機は、上空から絹を裂くようなうなりを立てて急降下し、母艦に襲いかかる攻撃機を迎え撃つ間がなかった。エンタープライズとヨークタウンの艦上攻撃機の数は両方合わせて五十四機、これが敵空母赤城、加賀、蒼龍の三艦目指して次から次へと襲いかかり、爆弾の雨を降らせた結果、三艦はたちまち火焔と黒煙に包まれてしまった。

加賀はその日の午後遅く沈没し、赤城も、又、午後には放棄され、その翌朝遂に巨体をしずしずと海底に沈めていった。一時は放棄されようとしたが、鎮火したので、日本に曳航されようとした蒼龍も、米潜水艦ノーティラスから止めの魚雷三発を食らって、暮色迫る海上から消えていった。全く瞬時にして、ミッドウエイ攻撃作戦に参加した日本の大小空母六隻のうち三隻が撃沈され、残るもの僅か三隻となってしまった。しかもスプルーアンス提督の計画通り、敵機の給油と再装弾の時間をうまく捉えることが出来たので、敵の機動部隊の四分の三に当たる艦載機に対し母艦と運命を共にさせることに成功したのであった。敵の残りの空母三隻のうちの大型空母飛龍はたった一隻で、米国空母陣に戦いを挑んで来て戦局の挽回に努めた。十一時に艦上攻撃機十八機、戦闘機六機が同艦の飛行甲板を離れ、それから一時間後、帰艦機を収容しつつあったヨークタウンに肉迫攻撃を行った。帰艦の順番を待って上空にいた帰艦機は、敵機が近づくとはるか雲を霞と逃げ出さなければならなかった。

直衛のワイルドキャット戦闘機は必死に敵機の迎撃に努めたが、それを巧みに切り抜けた敵機は遂にヨークタウンに三発の命中弾を浴せることに成功した。たちまち火を発したヨークタウンは、進航を停止してしまった。一時間半に亘る消火作業が功を奏して、同艦は、又、航行を開始した。午後一時半、飛龍からは第二次攻撃隊として、雷撃機十機、戦闘機若干が飛び立った。一時間後、ヨークタウンの上空に殺到したこの攻撃隊は、米国戦闘機の阻止攻撃の間を縫って至近距離からヨークタウンを囲むような態勢で魚雷を発射した。そのうち二発がヨークタウンに轟然と命中し、一発は舵を圧し潰し、他の一発は左舷の油槽に大穴を開けてしまったので、艦隊は著しく傾斜し、航行は止まってしまった。この打撃はヨークタウンにとって致命的なものであった。それから二日間海上を漂流した揚句、敵潜水艦に発見され、そこで魚雷二発の止めを受け、転覆し沈没してしまった。敵空母飛龍は、自身に何らの攻撃も受けずに、ヨークタウンに二度も攻撃を与えることが出来た。しかし、今度は攻撃をかけられる番になったのだ。ヨークタウンが飛龍からの最初の艦載機の攻撃を受ける前、フレッチャー少将は、索敵機に残存敵空母の状況を捜索させていた。数時間に亘る索敵が続行された。そして遂に午後二時四十五分、空母一隻、他に艦船多数発見という待望の報告を接受した。しかし、この時ヨークタウンは敵から受けた打撃で戦闘不能であったし、ホーネットは雷撃機も艦上攻撃機も出払ってしまって空っぽの状態であり、エンタープライズからヨークタウンの生き残りの十機を含めた合計二十四機の艦上攻撃機が出動出来ただけであった。それにも拘らず、午後五時飛龍を発見したこの攻撃隊は、戦闘機の掩護もなしで、勇敢に目標に突っ込んでいき、命中弾を四発浴せた。飛龍はそれにより大損傷を蒙り、火焔に包まれた。そして火勢が強く消火不可能となり、翌早朝沈没してしまった。これでミッドウエイ海域から、主要な敵の大部分が姿を消してしまった。敵の連合艦隊司令長官山本提督が、今更、ミッドウエイ方面とアリューシャン方面とに二空母勢力を二分した愚を悔んでも取り返しがつかなかった。しかし、提督はアリューシャンにいた龍驤と隼鷹の二空母に急遽ミッドウエイ方面に来援するよう命令を発した。しかし、両空母が所要海域に到着する為には二日以上かかるので、到底作戦には間に合わなかった。もしこの時、この両空母が始めからミッドウエイ攻撃作戦に参加していたなら、戦局の様相も自ずと変わり、日本にとって有利となったことは言わずもがなであった。

大型空母四隻を、海の藻屑とされた敵攻略部隊に残された小型空母二隻の艦載機は、合わせて雷撃機三機、艦上攻撃機四十三機で五十機にも満たず、戦闘開始前の大型空母一隻分の所有数以下であった。小型空母瑞鳳は上陸梯団の護送に、鳳翔は主力艦隊に配属され、龍驤、隼鷹は急を聞いて、北方から全速力で救援の途上にあり、印度洋作戦から日本本土に帰還して、補給・整備を終えた大型空母瑞鶴は、この時ようやくドックを出たばかりであった。しかし、ヨークタウンの例もあるので、瑞鶴ももっと早く出撃して、この作戦に参加することが出来たはずであったのだ。もし山本元帥が、ナポレオンの戦術的な名訓の現代的翻訳「一空母の差が勝敗の帰趨を左右する」を忠実に実行したならば、六月四日のミッドウエイ海戦は、嚇々たる日本の勝利に終ったことであろう。

山本元帥が艦載機を、ミッドウエイ島の爆撃の為に使用したことは、元帥の希望する米国残存艦隊との決戦に対する主旨に矛盾するものであり、二兎を追う者一兎をも得ず、の結果となってしまった。南雲中将が、第二次攻撃隊をミッドウエイ爆撃の為に進発させようとして、米国艦隊攻撃に待機させていた攻撃機から魚雷を取りはずし、基地攻撃の為、爆弾を装備させようとした腰の坐らぬ優柔不断さは、正に、山本司令長官が、南雲中将に課した根本的に不合理極まる作戦計画より生じたと見ても差し支えないであろう。いずれにしろ、このミッドウエイ海戦の失敗は、日本が今次大戦に敗れた一大要因の一つと言われてもいい位にその影響は大きかったのだ。ここで少し日本のこの時犯した作戦上の過ちを検討することにしよう。

日本がミッドウエイ上陸作戦を開始するに先立ち、陸上の防衛力をたたく為に、艦載機を使用したことは、米国の艦隊勢力が出現して、それといざ決戦を交えようとした時、必要な航空勢力を集中することを不可能にしてしまった。それ故、日本はこの作戦を遂行するに当たって、もっと多くの空母を参加させることが至当であったのだ。そうしていたら、一方で基地の爆撃を続行しながら、他方米国の空母陣を有効に攻撃し、撃滅することはさして困難ではなかったであろう。日本が果たして、ミッドウエイに奇襲を加えたことが、適当であったかどうか、又、米国艦隊の出撃前にミッドウエイ島の爆撃を完全に遂行し、その目的を果たす時間が充分持てたであろうか、どうかについては、議論の余地がある。しかし、もし日本が米国の艦隊による反撃を、それ程計算に入れずに、この作戦が立てられたのならば、それはまことに甘い考えで、現今のような航空機の発達した時代に即さぬ危険極まりないもので、その惨憺たる結果は後世の良き戒めとなったに違いないと言えるであろう。実戦の場合、これは誰でもはっきりわかることなのだが、空母は、他の艦種が持たぬ特別の弱点を持っている。というのは、空母には作戦中のある時間、作戦の継続を不可能とする危険な状態が必ずやって来るものなのだ。戦艦や巡洋艦は、ある目標を砲撃しつつ瞬時に他の目標を狙うことが可能で、弾丸を撃ち尽す迄休みなく戦闘が続行出来るのだが、空母はその唯一の武器である搭載機が発着する時とか、燃料補給、装弾、整備の時とかは全く戦闘能力を失ってしまうものなのだ。それで、巧みに計画され、最上に指揮された戦闘でも、この空母の麻痺状態、活動休止の一定の時間が、必然的にその作戦を水ものにしてしまいがちなのである。

ミッドウエイ海戦で、米国の空母が、日本の空母のこの活動休止状態をうまく捉えて、三隻の劣勢で敵の四隻を撃沈したことは正に大成功であった。米国の艦上攻撃部隊が、あの場合三十分遅れて日本の空母陣に遭遇していたならば日本の攻撃機隊は、整備を完了して、再び離艦していたかも知れず、又、索敵機が敵と常時接触していなかったので、ホーネットの攻撃隊と同様、遂に敵を発見出来ずに、終ってしまったかも知れなかった。ともかく、米国側は、本当に運だけで勝利を得たようなものであった。高度の熟練、日頃の訓練、豊富な経験などに関係なしに、ただ、その時の運が戦局を支配するような空母を主体とする機動部隊同士の海戦に、その作戦の主要目標を相手方空母の撃沈だけに限定し、必死になることについては、いささか疑問がある。海戦の場合、空母以外の艦種に対する目標は、あくまでそれを撃沈するか、戦闘中能力を喪失させ拿捕してしまわなければならぬのだが、相手が空母の場合は、その艦載機を撃墜することによって、戦闘能力を奪うことが出来るのだ。ミッドウエイに於ける日米両空母の戦闘機と、他の攻撃機との搭載量の割合は、それぞれ相手方の空母を撃沈し、又はその攻撃機を撃墜する為に、丁度、合理的なものであったと言えよう。戦闘機は来襲する敵機を迎撃、撃墜し、雷撃機及び艦上攻撃機は、敵空母に直接攻撃をかけ、それを撃沈することを任務とする故に、その時の状況により、両者異なる機種の臨機応変な使用がなされなければならない。

ミッドウエイ海戦の時、日本空母の戦闘機は、全搭載機の三分の一を占めていた。そして戦闘機の全戦局に及ぼした影響はかなり大きなものであったが、日本側にレーダーが無かったので、それだけハンディキャップがつけられた。同時に、米国側は、自己の劣勢により、不利な立場に立たされたのである。戦闘機の搭載割合を増加させればさせる程、敵方の雷撃機や艦上攻撃機が、戦闘機の防禦幕を突破して、攻撃目標に近づくことが困難となるのは自明の理である。このことは後に行われたフィリッピン海戦に於て、五百五十機の日本の攻撃機が、米国機動部隊を追撃した時、三百機の米国戦闘機に行手をはばまれ、そのうちの四百機が撃墜され、ようやく残りの機が艦隊に攻撃を加えることが出来たが、これも対空砲火により殆ど全滅の憂き目を見なければならなかった。そして、米国機動部隊の艦艇の損害は、殆ど無かったし、又、米国直衛戦闘機も僅かに二十機失ったのみだったことによって、証明されるであろう。まして近時、ロケット砲や近接信管等、対空砲火の威力が増大したので、直接相手方の空母に攻撃をかけるより、攻撃して来る相手方の艦載機を壊滅させることの方が、結局、味方の艦隊を安全に作戦させることとなるのである。ミッドウエイ海戦で、もしこの戦法が行われたなら、だいぶ局面は違ったものになっていたであろう。

第一に、戦闘機に対する再装弾作業は、実に簡単に手間取らず出来るし、又、戦闘機は常時空母の周辺の空中にあり、遠く敵を求めて作戦しないのだから、適宜に帰還出来るので、この為、母艦の戦闘能力麻痺時間を著しく短縮出来るのである。そうすると、空母自体も、又、主力艦隊から遠く離れて、戦闘を行う必要もなくなり、ただ、艦隊と共に行動し、常時、敵機の攻撃を防御すれば、事足りるわけで、そうなってこそ空母作戦が偶然の僥倖のみに支配されるものでなくなるのだ。しかし、これについて、そのような戦術は守備専門の消極戦術である、と非難する者もいるであろう。だが、そのような非難こそ、当を得ていないものなのだ。航空機の海戦に対する参加により、戦闘形態が立体的となったので、戦術方式も新しく変革されなければならなかった。それにつれ、攻撃と守備とに関する観念も混沌として来たのである。しかし、実際に立体化されたといっても、そもそも立体化の始まりは、潜水艦の出現を期に為されたもので、今更、航空機が現われて、それが為されたわけではないのである。この点を取り違えて、根本原則を無視するなら、大きな誤謬を犯すことになるのだ。

元来、攻撃的であるとか守備的であるとかという言葉は、敵味方相互間の、その時の相対的な勢力の優劣に対して、使われるべきが正当である。例えば敵の航空基地とか、海上基地たる母艦の攻撃に主力を注ぐかわりに、来襲する敵機に対し、優勢な戦闘機隊で迎撃することは、決して守備的ではなく攻撃的であるとも言えるのだ。敵を有利なところに近づけて撃滅することは、立派に攻撃的な作戦なのである。戦闘機主力作戦を遂行した場合には、広大な海面を索敵する労が省けるが、又、それだけ敵を見逃し易くもなる、と、同時に哨戒機のいない場合は、敵に、不意に攻撃をかけられる可能性も出て来るが、レーダーの発達はその心配を無用にしてしまった。戦闘機は、常時、艦隊の上空にいて敵の攻撃を迎える為、最も必要な場所にいることが出来、いざ、敵機襲来ともなれば、最も都合の良い態勢で敵と相対することが出来るのだ。攻撃をかけようとする敵に対し、それを身近の有利な場所に誘い出し撃滅させた例は、船団護送の際、しばしば見られたことである。もっとも、英国の海軍士官は、この一見消極的とも見える戦術を嫌い、攻撃に勝るものなしと、船団より遠く離れて索敵に出動することが多かった。例えば船団から五〇〇哩離れたところに敵潜水艦が発見されたとの報に、急遽、船団を後にして出動した駆逐艦が、その海域に到達した時には、既に、潜水艦はそこから三〇〇～四〇〇哩の彼方に、移動してしまっていたという話もある程だ。二つの大戦を通じて最も多く独逸潜水艦を撃沈出来たのは、以上のように潜水艦を遠く追撃したことによるものでなく、潜水艦造船所、又は、潜水艦基地等の爆撃によるものでもなく、実に、潜水艦の攻撃目標の周辺で為されたものであることは、事実が物語っている。

敵の艦艇を、撃滅する最高度の能力を持つ艦種が望まれるのは当然のことである。最大の攻撃力と強靭な防禦力を備えた超弩級戦艦は、その理想に近いものであるといえよう。ただ、しかし計り知れぬ攻撃力を持つ、戦艦の巨砲の威力も、その艦が撃沈された場合には、全く零になってしまう。その点、航空母艦は、ある空母が撃沈されても、その空母の艦載機は、他の空母に着艦して戦闘能力を保持することも出来るので、母艦の沈没が、直ちに戦闘能力の喪失を意味することにはならぬのだ。勿論、ミッドウェイ海戦に於ける日本のように、全空母が撃沈されてしまい、空中にあった、その艦載機は、着艦すべき空母を失い、総て、海上不時着を余儀なくされたような例は極端で稀に起ることなのである。それ故、来襲する敵機をたたくことを、作戦の主目的とした場合、敵の攻撃能力は撃墜された機数に従って減少することになる。その搭載機が総て撃墜され、攻撃能力を失い、空母は基地に帰還して新たに所要の機を搭載しなければならなくなる。その場合、搭載機の補充は楽に出来ても、経験のある搭乗員を補充することに、困難を極めてくる。そして、経験の少ない搭乗員が攻撃を行っても、それを殲滅するに大した苦労はいらないであろう。それ故、客観的に見て、直接空母を目的とするより、その搭載機の殲滅を目的とする戦術が、合理性を持っていると思われる。フィリッピン海戦で、米国は、再びミッドウエイと同様の、赫々たる戦果をおさめたが、この時、一隻たりとも、自己の艦艇は撃沈されずに済み、全く安価な犠牲でこの勝利を勝ち取ることが出来たのだった。ミッドウエイに於ける米国側の損害は、艦艇では敵の四に対し一、搭載機では、三に対し一であったが、フィリッピン海戦では、艦艇の損害なく、搭載機のそれは敵の二〇に対し、僅かに一にも満たなかった程である。

フィリッピン海戦の始め、スプルーアンス提督は、味方索敵機より、日本艦隊が東方に接近しつつあると報告を受けた。提督は熟慮の結果、来襲しつつある日本の艦隊との決戦を、回避することに決定した。提督麾下の機動部隊の任務は、あくまで当時決行されつつあったサイパン島上陸作戦の掩護にあったのだ。それ故、機動部隊が所定の位置に止まっていれば、サイパン救援に赴く敵艦隊は、その進路を妨害する機動部隊に猛攻撃をかけて来ることは、疑いのない事実であった。ここで、スプルーアンス提督は、敵の攻撃機を全滅させるべく、麾下の母艦に多量の戦闘機を準備させ、待機したのであった。そして、それから間もなく予想通りに、日本の攻撃機は機動部隊目がけて攻撃して来た。しかし、準備万全の機動部隊の戦闘機隊は、直ちにこれを迎撃し、全部を次から次へと海中にたたき落としたのであった。しかし、この海戦に参加した人々の間には、どんなことをしても日本艦隊に直接なぐり込みをかけ、撃滅すべきであったという感情が昂まっていたので、スプルーアンス提督は、戦闘後自己の行った作戦に対して、弁解的な声明を発表しなければならなくなった。実に、スプルーアンス提督のこの勝利に対し、他の者はまともな勝ち方ではないと考え、それ故、提督は言訳を余儀なくさせられてしまった。ともかく、問題は勝つことなのであり、その手段についてとやかく言うことは間違っている。ここで、はっきりしていることは、スプルーアンス提督が行った作戦のお陰で勝利がおさめられた点である。

「もし自分の機動部隊が、犬が誘いの肉の香りで、おびき出されるように、日本艦隊を求めて出撃していたなら、その留守中、日本艦隊は後部を襲うことが出来、そのサイパン救援の目的は、達せられたであろう」と、スプルーアンス提督が声明したように、提督の選んだ作戦が、日本の意図を達成することを不可能にして、逆に日本艦隊がスプルーアンスの機動部隊に誘い出される結果となり、その揚句、壊滅的な敗北を喫することとなった。これと同様な例は、ほかにも挙げることが出来る。例えば独逸の爆撃機が英国本土空襲を盛んに行っていた当時のある日、英国空軍の首脳部の将軍が、戦闘機などただ守備的な価値しか有せぬものだと軽蔑的な言辞を弄したが、丁度、その日のうちに敵の大爆撃隊が襲来し、英国戦闘機がそれを迎撃、散々に撃墜して大戦果を挙げたので、その将軍は政府に対し、戦闘機隊に全戦争を通じての最高の栄誉を授与するように、要求する破目になったという話がある。海戦に於ても、航空勢力の使用を主として戦闘機のみに限ったとしても、それは、決して艦隊作戦上、守備的な性質であるとは言えない。むしろ、空母同士の間に行われる戦闘で起り易い偶然性による戦局の支配を克服し得、作戦を合理的な予断の下に不安なく進めることが出来て、艦隊の攻撃力を、総体的に増加させることになる。ミッドウエイ海戦では、日本は、空母勢力で米国より優勢であり、又、戦艦は日本だけしか出動させていなかったにも拘らず、大敗北を喫してしまった。その敗因は、山本元帥、南雲中将の戦略・戦術上の失敗にあったことは勿論だが、一番大きな原因は、正に航空機の作戦に対する誤用にあったのだと言っても過言ではない。山本元帥が、その時の大型空母四隻と、小型空母二隻に、戦闘機のみを搭載したとすれば、四百機の新鋭零戦が所有出来たはずである。これに対し、米国はワイルドキャット、バファローの両戦闘機百四機と艦上攻撃機、雷撃機、それにミッドウエイ基地の空の要塞B17、カタリナ哨戒艇、マラウダー等僅か二百四十機しか所有していなかったのだ。それ故、よし未だ日本がレーダーを有せずとも、ミッドウエイ島を大した損害もなく占領出来たことと思える。

ミッドウエイ海戦で、もし、日本がレーダーを既に持っていたとするならば、最後になって、索敵機を飛ばさなかった米国の空母は、黒星を頂戴するところとなったのであろう。しかし、事実は山本元帥の惨憺たる敗北となって終り、ミッドウエイは遂に日本の占領されるところとならず、日本の艦隊は西方に向け潰走することとなった。戦争の転換点となったミッドウエイ海戦で賭けられたものは、太平洋と印度洋に於ける日本の制海権であった。しかし、この日本の敗北の結果は直ちに米国に対し、全太平洋海域に於ける制海権を与えることとはならなかったが、近い将来米国がそれを手中におさめることを確実にしたのであった。だがもし、日本が勝利を得たとしたら、制海権は、その後永く日本の手中に止まっていたろうし、戦局の様相も自ずから別のものとなっていたことであろう。

十五　英国全盛期の終末

一九四一年十二月十日は、正に英国史の一転換点と為った。その日をもって、英国の海軍全盛時代は終りを告げたのであった。その日に至る迄英国は米国と共に、世界で海上に於ける優越を分け合っていた。英国は一七九八年ナイル河口のアブキールの海戦で、ナポレオンの仏蘭西地中海艦隊を、ネルソン提督が撃破して以来、一世紀以上に亘り、世界で最強の海軍国として、自他共に認め、以後、次から次へと嚇々たる戦果を挙げ、七つの海洋に君臨して来た。

一九四一年迄の三世紀間、英国は、その海軍力により、国の隆盛を極めることが出来た。とはいえ、英国海軍が、その間、いつも圧倒的に敵に対して、優勢を維持することが出来たというわけではなかった。例えば、火の出るような戦いに終始した十七世紀の英蘭戦争は、苦難に満ちたものであったし、一六九〇年のビーチーヘッドの戦いでは、仏蘭西艦隊から完全な敗北をなめさせられた。又、一七八一年グレイブス提督は、チェサピーク沖の海戦で、米国植民地独立軍援助の仏蘭西艦隊に敗れ、その結果、ヨークタウン守備のコーンウォリス将軍は、降伏を余儀なくされ、独立軍の成功の基礎を築くこととなった。近代では、第一次世界大戦の時、コロネルで、独逸戦艦シャルンホルストとグナイゼナウにより、クラドック提督麾下の装甲巡洋艦隊は全滅させられた。しかし、以上挙げた敗北を英国海軍は、各々、その戦争中に必ず雪辱することに成功していた。例えば、ビーチーヘッドの雪辱をバーフラワーとダホーグで、チェサピークの敗北はザセントの戦いで、コロネルの恨みは一ヶ月後のジュトランド沖の海戦で、それぞれ果たしている。しかし、プリンス　オブ　ウエルス、レパルス両戦艦の撃沈と、それにより起った南西太平洋に於ける英帝国の制海権の喪失は、少なくとも、英国自身の戦いによっては遂に取り返すことが出来なかったのだ。そして、その雪辱は実に米国により、ミッドウエイ海戦の勝利でもって達成されたのであった。しからば、何故、日本の前に英国海軍は、かくも脆く、潰え去ってしまったのだろうか。その手近な原因の一として、チャーチル国防大臣が、余りにも海軍戦略家として、自信を持ち過ぎていたことを指摘出来る。国防大臣は、職業的なその道の専門家達の意見を無視し、反対を押し切って、自分のマレー防衛案を強制した。圧倒的な敵の勢力に対し、新鋭少数主義で臨むことは、過去の豊富な経験や大戦術家の教訓に基づいて作り上げられた戦術常識に反し、大切な決戦に際し、如何に敵より優勢な力を備えていても、それを持ち過ぎることはないという専門家の正当な意見に反することである。それ故、彼が、自説を軍令部に対して強制したことは、全く戦史を無視したお笑い草だと言わねばならない。それが証拠には、シンガポールの場合でも、それを失って初めて事の重大さを覚り、自己の誤りに気がつくこととなった。そして、又、チャーチル氏は、現代の海軍に、航空機が如何に重大な役割を果たすか、充分に理解していなかったようだ。

その実力の限界を、遙かに超えた重大な任務を負わされたプリンス　オブ　ウエルスとレパルスは、遅かれ早かれ、撃沈される運命は免れなかったかも知れないが、護衛空母を伴うことの出来なかったことと、マレーの陸上機の極端に劣勢であったことが、両艦の運命を早めてしまったのは、否定し得ぬ事実であった。

東洋艦隊に編入される予定でいた大型空母インドミテーブルが思わざる事故を生じて、間に合わなかったことはさておき、それなら何故、そのかわりに当時印度洋にいた小型空母ヘルメスを、同行させなかったのだろうか。勿論ヘルメスは旧式で速力も遅かった、しかし、それとて確かに無きに勝るものであった。八月二十四日、覚書により海軍大臣は、空母ヘルメスを東洋艦隊に編入するよう、要請した。その上、陸上機の増加で劣弱な空母を補うことが出来たはずである。陸上機の数が充分にあったなら、艦隊がマレー半島沿岸にいる限り、日中、艦隊の上空を飛翔して、不断の掩護任務が果たせただろうし、従って東洋艦隊も充分に敵の上陸作戦を妨害し、マレー防衛の任務を遂行出来たはずである。しかるに、事実は正反対で、陸上機の数は敵に比べて遙かに少なく、その性能ときては、これ又、遙かに劣ったものであった。

マレー半島の東岸にはマーシング、クワンタン、コタバルと連鎖状に、丁度、都合良く飛行場が並んで造られてあった。そして、その内のクワンタン飛行場から戦闘機が、敵の空襲を防ぐ為にシンガポールへ撤退した。その翌日、その飛行場から石でも投げたら届きそうな沖合で、プリンス　オブ　ウエルスとレパルスが撃沈されてしまったのは、余りにも皮肉なことであった。英国が充分に戦闘機をマレーに注ぎ込んでいたなら、半島防衛に成功したかどうか、必ずしもそうでなかったかも知れないが、ともかく成功の機会は恐らくあったであろう。しかし、いずれにしろこれはチャーチル氏が、所要数だけ豊富に戦闘機を供給してくれたのであったら、という話である。だが実際は、同氏は、その頃極東の英国領各地が、喉から手の出る程欲しがっていたハリケーン戦闘機を、外国の防備の為にしこたま送り出すことで忙殺されていたのだった。しからば、チャーチル氏は何故この英国の死命を制するかと言っても良い重要な地の防備に、かくも頑固に無関心でいられたのであろうか。それは彼の占めた国防大臣の地位に起因していた、と言っても差し支えはないだろう。首相が国防大臣を兼務した場合、一国の最高首脳が軍務を直接に掌握することとなり、作戦での勝利の栄誉ばかりが気になって、日々局部的な作戦の指令に浮身をやつすことになり、首相として広く大局的に国策を遂行することが円滑に出来なくなる。戦時、首相としての最大の任務は、政治・生産・戦略の三面の調節をうまくとる一方、絶えず戦争を超越して来るべき平和を考慮して、手を打つ準備を整えることであるのだ。

チャーチル氏の第二次世界大戦回顧録を読むと、氏が如何に広範囲の細部に亘って迄、いちいち神経を使わなければならなかったかがわかり、驚かざるを得ない。氏は戦略の最高方針を立てるだけで満足せず、局部的な一戦闘に対する作戦計画迄に介入し、その上作戦の指揮さえ直接執ったこともあった程だ。例えば、一軍艦、一師団、一航空部隊の派遣される目的地を、そして、又、そこに到達すべき方法を自ら決定してみたり、砲、戦車、爆弾、磁気機雷等の兵器の技術的な細目に口を出し、海軍省の屋上に翻える国旗が少し汚れているとか、将軍や提督達はどの程度健康の為運動しなければならぬとか、ひとつひとつ細かい指示を与えなければ気が済まなかった。疑い深い世間の人は、チャーチル氏が、一九四〇年から四五年に至る間に為した厖大な仕事の記録、即ち、氏の回顧録を読まなければ、氏が行ったその仕事の量を恐らく信じることが出来ないであろう。作戦の実施と企画が両立し得ないことは、軍のあらゆる部門で慣例となっている。それ故、海軍では企画部が設置され、海上勤務から離れて自由に作戦構想を練ることの出来る専門将校を育成した。

しかし、チャーチル氏は首相として国政を執りつつも、陸・海・空三軍を自ら陣頭に立って指揮し、作戦計画を立て、時には兵器技術部門の生産の監督を直接行わなければ、気が済まなかった。それ故いくら精力的に沢山の仕事を処理することが出来たとしても、その量が一人の人間にとって、余りにも多過ぎたのだと言えるであろう。そんな多忙な毎日を送っていたチャーチル氏には、一年も前から到底戦争なぞ起るとは夢想だにしなかったマレーのような遠隔の地のことに思いを及ぼす暇は、多分なかったのであろう。マレー半島の戦略上に占める重要な地位に注意を払わず、氏が日本軍の同半島に対する攻撃が、開始されてから五週間後の一九四二年一月半ばになっても、依然、シンガポール基地の防備状況に対し、正当な判断が下せなかったことは、自身その著者の中で告白している。同氏は当時、危機の迫ったシンガポールの状況について、誰もが正確な報告を伝えなかったと非難しているが、これは即ち、同氏自身が如何に情勢に対して盲目であったかを物語るものである。しかしチャーチル氏が、これ程にマレーの実情を無視して、勝手に自己流に同地に対して、陸・海・空三軍の勢力を割り振りしたことばかりが、今次大戦での英国の最大悲劇の原因となったのではない。

マレー半島防衛軍がもっと理想的に増強され、準備万端整えられていたにしても、実際に、南西太平洋海域の制海権を保持する為には、それに充分な艦隊勢力がなければ不可能なことであった。その為に英国は唯一の方法として、常時、日本艦隊と同勢力の艦隊をその海域に駐在させておかなければならない、もし、それが不可能なら、それと同等の艦隊を一旦緩急の時に、英本国から回航することである。即ち、以前から立てられていた主力艦隊のシンガポールへの回航を、原案通り実行すべきであったのだ。しかし、チャーチル氏は、それをしなかったし、又、当時の状態では事実、不可能なことであったろう。しからば、英国の極東権益を保護する為に、必要な海軍力の不足を生じせしめたのは、誰の責任であったろうか？　各々の角度から見て、その責任を負うべき人は大勢いる。例えば、ワシントン軍縮条約当時の首相ロイドジョージとバルフォアーや、又、その後、大蔵大臣として建艦中止十ヶ年延長案を支持した、チャーチル等の名を挙げることが出来る。特に我々国民の経済生活に、大きな影響力を持っている大蔵省は、平時にはいつも国防予算に対しては、不人情を極め、時には敵意をさえ示し、健全財産を標榜するの余り、国家の安全をないがしろにし、ただ、国防予算を削ることのみを目的としがちであった。チャットフィルド卿は、その著書の中で、以下のような極端な一例を挙げている。大蔵省は一九三〇年頃、参謀本部に圧迫を加え、その要求額を全く無視して、一方的に決定した予算額を天下り的に押しつけた。大局的国家的見地に立ってみれば、そのようなことが如何に無謀で、無責任極わまるものであるか、全く明白である。まるで家を急いで修繕しなければならぬボロ屋の住人に、金がないから、壁は崩れたままにするか窓枠は腐ったままにしておくか、屋根の雨漏りには手をつけないでおくか、そのいずれかを決めさせるようなものである。財政支出の制限を実行する大蔵官僚も人間である。それで、ともすれば国を思えばこその制限が、自己の独善性を満足させる為の制限になりがちである。制限の為の制限は、少しも国の為にはならないのだ。財政政策遂行上一番必要なことは、いつ金を払い、いつそれを削るべきかを正当に判断することである。だが不幸なる哉、大蔵官僚は、その職のために主観的になり勝ちで、正当な判断をなかなか下し得ぬものである。つまり何でも提出された要求には、色眼鏡で反対し、出来るだけ国防費を削ることにのみ興味を感じるらしいのだ。各省は、大蔵省の承認を得なければ、勝手に金銭の支出を行うことが出来ないという法令が出来てから、他省の官僚は全く大蔵大臣に頭が上がらなくなり、自己の昇進と栄達も、総て大蔵大臣の鼻息一つで決まることになってしまった。その結果、陸軍省、海軍省、空軍省に働く文官達は、自分達の属している省に尽くすかわりに、大蔵省のお先棒かつぎになってしまった。といって、これを非難ばかりしているわけにはいかない。普通の役人にとっては自己の利益が先ず至極大切であろうからだ。

とにかく、チャットフィルド卿が、はっきりと書いているように、大蔵省に与えられた権力に優る権力はほかになかった。そして、その権力は各方面に及ぼされて、無駄と冗費を省くための真の目的から逸脱し、政府部内の独裁者を、真の暴君に迄成り上がらせたのだ。大蔵省の為に軍の正当な支出要求に反対する役人の数は多く、軍人ですらその一味となり、支出に反対したり遅延せしめた者もいた程であり、大蔵省の権力の濫用ぶりは甚だしいものであった。国防費を削減することに努力して、間接に敵国を援助しているような役人達に、政府は高給を払っていたものである。しかし、為すことの結果は、スパイ同様のこの官僚達を非難するよりも、むしろそれらを生み出した制度こそ批判の対象とすべきである。国防費を制限した結果については、大蔵省もその官僚も何の責任も負わずに済むということは不合理である。もし、大蔵官僚が不充分な国防予算の結果、軍事的失敗に直面した時、裁判に付せられるような制度があるならば、もっと状態は改善されたであろう。しかし、国防費に制限を加えた官吏の名前すら、一般には明らかにされないのである。ジョンスターチ氏は、戦局が悪化した時、政治家共はわけもなく将軍達を槍玉に挙げることが出来るが、将軍達はどの大蔵官僚が、戦車や大砲を与えるのを拒否したのか知るすべがない、と言っている。英国ではこんな場合、思い切って責任官吏を処罰することが出来ないのだ。ソ連では、官僚が無能な時は、死刑にさえ処せられるとのことなのだが……。

因循姑息さで貴重な戦艦を沈めてしまったり、官庁の規定を杓子定規に適用し、国家を累卵の危きに陥れても、それは大蔵官僚の過失ではない。国防方針は国際情勢に即して立てられなければならないのだ。しかし、大蔵官僚はまるで犬が獲物に飛びかかるように、国防予算を扱うのだ。無責任な官僚の権力の害悪を除こうとするなら、その無責任さを罰するのではなく、権力自体を除去しなければならない。米国の制度は、軍部が直接国会に要求を出し、提督や将軍は、議会の国防委員と討議し合い、総てが記録に残される。この場合、国防予算の編成は軍部自体が為し、それに対する責任を持つのである。国民より選出された国会に軍部は直接ぶつかって行き、その決定の責任を負い、委員会の席上、何が誰によって述べられたかが、総て記録され、国民に随時供覧されるのだから、国民は親しく大切な国防問題を自ら検討することも出来るのである。ところが、現代の英国の制度では、軍部の意見は永久に日の目を見ることもなく、ただ、それは記録文書として倉庫に積まれ、塵に埋れてしまうだけである。国民も議会も、それらの意見は担当大臣の演説を通してのみしか聞くことが出来ないのである。

英国内閣閣僚が、馬鹿気た国防費の削減に賛成演説を為し、そして、その結果が戦争に際し、非常な不利を招いたことに対して、けろりとして自己の責任を認識しようとしないのは、本当に不思議なことである。例えば建艦中止十年再延期案を持ち込んで、一九二四年から一九二九年迄の間、英国の国防状態を危機に陥れたチャーチル氏が、その職を離任した後、一九三一年、今度は国防費の増額に努力したので、以前のことはけろりと忘れられてしまい、再び前の位置に迎え入れられたことでもよくわかる。

一九四〇年アレキサンダー氏が海軍大臣に就任した時、海軍艦艇が驚く程不足していたのだが、それが一九三〇年、海軍大臣自身がロンドン軍縮会議に於て提議した結果であったとは、国民の大部分が知らないところである。政治家は自分の犯した誤ちについて、後から論難されることがないから、国防問題を彼らに委ねるのは甚だ心もとないことである。彼らは選挙民の歓心を買わねばならぬので、社会公共事業などに、予算を多くとろうとする。したがって、それだけ国防費は乱暴に削られることとなるのだ。ボールドウイン氏など正直な方で、次の選挙を考慮に入れて緊急な国防費支出の裁決を握りつぶしたこともあると、自ら告白している程で、何かと言えば責任は軍人に転嫁されてしまう。将軍や提督達は、いつも国民から非難の声を浴びせられるのだが、実際に国家を常に安泰な状態に置かれているのは、この人達の努力によるものなのだ。それ故、これら軍の要人達は、自らも国家防衛の責務は、ただ、自分達の肩にかかるのみであることを宜しく認識し、意識的に行動すべきである。

かなり永い期間、軍の首脳者を普通文官の地位と同格に引き下げ、政治家の大臣の下僚として直属させようとする試みがなされた。元来軍の首脳者の身分は大臣と同等であり、内閣の命令に服さなければならぬが、こと国防問題に及んでは直接国王に意見を開陳することも出来るし、又、国民に対し述べることも出来る。もし、時の政府が必要以上に防衛力を弱めていると信じれば、軍人たるもの、政府に同調を拒絶することが憲法により保証された権利であり、義務なのである。そして、その場合、又、辞職することも許されている。一九一五年第一世界大戦の時、フイッシャー海軍元帥は、時の海軍大臣チャーチル氏と戦略上の問題で意見の相違を来し、辞職した。多くのこれに類する例が、国民の知らない厚いカーテンの向こう側で行われている。

最近でも戦争中、海軍大臣が、前後三回も通じて首相に辞職を申し出、そのたびに首相はこれを慰撫し、譲歩しなければならなかったこともある位だ。ジョンブリグス卿は、軍の首脳部の意見は総て公表され、記録に留めて置くべきで、その為の最上の方法は軍人にも再び議席を有することの権利を与えるべきであるとの説を唱えている。事実ネルソン提督の時代の軍人はそれを有し、多くの軍人が議員となっていたのだ。しかし、それは二十世紀以前の話で、現在では現役の軍人は上院に議席を有することのみが許されているのだ。だがそれとて貴族の称号を有する軍人のみで、一般の軍人の政治活動は総て禁止されているのだ。例えばブレスフォード卿が海軍大臣を辞職して、下院の議席を得た後、初めて海軍大臣時代に、大蔵省から反対されていた問題を押し除けることに成功したのである。ジョンブリグス卿は、それについて著書の中で、次の如く書いている。

「ブレスフォード卿が、海軍大臣の職を辞したのは、大蔵省が海軍省の諜報部設置に反対したからである。提督は公正な立場から、実際上是非共、諜報部を設置することの必要性を認めていたのであった。それで海軍を退いた提督は、下院にうって出て、その宿望を果たすことが出来たのである。」

しかし、退役軍人は現役の時代と異なり、絶えず新しい情報を得ることが困難である故、それだけ自己の演説や討論に権威を持たせることが出来ない。その半面、議会からだんだん軍人の勢力を奪うことは、政治家共の利益となることである。そして、海・陸・空軍参与官を武官に任命して、与党以外の者を、その任務に服させないようにしたことが、果たして国のためになるかどうか疑わしい次第である。ジョンブリグス卿は、現役軍人から被選挙権を奪ったことは、国家にとって不利なことだと断言している。政治家が、選挙民の人気をとる為に国民に支持されぬ軍備案をないがしろにして、国防を危険な状態に陥れた例はいくらでもある。事実、政党が国民の歓心を買うことは、即ちその政党により、国民が利用される結果となるばかりなのだが……。

いずれにしろ国民は、最後的に自国の国防問題の責任を負わなければならない。プリンス　オブ　ウエルス、レパルス両艦も、英国民が直接的ではないにしろ、結局自らの手で撃沈する結果となったとも言えるであろう。そして、英国民は日本に東洋の海域の制海権を、易々と渡してしまった責任を、自ら負わなければならないのだ。何故なら、英国民は第一次世界大戦から第二次世界大戦の期間、自国の国防に対し、一銭たりとも余計な金を支出することに反対して来た。政党も、又、それに迎合して、国防費の削減のため、あらゆる手段を使って政策をめぐらしたのだ。国民は、ワシントン軍縮会議を歓呼の声で迎えたが、それは我が英帝国の国防の安全には何の役にも立たず、益々外敵からの攻撃を受け易くしてしまった。全く、軍縮会議が英国民の間に評判の良かったただ一つの原因は、それにより、莫大な軍費を節約出来たからである。

軍縮条約で英国に許されたシンガポール基地構築の貴重な権利に対し、ただ、それを行うに金がかかるという理由だけで、その軍事的な重要性をも研究せずに、無闇と攻撃する輩がいた。そんな連中は、ただ、国防予算を減らすことだけを念頭に置き、それが真実に国家の為になるかどうか、大局的に問題を考えもせず、「集団保障」という国際連盟のスローガンをかついで廻った。総て英国の国防は他国任せで、自分の金を使わずに他国が守ってくれたら、全くそれに越したことはない。しかし、現実にそんな奇特な国は世界中、どこを探してもないのだし、そんな他力本願は、心理的にも戦略的にも危険なものである。その頃議会や公開の席上の演説で「潰れる程の軍事支出の負担」と一席ぶてば、必ず割れるような聴衆の拍手を受けることは、間違いのない程だった。だが、果たして軍事予算で実際国家が潰れてしまうだろうか？

一九三六年度の陸・海・空軍に対する予算の総額は、一億三千万ポンドであった。それに対し、内政・地方自治体予算は十億ポンドに達し、警察費だけでも空軍予算の倍であった。しかし、これに対し、法と秩序の維持を守る為の負担に対して、国家が潰れるぞという声は、どこからも聞かれなかった。内政に対する支出は、何らかの形で国民の利益となり、国民に返されるものであると言われるが、軍事支出でも結局は同じことで、軍需産業を通じて国民の手に金は返されることになるのである。軍需産業で利益を得るのは、単に武器製造業者だけではない。例えばそれについて、航空機の製造に関する一例を挙げてみよう。一台の航空機を造る為には以下の如き、多種に亘る業者の仕事が必要になるのである。家具、ロープ、カンバス、ペンキ、研磨材、フローア布、カーテン、刃物、磁器、錠、索綱、無線器具、ボート、エンジン、ボイラー、補助具、プロペラー、フロート、それに機体に要する鋼鉄、火器等々で広範囲に亘る産業部門に大きな刺激となるのだ。

好景気の絶頂であった一九一三年には、取得税は一ポンドに付き僅かに一シーリング強であるにも拘らず、当時、英国は第一線の主力艦三十隻を保有し、第二線の艦艇の数は、枚挙にいとまがない程であった。一九一三年に、それ程の大海軍勢力を持つことの出来た英国が、何故一九三九年に、十六隻の主力艦を有すると、国が潰れなくてはならないのだろうか？　国民一人当たり一ポンドに付き六ペンス取得税を増すだけで、英国は日本と同勢力の艦隊を常に太平洋に駐在させ、又、本国にも別個に有力な艦隊を保有出来たのである。だが英国は軽率にもワシントン会議での比率を承認した結果、極東に駐在させておくに足る軍艦の建造を、不可能にしてしまった。これは正に自縄自縛の愚行である。又、二ペンス税金を増すだけで、一九三九年に開戦時に不足していた輸送船団護衛艦艇二百隻を建造することも可能であったのだが、事実は、その艦艇の不足の為に、連合国の艦船一、五〇〇万屯を積荷と共に敵潜水艦に撃沈される結果となった。そしてその損害は、二十億ポンドを下らぬ程大きいのである。平和の時、過重負担とも思える程の軍備を保有することは、常時軍備を持たず、外敵に対し、おっかなびっくりでいるよりは遙かにましなことである。勿論、過度の軍備が、国力を疲弊させることは事実であるが、それとて英国がある期間味わった危険に比べると、物の数には入らぬであろう。

一九三九年に至る六年間、経済学者は、日・独・伊三国が、その歳入の大部分を軍事費に費やすことに対して、これら三国の経済的崩壊は、免れないだろうと論じていたが、事実は異なったものとなった。国力の疲弊が実際に現われるのは、戦争が長引いた時である。ワシントン軍縮会議で、軍費の節約という甘言に乗ぜられず、建艦を完了し、東洋に艦隊を派遣しておいたならば、日本軍をマレー、ビルマに寄せつけることもなく、又、そこから日本を再び追い出す為に、多大な経費をかけずとも済んだはずである。その上、エドワード　グレイ卿が、海軍戦略を理解していたなら、英国は英仏海峡に充分な艦隊を浮かべることが出来、陸軍により本土をあわてて防備しなくても済んだであろう。グレイ卿は、独逸が、もし欧州大陸で勝利をおさめたら、欧州諸国の海軍を統合して、強力な欧州連合艦隊を造り、その結果、英国は如何に海軍軍備を拡張していても、それに及ばぬとあきらめていたもののようだった。グレイ卿が、この素人くさい結論に到達する前に、一言海軍省に相談をしていたら、海軍省は卿の誤ちを指摘し、その考えを改めさせることが出来たであろう。実際このような誤った仮定の上に立脚した情勢に暗い人が、秘密裡に作った政策に対して、国民は高価な代償を払わなければならなかった。英国民は、一九二一年のワシントン会議の海軍軍備縮小を支持して、十年間を過ごした。そして一九三一年、日本が満洲侵略を開始した時、英国民は、海軍に向かって日本の行動を即時停止させろとわめき立てた。だが軍縮のお陰で英国海軍は、実力を発揮するだけの能力を奪われてしまっていた。軍備縮小運動の時、必ず槍玉に挙げられるのは軍艦である。知識階級は「剣よりもペン、軍艦よりも学者をつくれ」と叫んだ。軍備反対演説には必ず軍艦が引き合いに出された。しかし軍艦程、英国及び英国民のために働いた武器はほかにないのである。軍艦は十六世紀には、スペインに、十八世紀初頭から十九世紀にかけては、仏蘭西に、一九一四年から一八年には、独逸のウィルヘム皇帝に対し、英国民をその攻撃から安全に守り通して来たのであった。この事実にも拘らず、第一次世界大戦後、何が故に英国では大艦に対し、呪いの言葉が浴びせかけられるようになったのであろうか。英国民が真に海を愛する国民であったなら、そのようなことが起るはずはない。しかし、四方海で囲まれた島国民が、総て自然に海洋に親しみを持つとは限らず、海洋精神は国民が日常生活に於て、海と密接な関係を持つ程に養われるものなのである。それ故一八〇〇年代のネルソンを代表とする英国海軍の黄金時代の現出は、当時の英国民の大部分が、七つの海を股にかける貿易、漁業、沿岸貿易等に経済の基礎を置いていたことによりなされたものであると言える。しかし、その後英国の工業化は、海で働く者の比率をぐんと変え、一九三〇年に至っては、船員の数も往時の三百分の一となり、いきおい国民の海に対する感情を、根底的に変化させてしまった。その結果、国民間に長い間抱かれていた制海権とは、即ち、国家の生命なりという観念が、すっかり薄らいでしまったのは無理もないことであった。現代でも総て海に関係のある仕事に従事している人々は、一世紀前の英国民と同じ観念を保持することが出来るが、工場に働いている英国の労働者といえども、ルールやスモレンスクの工場の労働者より、海洋熱を持つべきである。それが出来ないとすれば、英国民が主力艦建造やシンガポール基地構築にすげない態度をとったり、有名無力の東洋艦隊で、日本を威圧出来ると考えたりしたことは、誠に無理からぬ話である。

一九四八年は、海軍史上に燦然と輝くあの重要なナイル河口海戦の勝利から、百五十周年に当たるのだが、英国の新聞が全然それを取り上げようとしないのは、注目すべきことである。実際このように英国民の海洋精神が低下したことは、国の為に憂うべきである。海に志を立てた十六世紀の英国人が、航海に出て新しい領土を発見したり、通商を行ったり、又、敵を征服したりしたのは、海洋を渡る冒険と利益に魅せられたからであった。そして、逐次世界第一の海軍国の地位を勝ち取り、世界の隅々に迄大英帝国の版図を押し拡げた。しかし、このようにして築かれた大貿易国としての英国の優位を維持する為には、世界最強の海軍力を常時保つことが、絶対的な条件であったし、又、それは満たされていたのであった。以来四世紀間、英国は世界に対し君臨を続けることが出来たが、一九四一年十二月十日、一瞬にしてその夢は崩れ去ってしまった。そして第二次世界大戦の終った時、世界最強の王冠は、大西洋を渡って米国のものとなってしまった。英国の姿はあっさりと檜舞台から消えてしまった。そして印度、ビルマ、セイロンは、独立を祝すとの電報と軍艦の贈物を受けて、英国の羈絆から脱してしまった。マレーも遠からず自治政府樹立の約束を与えられ、パレスチナは、ユダヤ人に与えられ、英国の海軍基地は、米国艦隊の使用に任されるところとなり、英国西印度諸島と、バーミューダ島は、米国海軍の基地となった。そして、アイルランドは英本国から分離してしまった。その上、英国自体が数年前放棄した中国に於ける治外法権的な権利を持つ米国の軍隊が、中国国内に駐屯することとなった。大体英国は中国に於ける治外法権を、中国の主権を蹂躙し中国に侮蔑を与えるものであると考え、中国にこれを返還したのであった。それにも拘らず、今や英本国内に外国の治外法権を認めざる得なくなってしまったのである。世界史の中で、この栄誉ある大英帝国程、急速に瓦解の途をたどった国は、他に見出されるであろうか。英国には独立国としての英国各自治領のほかは、一、二の小島と、アフリカの植民地が残されているのみで、それらとて政府諸公の必死の努力にも拘らず、我が版図から間もなく脱しようとしている。

奇怪なことには、新しく世界海軍の王座を占めることとなった米国も、又、かつての王者英国も、その地位の変遷に付随して起る諸事情を全く予期していなかったもののようである。米国は、自国から遙かに遠い所の国々の武装のために忙殺されなければならず、朝鮮戦争の突発に、アジアの戦場に派兵したり、西欧の駐屯兵力を増やすために、米国の青年を多数徴集しなければならなかった。しかし、米国は、今や世界で最強の海軍力を持ち、米国本土は完全に敵の攻撃から守られている。それでもし、世界情勢が悪化し、憂慮すべき事態が生じれば、自国の海軍を少しばかり増強することで、陸軍兵力を厖大に増員するよりも、もっと安易に安全を得ることが出来る。前に述べたように、一九一四年、時の外務大臣グレイ卿は、これと同じことが理解出来なかった。それ故米国の首脳達が、今もってこれを理解出来ないといって、あながち驚くには当たらない。勿論、如何に最強の海軍力を保有していても、北米大陸に対する空襲が防げるという絶対的な保証は与えられぬであろう。現代の航空機の航続距離をもってすれば、全世界を自国の領土としてしまわない限り、それを防ぐことは不可能であるからだ。だが如何に米国とはいえ、それを実現するのは身に余ることであろう。ともかく米国が制海権を失わぬ限り、如何なる戦争に於ても負けるということは、あり得ないのである。第二次世界大戦で得た最大の教訓は、航空機の武器としての使用限界を知り得たことであった。実証により、セバースキー少佐の「空軍のみによる勝利」という夢は、むなしく否定され、従来通り陸・海軍兵力の重要性が再確認された。それ故、米国の国防の柱となるものは、優勢な艦隊と多数の戦闘機である。

米国が世界最大の海軍国家となるに及んで、英国は従来幾世紀間も歩み慣れて来た道を、自ずと他に変えざるを得なくなってしまった。米国がこれから先、長い間その優位を占めるものとすれば英国にとっては由々しき問題である。とりわけ英国が行って来た製品を輸出して、原料、食糧を世界の各地から輸入するという、十九世紀以来の経済形態は根本的に変えなければならない。この事について果たして我が政治家及び経済学者は、如何に考え、如何なる処置を講ずるであろうか。食糧の供給を海外に依存するという英国の従来からとって来た政策は、ウォーターローの戦勝以来実行されて来たもので、それも英国が世界無敵の海軍を有していたからこそ可能であったのだ。過去の二つの大戦によって実証されたように、戦争中、英国よりも遙かに劣勢な独逸海軍により、海外な安価な食料輸入に依存している英本国は、食糧危機に常時脅かされなければならなかったのである。まして頼るべき海上の優勢を失った現在の英本国が、依然、食糧の供給を海外に仰ぐことは、危険極まりないものである。英国が海軍の王座を米国に渡してからというものは、英国は自国の行動を、いつも米国の非友誼的な行動により妨害されている。しかも英国では、米国との戦争は「到底考えることの出来ぬもの」と習慣的に信じられている。しかし、アクトン卿の文句通りに「権力は必ず腐敗する」ということが、米国にも適用されるとするならば、いつ現実化されるかも知れぬ戦争の可能性に対し、慎重に対処するのが分別あることであろう。今や英国は如何なる誘惑も、甘言も蹴って、食糧の自給自足を考慮すべきである。そしてそれの不足の分を、イギリス海峡、アイルランド、北海、地中海程度の至近な補給線内から仰ぐように限定すれば、現有の海軍勢力で充分にその輸送の護衛は果たせられるはずだ。それと同時に、自治領間に経済ブロックを形成すべく、積極的に唱導すべきである。戦時に際し、海上交通路が絶えず敵の危険に曝されるとすれば、自治領間との経済的な結合の安定状態は望めない。この問題は一九四一年十二月十日を期して開始された英国の不幸なる新時代が、内包する数々の問題の一つである。複雑な国際問題を手際良く有利に解決していく為には、一つの根本原則を忠実に貫いていくことが必要である。その根本原則とは、即ち、経済と外交との二面の政策を、戦略的な観点に統一して、遂行していくことである。第一次世界大戦後、この根本原則を無視することが流行し、事態を合理的に処理し得ず、遂に第二次世界大戦を誘発することとなってしまった。ある特定の国々に対する外交政策で、政治家連中は、自国が果たしてどれだけの実力を行使し得るか、予め研究しようとするものは、殆ど皆無と言ってもいい程である。片や強硬外交を望みつつ、無制限な軍備の縮小を希望するなどとは、矛盾極まりない話である。総て海軍士官は任官後、乗艦勤務に就く前に、詳細に亘る政治・経済に関する一般的知識の程度を図る為の試験を受けなければならない。ところが、政治家達は国家という大艦の舵を、何らの知識も無しでとるので、不幸にも一番近くの機雷原に艦を進めてしまうような結果となり勝ちなのである。

我々がマレーで得た教訓は、本国はもっとマレーに対し、その約束を守らなければならなかったということだけである。本国はソ連に供給する為に、マレーに対し兵器の飢饉を起させた。しかし、マレーに送られるべきそれらの兵器が、ソ連に送られたからといって、果たしてそこでどの程度役に立ったか疑問とせざるを得ない。送られた戦車にしろ、航空機にしろ、広大な東部戦線では、恐らく大海に一滴の水を落としたようなものであったに違いない。そして、英国の送ったこの好意に対し、ソ連は何ら感謝の意を表明するどころか、第二戦線の結成を逡巡する臆病者と侮辱さえ加えた程だった。英国はソ連の為に、マレーを犠牲にし、又、濠洲、ニュージーランドを危険に曝したにも拘らず、ソ連は戦後、英国に背を向けて、マレーの騒動を陰から煽動している。現在に至る迄三世紀間、白色人種は、東洋で覇権をふるって来た。英国が、印度、マレー、香港を領有し、東印度を和蘭と分割し、又、他の欧州諸国が、上海に各国租界を設置出来た理由は、白色人種が東洋人より、武力の上で優越しているという仮定のみによるものであった。第一章で子細に述べたように、この白色人種の優越という仮定は、日露戦争での日本の勝利により、著しい衝撃を受けたのであった。しかし、帝政露西亜は、反アジア的な欧州での後進国であったので、その敗北によっても、英・米仏・独といった先進最強国の優越に対する東洋人の幻覚は、未だ保たれ続けた。しかし、日本の真珠湾攻撃、プリンス　オブ　ウエルス、レパルス両艦の撃沈、マレー、フィリッピン等の迅速な占領を目の当たりに見た東洋人の胸に、すさまじい勢いで独立の炎が燃え上がったということは、否めない事実であろう。絶対者として東洋の植民地に君臨していた白人の権力が、自分達と同じ黄色い肌の日本人の一撃により、もろくも崩れ去ってしまったのだ。そして、これから得た強烈な印象は、例え日本の敗北によっても、東洋人の胸からは消えることはなかった。日本人の創った先例は、他の東洋人も武器さえ手にすれば、再びそれを実現出来るという確信を与えた。今や東洋人の目から、白色人種は神の如き絶対者として映じることがなくなった。この見地からすれば、米国が降伏の動きを示していた日本に、原子爆弾を投下したことは、本当に残念であった。何故かと言えば、米国がそれを使用したからこそ、初めて日本に勝つことが出来たのだという印象を、他の東洋人に与えるからである。

現在の東洋植民地に於ける慢性的な不安状態は、実に一九四一年、一九四二年に英米が日本から蒙った惨劇に源を発するものである。マレーと仏印に於ける植民地人の武力闘争は、第二次世界大戦前迄には決して見られなかった現象であるし、小さな北朝鮮が、米国の巨大な武力に刃向かいつつある等のことは、大戦前に東洋に在住していた欧米人には、想像もつかぬことなのである。そして以上の諸事実に、ソ連が一役買っているとすれば、本当にもって不都合極まりないことである。戦時中英国が、ソ連に与えた恩義を仇で返すことが事実とすれば、自国の国運を賭して迄他国を援助したことが、如何に愚かであったか、よく思い知ることが出来るであろう。今となって自己の犯した愚を後悔しても遅すぎるというものだ。しかし、我々の間には未だそのような傾向が、だいぶ残っている。それは本当に危険極まりないことだと言わねばならない。ここで他国の為に火中の栗をあえて拾おうとしなかった先人の、一、二の例を思い出してみよう。今から約二百年前、公使ロバート　ウォールポール卿は、ポーランド戦役に英国を巻き込むことを阻止した賞讃に値すべき人で、同卿がエリザベス女王に送った以下に記する報告書の一節に注目すべきである。

「女王陛下、既に五万人もの人間が殺戮されましたが、幸いに一人の英国人も、それに含まれては居りません」

又、それから十五年後、キャストレイがテイロレスからのナポレオン軍に対する援軍を、拒絶した時の手紙は次の如くである。

「貴下の御健闘を祈る。しかし、残念ながら当方も手一杯の状態にて、援軍派遣は不可能……」

総て他国の出来事については以上のような態度をとることが、賢明である。とりわけ現在、どこかの国が、自己の喧嘩を他の国々に持ち込んで巻き添えにしようとしている時には……。

ま

や

ら

わ

艦船名・航空機名　索　引

な

は

ま

や

ら

人 名 索 引

解説

永江太郎

英国の戦史研究者である海軍大佐ラッセル・グレンフェルが執筆した本書の特色は、二十世紀を大航海時代に始まる西欧列強による世界支配が終焉した世紀であると捉え、そのキッカケとなったのが、シンガポール攻略に象徴される大東亜戦争初期の日本軍の圧倒的勝利であると認識し、それを易々と許したチャーチルの戦略眼と戦争指導を批判していることにある。グレンフェルが予見したとおり、かつて植民地支配下にあった民族は、アフリカを含めて次々と独立し、残るは中国共産党の圧制下に呻吟しているチベットやウイグルなどに過ぎない。

これらの植民地独立運動は、終戦直後から始まっていたが、米国や英国の国内では、ルーズベルトとチャーチルを勝利を齎した指導者・英雄として高く評価し、批判を許さない雰囲気があった。その中にあって、本書の著者グレンフェルは、「（その強力な海軍で、七つの海に君臨した英国にとって）一九四一年十二月十日は、正に英国史の一転換点と為った。その日をもって、英国の海軍全盛時代は終りを告げたのであった」と指摘して、チャーチルの少数精鋭主義の戦略と作戦指導を「彼は、シンガポールを失って初めて事の重大さを覚り、自己の誤りに気が付くことになった」と厳しく批判したのである。

一方の米国では、参戦するキッカケになった日本海軍の真珠湾攻撃への怒りが強く、日本軍の騙し討ちに憤激して

「リメンバー　パールハーバー（真珠湾を忘れるな）」を合言葉に、募兵事務所に殺到した青年達のルーズベルト大統領への信頼には、揺るぎないものがあった。それでも戦争が終わると、戦争原因となった真珠湾の余りにも大きな犠牲が、その責任即ち原因の解明を要求した。こうして、米国議会に上下両院合同の調査委員会「真珠湾査問委員会」が設置されて調査が開始され、一九四六年七月二十日に膨大な調査結果が報告された。民主党が多数を占める調査委員会は、アメリカ国民の英雄になっていたルーズベルトを擁護する結論を出したが、報告書の資料は、戦争を望んでいたのは誰かを鮮明にあぶり出していた。

この調査報告書の資料をもとに、アメリカ歴史学会の泰斗チャールス・A・ビアード博士は、一九四八年にエール大学より『ルーズベルト大統領と一九四一年の戦争の到来』を著し、日米開戦はルーズベルト政権即ち米国側の謀略であることを明らかにした。

言論界でも、新進気鋭の新聞記者ジョージ・モーゲンスターンが、この調査報告書を詳細に分析研究した『真珠湾』（渡邉明訳　一九九九年　錦正社刊）を、その前年に著し、日本を最初の一発を撃たせる立場に追い込んだルーズベルト政権の汚れた手口を暴いた。

軍人では、参謀本部で戦争計画（勝利の計画）を起案した逸材で、第二次世界大戦におけるアメリカを代表する戦略家となった陸軍大将A・C・ウエデマイヤーが、退役後の一九五八年に著した回顧録（読売新聞社刊）の中で、ルーズベルト政権の世界戦略と戦争指導を厳しく批判し、「日本の真珠湾攻撃は、アメリカによって計画的に挑発されたものである」と断定した。回顧録は、出版と同時に大評判となって版を重ねたが、グレンフェルの本書にはそのような派手さはない。ウエデマイヤーが、米国の戦争指導の中枢にあって、内情に精通した実務担当者であったのに対し、グレンフェルは飽くまでも戦史研究者であった。それが、ウエデマイヤー回顧録と本書の根本的違いである。

本書は、シンガポールの敗因は、チャーチルの誤った戦略の前に、日本軍が明治維新以来営々と築き上げてきた近代化の努力があったとの見地に立って、幕末から筆を起こしている。そして、第一章の「日露戦役終末期迄の西欧化した日本の興隆」は、実に的確に史実とその特色を把握している。しかし、第二章以下、特に日支（日中）関係には、いくつかの事実誤認が見られるが、その原因は、英訳された日本側資料の貧弱さにあるのではあるまいか。それでも第二章の「極東に於ける列強の対立」は、日本の対支政策を英国、特に英国国民がどのように見ていたかを示しており、特に二十一ケ条要求に対する嫌悪の感情には着目する必要があろう。第三章の「第一次世界大戦後より三国枢軸同盟迄の極東情勢」では、支那（中国）への日本の積極的介入とワシントン軍縮会議が英国海軍に与えた影響、なかんずくアジア方面の防備兵力に重大な不足を生じた問題を論じている。第四章の「開戦迄の極東情勢」は、支那事変から日米開戦に至る分析であるが、米国の対日政策を的確に把握している反面、盧溝橋事件については日本の支那侵略のはじまりとの通俗的な位置付けに終わっている。

第二段は、「シンガポール基地の構築」から「開戦直前のシンガポール」までの防御準備と東洋艦隊の到着、日本軍のマレー半島上陸までを論じている。その内容は、第一次世界大戦終結後から開戦に至るシンガポールの防備思想と準備の実情並びに反省であるが、特に開戦の原因について、著者は言う「今日、世界で識者と称される人々の間では、日本が米国に対し、質《たち》の悪い不意打ちを食らわしたと、真正直に信ずる者など誰もいない。日本の攻撃は、前から予期されていたものであるばかりか、疑いもなくルーズベルト大統領は、米国を大戦に参戦させようと腹黒く待ち構えていたのである。（中略）米国は武力を自ら使わないで、恥を知る国民ならば到底我慢のならないところ迄、日本をとことん追い詰め、侮辱したのである。わかり易く言えば、日本は、米国大統領に唆《そそのか》されて、米国を攻撃する羽目になった」（本書九二頁）と。これが終戦から五年目、朝鮮戦争勃発頃における英国の戦史研究者の見解である。

第三段は、第八章の「プリンス　オブ　ウエルスの最期」から「敗戦の原因」、「マレーの敗北」、「蘭印の敗北」、「印度洋上の作戦」、「珊瑚海海戦」、「ミッドウエイ海戦」と続く、一連の作戦経過とその戦略的・戦術的評価である。その詳細は省略するが、戦略的視点に立った観察と指揮官の心理まで踏み込んだ評価は、戦史研究者の今後の研究に大いに役立つであろう。

最後の第十五章「英国全盛期の終末」は、本書の結論である。そこでは、南西太平洋における制海権の喪失の原因を戦術と政戦略の両面から論じている。まず作戦・戦術の段階ではチャーチルの作戦指導と自信過剰というその性癖の批判に終始しているが、重要なのは政略の面から見た敗因の分析である。そこでは、政治家や大蔵官僚等の国防予算に対する無理解・無責任が指摘されている。グレンフェルが糾弾した「健全財政を標榜する余り、国家の安全をないがしろにして、唯国防予算を削ること」を目的とする大蔵官僚、選挙民の歓心を買うために、不人気な国防よりも社会公共事業などの予算を多く取ろうとする政治家、大局的な判断が出来ず「集団保障」という国際連盟のスローガンを担ぎ、国防を全て他国任せにしようと言う評論家、これら英国衰退の要因となった事象は、そのまま今日の我が国の姿であろう。

「一葉落ちて天下の秋を知る」というが、昭和十六年十二月十日のプリンス　オブ　ウエルスの沈没に、英国の凋落を予見して深刻にその原因を究明し、改革の途を提言した本書が、復刊される意義は大きい。

尚、本書の復刊は今は亡き林田孝氏が恩師の平泉澄博士が、前述のビアード博士の著書刊行と本書の復刊を強く希望しておられたことを知ったことが発端で、同氏は錦正社の中藤社長と力を協せて、洋書再版の壁を克服し、遂に実現したものである。

平成二十年六月

軍事史学会理事・戦略研究学会理事・元防衛研究所戦史部主任研究官

プリンス　オブ　ウエルスの最期《さいご》

主力艦隊《しゅりょくかんたい》シンガポールへ

日本勝利《にほんしょうり》の記録《きろく》

平成二十年七月十五日　印刷
平成二十年八月　一日　発行

※定価はカバー等に表示してあります。

著者　ラッセル・グレンフェル
訳者　田《た》中《なか》啓《ひろ》眞《まさ》
装幀　吉野史門
発行者　中藤政文

〒一六二―〇〇四一
東京都新宿区早稲田鶴巻町五四四―六
発行所　錦正社
電話　〇三（五二六一）二八九一
FAX　〇三（五二六一）二八九二
URL　http://www.kinseisha.jp/

印刷　㈱平河工業社
製本　㈲小野寺三幸製本

ISBN978-4-7646-0326-4

◀好評関連書のご案内◀

真珠湾

—日米開戦の真相とルーズベルトの責任—

ジョージ・モーゲンスターン著　渡邉明訳　Ａ５判・並製・五四八頁

定価　三一五〇円

真の開戦責任が日本ではなく、ルーズベルトにあった。真珠湾の悲劇を正しく理解する貴重な記録。著者は「シカゴ・トリビューン」の論説委員。

第二次世界大戦と日独伊三国同盟

—海軍とコミンテルンの視点から—

平間洋一著　Ａ５判・上製・三八四頁

定価　六〇九〇円

日独伊三国同盟が締結されてから敗戦までの歴史を海軍とコミンテルンの視点から多くの資料を博捜し分析。インド洋での日独海軍の戦略・戦術が不足していたことを指摘し、日独のインド洋作戦を詳述。軍部をスケープゴートとしてできあがった昭和史・東京裁判史観に一石を投ずる。